★「澳大利亚人看中国」系列丛书★

Why China?

C. P. Fitzgerald

我在中国的岁月

〔澳〕C.P. 菲茨杰拉尔德◎著　李　尧　郁　忠◎译

青岛出版社

编委会

AMBASSADOR **AUSTRALIAN EMBASSY**

BEIJING

Foreword – Australia's China Series (Qingdao Publishing Group)

The first edition of Australia's China Series of six volumes is a reminder of just how far Australia has advanced since Federation in 1901. Australia has transformed from a predominantly Anglo-Saxon society into a successful and proudly multicultural society where 1.2 million of our 25 million citizens claim Chinese heritage. This important series highlights the valuable work of individuals like Professor C.P Fitzgerald, the British historian, who conveyed the marvels of China to a 20th century Australian public. Fitzgerald inspired many young Australians to engage with China and today, China is the number one destination for young Australian students under the New Colombo Plan.

Australian author and playwright, Nicholas Jose, whose works include essay volume 'Chinese Whispers' (1995), makes an insightful contribution from the basis of his experience in China. Jose taught Australian Studies in China (1985-1987) and served as Cultural Counsellor in the Australian Embassy Beijing (1987-1990). Professor Jocelyn Chey, who was Australia's first Cultural Counsellor, Australian Embassy, Beijing

(1975-1978) writes an excellent piece from her vantage point of diplomat turned trade commissioner and later academic. This is a fascinating autobiography providing a window into the history of Australia-China diplomatic relations from its early stages until the 90s. Chey was the inaugural Executive Director of the Australia China Council, the organisation established in 1978 to further deepen engagement with China. The National Foundation for Australia China Relations, announced March 2019, will continue to build on this valuable work.

Thorough academic research by Michael Williams and Sophie Loy-Wilson means this series truly advances our understanding of the Chinese diaspora, from the Huaqiao movement between 1849 and 1949 (Michael Williams), to stories of Australians who made their lives in Shanghai (Sophie Loy-Wilson). This series demonstrates that stories play an important role in building understanding – for example, George Johnston's novel, 'The Far Road', which helped to raise Australian awareness of the full scale and tragedy of the Sino-Japanese war.

Thank you to Professor Li Yao, to the translators and to Qingdao Publishing Group for bringing this series to a Chinese audience. I have no doubt that it will further deepen understanding between our peoples.

Graham Fletcher

Australia's Ambassador to China
21 October 2019

总序

第一辑“澳大利亚人看中国”系列丛书（共六卷）让我们想起，澳大利亚自从1901年建立联邦以来，有了多么巨大的发展。澳大利亚从盎格鲁－撒克逊人为主体的社会成功地转型为令人骄傲的多元文化的社会，在如今的2500万公民中，拥有华裔血统的人达120万。这套重要的丛书凸显了诸如C.P.菲茨杰拉尔德（C.P. Fitzgerald）教授这样的学者价值连城的作品。菲茨杰拉尔德教授作为英国历史学家，把中国的奇迹介绍给二十世纪的澳大利亚民众，激励了许多澳大利亚年轻人潜心于中国研究。今天，中国已经成为“新科伦坡计划”奖学金项目中澳大利亚青年学生的首选之地。

澳大利亚作家、剧作家尼古拉斯·周思(Nicholas Jose)著述颇丰。他的散文集《细语中国》（1995）以其在中国的经历为基础，又一次做出不乏真知灼见的贡献。周思1985年到1987年在中国教授澳大利亚研究课程，1987年到1990年任澳大利亚驻华大使馆文化参赞。梅卓琳教授（Jocelyn Chey）是澳大利亚驻华大使馆首任文化参赞（1975—1978）。她以自己由外交官转型为贸易专员，而后又成为学者的自身优势经历撰写了这部引人入胜的自传，为我们了解澳大利亚和中国从建立外交关系之初到上世纪九十年代这一段历史打开了一扇窗户。梅卓琳曾担任澳中理事会创会秘书长。该理事会成立于1978年，其创办旨在深化澳中关系的发展。2019年3月宣布成立的“澳中国立基金会”将在澳中理事会基础之上继续发挥价值。

韦迈高（Michael Williams）和苏菲·洛伊－威尔逊（Sophie Loy-Wilson）深入的学术研究使得这套丛书帮助我们更加全面地了解华人的散居状况，从1849年到1949年的华侨运动（韦迈高所著），到澳大利亚人在上海谋生的故事（苏菲·洛伊－威尔逊所著）。这套丛书还显示了文学作品在增进相互理解的过程中起到的重要作用。例如乔治·约翰斯顿（George Johnston）的小说《漫漫长路》就帮助澳大利亚人更好地了解了中国抗日战争的规模与悲壮。

感谢李尧教授、各位译者和青岛出版集团将这些作品带给中国读者。我深信，这将进一步加深我们两国人民之间的理解。

Graham Fletcher

傅关汉

澳大利亚驻华大使

2019年10月21日

目录

第一章

为什么我与中国结下了不解之缘（1902—1923）

我的家庭中，父母双方都有南非的亲属。外祖父菲茨帕特里克是殖民地部的一名法官，晚年在开普敦供职。在早期的官宦生涯中，他一直是爱尔兰自治运动领导人巴涅尔的秘书。后来，到殖民地部任职时，被委派到那时的殖民地黄金海岸，即现代的加纳。那时，加纳被称为“臭名昭著的贝宁海岸”，出入那里的人都是九死一生。我的外祖父虽然从黄热病中死里逃生，但疾病已经损害了他的健康。外祖父有三个女儿、四个儿子。我母亲年龄最大。她出生在爱尔兰，但从童年时代起，就在开普敦长大。外祖父的长子培尔西（后来称培尔西·菲茨帕特里克爵士），布尔战争[①]前后，在南非政坛十分活跃，著有《南非灌木丛中的爱尔兰乡下小伙子》一书。该书讲述他早年在西非旅游时的见闻，此外，他还写过几本有关政治的书。外祖父

①布尔战争（Boer War）：指1899年至1902年英国人与布尔人的战争。

的另外两个儿子分别死于1896年马塔贝利人[①]的叛乱和布尔战争。

我父亲一方的家史，因为是用传统口述的方式留传下来的，所以颇富传奇色彩。大约在18世纪末叶，当法国的革命军侵占奥地利的尼法兰（比利时）的时候，我的曾祖父与弟弟马里奥一起来到南非。他身穿齐膝的短裤和丝质长统袜，脚蹬饰有银质扣形饰物的皮鞋。有人说他穿扮得像个18世纪的绅士。他在开普殖民地北部靠近奥兰吉河的地方获得一片土地。也许在那时之前，或者正在那个时候，英国刚刚占领了那个地区。他对任何人都不说出自己的真实姓名，只让人叫他桑依尔。桑依尔是流经他故乡的一条河流的名字。那条河不大，部分流经现在的比利时，部分流经卢森堡。那时，这两个国家都属于神圣罗马帝国，或者如通常所说，奥地利的尼法兰。曾祖父会讲法语、荷兰语、德语和意大利语。他不讲英语，甚至在刚到那里的时候也不讲。

曾祖父到达南非以后的某个时期，也许在1805年左右，与一位姓理查德的法国小姐结了婚。她出身于一个胡格诺教徒[②]家庭。理查德一家可能也是逃避欧洲革命的流亡者，因为我的曾外祖母讲的是法语。几年过去了，滑铁卢战役以后，曾经有两位绅士从欧洲来南非找我的曾祖父。他们在曾祖父的农场里待了两天，试图劝说曾祖父返回祖国。这件事是我那位年迈的姑妈——我父亲的第二个妹妹，1929年告诉她的妹妹M·弗兰

①马塔贝利（Matabele）：居住在非洲津巴布韦的祖鲁人。

②胡格诺教徒：指16—17世纪法国基督教新教徒，多数属于加尔文宗。

彻·穆兰的。我姑妈说，那时，她还是个小姑娘，和我的曾祖母一起住在开普殖民地东北部曾祖母的农场里。她的祖母告诉了她这件事。那一定是1850年左右。那时，我的曾祖母可能已经七十出头了。

她说，那两天，两位客人与我曾祖父整天在农场屋前的游廊里走来走去，争论得很激烈。可是曾祖母听不懂他们使用的语言。他们说的既不是荷兰语，也不是法语。最后，曾祖父向全家宣布：

那两位绅士历经千难万险，不远万里前来找我，劝我返回祖国。我对他们的关怀和为我的利益而进行的努力深表谢意，但我拿定主意，坚决不回法国。此外，我将永远不暴露我的真实姓名。我在这里的朋友们也已表示，他们也不会说出我的真实姓名。我们将永远留在这里。

就这样，他们在那里扎下根来，下一代被进一步同化。在父亲著的《过去的非洲》（伦敦，1937年）一书中，只字不提他的家世，对他的家庭也同样含糊其词。书中谈到，祖父是一个基督教徒，一度曾在奥兰吉自治州做官，后来好像又搬迁到奥兰吉河旁的开普殖民地。祖父的宗教信仰十分坚定。也许，正是因为这个缘故，我的姑妈或者叔父都不曾虔诚地信仰过任何一个教派。我的父亲更没有。我母亲是作为一个罗马天主教教徒成长起来的，而我父亲却是一个离经叛道的加尔文主义信徒。开普敦成见很深的神父拒绝我父母亲在教堂里面举行婚礼。他说，他俩的婚礼只能在教堂外侧的走廊里举行。我母亲回答说："倘若我不能在教堂里举行婚礼，我将不再踏进教堂一步。"她未能走进教堂。他俩举行了一个没有宗教仪式的婚礼。因此，他们所有孩子都只受到一种自然神论者的宗教教育。我的两位姑妈在晚年时又回到罗马教堂，其他人都变成了不可知论者。

19 世纪 70 年代初期，我父亲离家去苏格兰的爱丁堡攻读医学博士学位。在那期间以及返回南非之后，他在南非中部城市金伯利的钻石矿当了几年卫生官员。后来，又到约翰内斯堡，在曾任开普殖民地总理的塞西尔·罗兹手下工作。从那以后，他再也没有从事过医学工作。他曾经远征到马塔贝利人聚居的津罗本格拉（现在的津巴布韦），与另外一位随员一道，陪同罗兹去迈托普山脉，与马塔贝利人的首领会晤，并且最终达成和平协议。这些富有传奇色彩的经历在他著的那本书中都有详尽的描述。大约在布尔战争期间——也许是 1901 年——父亲到伦敦为罗兹管理财务。我认为，这次永久性的移居也许和我父亲在布尔战争中坚定不移地站在英国一边有关。而他的几个兄弟和其他亲属都站在布尔人一边。

我出生在威斯特布恩大街二号的一幢房子里。我上的幼儿园在切尔沃斯大街，而我新近的住址在格卢西斯特大街。这条街正好在上面说的那两条大街中间。这也许让人想到某种连续性，而事实上，在我的一生中，并不存在这种连续性，更不存在地域上的天意安排。所幸，只有那些早期维多利亚式的建筑物保持了它们七十多年前的建筑风格。所有那时的私人住宅，现在有的变成饭店，有的夷为平地，就连那所幼儿园也改造成一家地毯公司的办公楼。不过，那些街道的外观还保持着原来的样子。我的记忆最早可以追溯到 1905 年。我父亲在罗得西亚（现在的津巴布韦和赞比亚）有房地产。记得，我因为听说我们全家都要去那儿作一次长时间的旅行而惶惶不可终日。因为据说那里的房子周围都是六英尺多高的荒草。我还知道那里有凶猛的野兽。狮子、豹子和其他猛兽成群结队地出没在离布拉约市不远的地区。于是，我预见到一种索然无味而又担惊受怕的生活。在这种生活中，人们几乎整天把自己关在屋子里，一些身处险境的人在狮子从藏身之地跳出来之前，可能会发疯似的冲进隔壁的大门。

实际情况与我的想象有相当大的距离，但那些想象中的情景在我的记忆中仍然那么清晰。对我们四个孩子来说，罗得西亚农场的生活绝对谈不上单调乏味。偶然还有几个惊险场面。庭院里有许许多多美丽的蝴蝶。比我年长三岁的哥哥和我对它们着了迷。我渴望像蝴蝶一样飞来飞去。一天，在自由飞翔的理想的蛊惑下，我爬到停在马厩围栏里一辆高大的拉货四轮马车的车轮上。车轮足有五英尺高，设计得足以越过非洲南部丛林地带的任何障碍。我摆好姿势，伸开双臂，口中念念有词："好，潘蒂要飞了！"身子猛然前倾，向坚硬的地面纵身跳去。结果可想而知——重重的撞击碰坏了我的脸、膝盖和手臂，也摧毁了我那自由飞翔的信念。

第二年，1906年，我们举家回到英国，并且在格洛斯特广场旁边的一幢房子里定居下来。新居与以前的房子依然在同一个街区。那时，我们常去海德公园或者金森顿花园散步。在维多利亚门附近，从兰开斯特门吐博汽车站向上的一道斜坡上，我第一次看到置于低速档的公共汽车嘎吱嘎吱地响着，缓慢地驶向坡顶。这是未来的象征。这种征兆给人的感觉，与相对久远的过去给人的那种迷人而模糊的感觉十分相似。每当天气晴朗的下午，我们就动身去公园散步。穿过苏塞克斯广场的时候，从广场的一幢住宅旁总会驶出一辆敞篷马车。车上坐着一位年迈的老太太，她的衣服可能是五十多年前流行的款式。在驭者座上，坐着马车夫和一个男仆，他们都身穿号衣：帽顶有花结的黑礼帽，红外套，白裤子，长筒黑皮靴。老太太身后坐着一名身穿同样号衣的小听差。拉车的是两匹非常漂亮的灰色高头大马。更令我们兴奋不已的是，马车的后车轴下面，跑着两条没有锁链、步态优雅的达尔马提亚狗。它们从不偏离指定的位置。进入公园之后，老太太和她的护送者们乘马车览一圈风，便回到住宅。

我对国际事件的第一个记忆也发生在 1906 年。这个事件是日本和俄罗斯之间的对马岛海战。保姆给我和哥哥读了报纸上的一条新闻。那是关于俄罗斯旗舰最后沉没时悲壮而浪漫的一幕："当旗舰倾侧、进而沉没的时候，舰队司令依然站在舰桥上立正敬礼。"舰桥？我不明白什么是舰桥。我知道桥是什么样子。金森顿公园就有一座桥。那座桥横跨在弯弯曲曲的河上，我们不仅亲眼见过，而且几乎每天都跨过它。可是，在一条船上，难道能有类似于桥的东西？这个问题困扰了我很久，无疑这才是我牢牢记得这件事的真正原因。几年以后，我才明白对马岛海战意味着什么。

马布尔拱门本身既是一道景观，又是公园的入口。公园的正门留给王族成员出入，通常大门紧闭。普通的马车就从东门入，西门出。星期天下午，作为一种"款待"，我们常常坐着父母亲的马车去逛公园。可这种"款待"并不总是令人高兴。首先，有几百辆马车都在做同样一件事情——都是要通过马布尔拱门进入公园。拱门很窄，一次只能通过一辆马车。因此，不计其数的马车排成的长队便一直延伸到伯斯维特大街。我们像蜗牛爬行一样，在马车的长龙中行进。等啊，等啊，好像一直要等好几个小时。车前车后，马都在流汗、排粪。炎热的夏天，那种刺鼻的臭味令人终生难忘。现在，伦敦街道上的汽油味固然令人不快，但是，抱怨汽车的人实在应该想想往日的那些马车。

1910 年 12 月，我，哥哥和两个姐姐在公园里散步。两个姐姐分别是十六岁和十四岁。我八岁，哥哥十一岁。哥哥不厌其烦地唱着当时一首流行歌曲中的两句："1910 年，德国人将进攻我们。"我们再三恳求也中止不了他引吭高歌。我实在忍受不了，尖声喊叫起来："照你这个唱法，再有三天德国人就要打来了！"我的话受到大姐的赞赏。那以前，她从来没有想过，我能说出什么值得一听的话来。我也为自己的"妙语"非常得意。我的"妙语"另外一个效果是终止了哥哥那无休无止的歌唱。现在人们已经不大知道，远在第一次世界大战之前，和德国人打仗的预测就已经沸沸扬扬，甚至在儿童中间漫延开来。我的父母对战争也一定怀着同样的恐惧。大约第二年，父母亲带我们去看戏，剧名是《英国人的家就是他的堡垒》。剧名便隐含了德国人入侵及其灾难性结局的主题。该剧描写一位英国乡下绅士，起初忽视了德国人入侵的危险，后来就用他的房屋作堡垒，抗击入侵的敌人。这是我一生中第一次看到的戏剧。

1912 年，巴尔干战争的爆发打破了欧洲脆弱的和平局面。那以前，我在预科学校读书。战争爆发的消息至少在一部分孩子中间引起巨大的兴趣和派性。我们分成亲保加利亚派和亲塞尔维亚派两派。没有人站在土耳其一边。保加利亚人在柯克凯利斯的胜利令亲保加利亚派感到骄傲和欢欣鼓舞——我便是其中一员——而在亲塞尔维亚的一派中，却激起一片妒忌和沮丧。实际上，被他们认为有希望获胜的塞尔维亚人在其他战场上打得还相当不错，但是，柯克凯利斯（亚得里亚堡附近）战役具有决定性的意义。土耳其人失去了他们在欧洲的几个省。次年，预料之中的胜利者内部发生争吵。保加利亚人吵得最凶，我们这一派转而感到尴尬了。我已经变成一个所谓“近东问题迷”。我阅读能够得到的有关巴尔干诸国的一切资料。通过阅读，我知道了瓦尔几人是什么人？巴尔干半岛的非正规军是怎么回事？对马其顿的管理应该授权给谁？我也有了鲜明的观点（当然，是保加利亚人的观点）。那就是，因为希腊人与拜占庭帝国的历史渊源，应该允许他们占领君士坦丁堡。我也明白了塞尔维亚人对波斯尼亚的领土要求，而波斯尼亚被奥地利帝国表面上作为土耳其省管理了许多年以后，最近才正式被吞并。不久以后的事实证明，我的这些知识非常重要。由于自治的权利还没有得到欧洲国际社会的正式承认，塞尔维亚应该拥有波斯尼亚，这一点似乎无可争辩。

1913年年底，我们在瑞士东部的滑雪胜地阿洛萨欢度圣诞节假日。我的父母亲发现，我在那儿上学期间，依斯特堡冬天的严寒已经明显地损害了我的肺部。因此，他们突然把我从学校里带走（我没有为此而流泪），然后把我安置在阿洛萨的一所疗养学校里。学校里的其他孩子，不论男孩还是女孩，都来自欧洲各个不同的国家，包括俄罗斯、奥地利、德国（大多数）、法国和意大利。我是唯一的一个英国男孩。因此，在力所能及的范围内，我学会了说德语，后来却丢弃了它。一来，在未来的岁月里，德语不是一种普遍使用的语言；二来，在我读书的公立学校里，我担心有关德国的知识会引起同学们的怀疑和嘲笑。我在阿洛萨的学校里读书期间，发生了一件震撼世界的重大事件：一个塞尔维亚人，在萨拉热窝暗杀了奥地利帝国的王位继承人弗兰茨·裴迪南大公。我自以为自己是一名“巴尔干问题专家”，立即卷入了这一事件。学校里，欧洲各国儿童的年龄都没超过十二岁，多数比十二岁小一两岁。他们也同样激动。大家都确信，这一惨案将意味着欧洲大战。这些明确的看法大概都来自他们的父母亲，但我非常怀疑，在1914年的夏天，英国儿童对即将出现的战争危险是否真的心存忧虑，或者的确了解这一惨案的真正含义。我是一名“巴尔干问题专家”，加之整天与欧洲各国儿童为伴，很快就理解了时局的要点：奥地利一定会为她的王子进行报复，既然俄罗斯是全体斯拉夫人的保护国，塞尔维亚就一定要向她的保护国俄罗斯求助，法国是俄罗斯的盟国，是德国的夙敌；德国是奥地利的盟友，意大利人希望从奥地利人手中得到里亚斯特和特兰提诺。意大利虽然不是奥地利热心的盟友，但也可以算是奥地利的一个盟国。对我来说，英国似乎被排除在这场战争的阵线之外了。但是，德国的小孩子们却完全不那么认为。他们把英国看作敌对阵营的成员国，不仅叫我“英格兰陀螺”，而且还横眉冷对。

假期来临，我丝毫不感到遗憾。随后，我被接回英国，旅途中穿越法国。战争被不幸言中了。大约一周以后，大战就爆发了。然而，我不记得从火车窗口看见过这场危机的明显迹象。六月末，尽管各方已经剑拔弩张，但是，长辈们对漫长的战争依然存着一丝幻想。他们希望等到九月底，我能返回瑞士，取回我留在那儿的大部分衣物和学习用品。遗憾的是，我再也没有见到过那些物品中的任何一件。而最令我懊悔的是，再也没有取回我的滑雪板和轻便木制雪橇。阿洛萨坐落在格里森山脉的坎顿地区。那时，该地区还不通汽车。在铁路终点站以远的地方，所有的运输，冬天依靠雪橇，夏天依靠四轮马车或者驿车。丘尔是通往阿洛萨的一个火车终点站。从丘尔到阿洛萨需要经过大约十五英里长的陡坡和多风的山口。因此，穿过这段路程必须乘坐雪橇或者四轮马车。由于阿洛萨已经成为一个受人青睐的滑雪胜地，那儿盖起了几家大型饭店，经常有许多瑞士和外国游客。他们需要的四匹马拉的雪橇的数量可想而知，何况还要把各种货物和补给运上山去。各个季节交通的繁忙姑且不说，最困难的是在春天（大概还有秋天积雪融化，或者没有降雪时，通向阿洛萨较浅的山谷变成了一道深谷。雪橇和四轮马车不得不在中途互换。大声疾呼的阿洛萨人虽然被允许利用汽车，但是，不管怎样，那时还没有必要添置一些清理山道的设备。而且，那个年代的汽车肯定没有能力顺利通过长达数英里的积雪。

日渐蔓延的战火将我热衷于研究的巴尔干问题降到次要地位。奥地利已经侵占了塞尔维亚；保加利亚加入了敌人的阵营；希腊在矛盾重重的中立中举棋不定。土耳其是一个公开的敌人。战争证实，这是一个难以对付的敌手。而且联想到它在巴尔干战争中的表现，就让你更觉得难以对付。此外，战争并不像有些人断言的那样“在圣诞节前结束”。我父亲从来没有同意过这种观点。当他向一位邻居表明他对那种观点的怀疑时，邻居吃惊地问道：“您认为战争会妨碍打猎吗？”父亲回答说：“上校，四年之内您恐怕不能去打猎了。”事实证明，父亲的预言十分准确。

1917 年夏天，我十五岁，在一所公立学校——克雷夫顿学校——读书。那时发生了这样一件事。当时它看似微不足道，但却成了我人生的一个转折点，给我指明了终生不变的发展方向。事情是这样的：每年的暑假，我都有余暇和机会阅读《泰晤士报》。那年暑假期间，也许西方前线的战事相对平稳，没有值得我花费精力去评点的事件。然而，不管怎么说，1917 年 9 月 10 日到 13 日，却是我终生难忘的几天。那几天，《泰晤士报》发表了两篇文章，报道地球那边发生的一件并不引人注目的事件——被废黜的大清朝皇帝复辟。复辟的闹剧是短命的，从 7 月 1 日至 12 日，历时不到两周。这一闹剧仅限于北京，是由军阀张勋一手策划和进行的。张勋其人，斗大的字不识几个，却以残酷、反动而臭名远扬。他不准部下剪掉头上的辫子，认为那是对清王朝不忠的表现。他自己也留着长长的一根辫子。在共和军中，他的几个还算有点教养的同僚率兵包围北京，并且在 7 月 12 日占领了那座城市。毫无疑问，这些人与张勋原本就是一丘之貉，但是，他们都不想让张勋乘机变成战火连绵的中国的政治领导人。于是，他们就联合起来对付张勋。

《泰晤士报》对这一事件作了深入的报道，但对我来说，却是完全陌生的。我知道，1912 年（应为 1911 年，译者注）中国曾经发生一场反对君主政体的革命，可是，那时我正迷恋于巴尔干诸国及其战争，从来没有读过有关中国的任何书籍和报纸。那不是我感兴趣的领域。《泰晤士报》的文章完全改变了我的兴趣。地球那边，居然存在着一个我全然不知的、历史迷人的广阔世界，而这个世界不合校方的口味，因而没有列入学校的课程。就学校的历史课程而言，除了对鸦片战争和义和团运动片面的、不真实的讲述以外，中国是不存在的。其实，与巴尔干诸国相比，中国是一个遥远神秘、让人兴趣无限的国度。在我的心目中，巴尔干诸国虽然没有被完全忘却，但已经退居到一个微不足道的角落了。中国，才是我应该努力研究的主要目标。正是从读完《泰晤士报》上那篇文章之后那天起，我开始在父亲的图书室里寻找有关中国的书籍。

然而，父亲的图书室里几乎没有和中国有关的书，更没有我渴望的中国通史。我只找到《皇太后统治下的中国》和《北京宫廷史及皇帝传略》这两本书。这两本书都是由 J·O·P·布兰德和埃德蒙·贝克休斯爵士合著的，分别出版于 1910 年和 1912 年。当时都曾引起过轰动。第一本书，包括著名的“亲善日记”，激起我对中国浓厚的兴趣，可是不能满足我的需要。现在发现，“亲善日记”是那位“才华横溢”的贝克休斯爵士杜撰出来的一件彻头彻尾的赝品。书中有一些参考章节，提到中国古代的历史和神秘的唐朝与宋朝。不过，即使那些朝代的鼎盛时期，这本书对有关的人物也没有做过哪怕是简单明了的交代。同样明显的是，作者们——更确切地说，撰写正文的布兰德和没有动笔、而只是挂名的贝克休斯——过度蔑视了他们的题材和中国人。他们写的是一个处于晚期的腐朽没落的王朝。在我看来，他们似乎把清王朝所有恶习和愚昧统统归咎于中国人民，而把整个中华民族看作一个毫无希望的劣等民族。除此而外，作者也不能以同样鲜明而确切的事实使他们那种评价自圆其说。因为他们所写的是一种曾经有过辉煌过去的博大精深的古老文明。这两本书中几乎没有任何关于这种古老文明的有史可据的材料。因此我开始怀疑，这些疏漏是否反映了作者对那个刚刚被推翻的清王朝别有用心的态度。尽管如此，有这么两本书总比什么也没有好，而且好得多。他们使我明白，中国历史，至少它的近代史，是一个有争议的课题，存在着几种不同的观点。因此，为了达到了解中国历史的目的，我必须找到更多的资料。这样，我就变成《各国背景情况》丛书的一名热心读者。《各国背景情况》丛书中，有一本介绍东方古代奴隶制国家的书。我们宿舍的监舍在我的书架上看到这本书的时候，尖刻地奚落我说，我对非必修课程的历史远比对必修课更感兴趣。他的评论绝对正确。《各国背景情况》丛书中，有一本是关于中国的，可是令人失望。那本书中，构成中国历史的学说只有简短的一两章。或者说，是前二千七百年历史的一个提纲，其余的内容便是叙述十九世纪清王朝与英国及其他欧洲列强之间的战争。显然，这套丛书对中国历史这一课题的处理也颇有偏见，十分片面。

我仍然不停地寻找与中国历史有关的书籍。大概第二年，在我母亲所属的伦敦图书馆的协助下，我有了一个重要的发现。那就是，以藏书丰富闻名于世的伦敦图书馆里，竟然没有一本中国历史。唯一一本记载重要历史事件的中国历史著作，还是由一位耶稣会神父翻译成法文的。译本在1777年出版于巴黎，共十二卷。伦敦图书馆藏有这本书。我从头到尾读完了它。

也许，那本书不仅对我学习法语大有益处，而且还变成了我的《圣经》。经过一年，或许两年，我用千方百计节省下来的二十二英镑，买下了这本书的原版。实际上，不仅是原版，而且是唯一的一个版本。那个年代，二十二英镑，是一个不菲的价格。我想，现在这本书的所值决不会低于这个价格，也许要高出它的十倍。更重要的是，它已然归我所有了。实际上，这个法文译本是从《资治通鉴》的满文缩写本翻译过来的。《资治通鉴》是一部用编年体编著的通史。编著于公元 11 世纪时的宋代，主要叙述宋朝以前各个朝代的历史，此外还包括一些不属于历史范畴的目录、考异之类的资料。后来，直到明代，其他学者还在继续编纂这部著作。尽管不是原著，只是一个译本，可是至少，我已经挖掘到了名副其实的原始资料。我当时不知道——实际上，过了几年以后才知道——这部著作的前身，是一部论述到更为久远的、辉煌年代的圣贤哲人，以及远古时期神话般的祖先的历史著作。这部著作可以追溯到公元前 1 世纪的汉朝。当时的历史学家司马迁，把公认的事实和传说中各种版本的传奇故事收集到一起，加以整理，以编年史的形式编写成一部完整的历史——《史记》。当年，那位耶稣会翻译家也如法炮制，只不过与这部伟大的历史著作无法同日而语。

我第一次“涉水”，起步向我的“目标”游去。我不会再偏离航道了。这就意味着，我要前往中国，并且生活在那里，从事中国语言、文化及其历史的研究。除此以外，再也没有适合于我的职业了。从预科学校毕业后，战争也结束了。我一直想上牛津大学，而且通过了入学考试。可是，我们家受到金融危机的冲击，无力供我上牛津大学。那时，也许还没有为上不起大学的困难学生提供助学金的制度，也许我的父母亲对教育制度不了解，不知道助学金制度的存在。他们对学校的选择就说明了这一点。总而言之，理想的大门似乎对我关闭了。当时，外交部下属的远东领事馆分为中国公使馆和日本公使馆。这两个公使馆的外交官员只在这两个国家任职，而且受过汉语和日语的专门培训。不过，首先得有大学毕业文凭。我只有“望洋兴叹”的份儿了。

我的理想虽然十分明确，但似乎无门可投，无路可走。当时，我的舅舅培尔西·菲茨帕特里克爵士正在英国，住在我们家里。他非常热情地提议我去南非，在农场管理或者其他商业活动中创业。他非常忠诚于南非。南非是他的出生地，是他的未来。对于一个刚刚走出中学校门的男孩子来说，拒绝这样一个发自内心并能使计划变成现实的人的提议，恐怕非常困难。我母亲特别喜欢她这个弟弟，又对我的心思看得十分清楚。因此，她对我说，倘若我想拒绝培尔西舅舅的提议，就得亲自对他讲，她可不想插手。这样，我和培尔西舅舅进行了一次面谈。首先，他向我说明，在南非，现在和将来他能为我做些什么。他的允诺十分慷慨——经过一段时间的努力，我一定会过上丰衣足食、甚至相当富有的生活。可是我明白，这样的生活不是我的追求。倘若那么做，我就会像培尔西舅舅一样，彻底与中国无缘了。可是我又觉得，培尔西舅舅为我谋划的经商生涯并非毫无吸引力，而且，我对在经商活动中取得成功还有那么一点儿信心。

可是，鱼与熊掌不能兼得。两者择一，中国对我仍然是最重要的。只要能去中国，并且在中国生活，让我干什么都可以。我对培尔西舅舅说明了我的想法。“可是，为什么非去中国不可呢？”培尔西舅舅听完我的话后问道。他接着指出，无论我，还是我们家，和中国都没有任何联系。就是熟人中，也没有一个人与中国有关系。他进一步指出，我打算怎样在那里生活以及如何挣钱糊口很不明确，而这些问题都非常现实。我只好说，那不过是我的一个想法罢了。我对他的好意表示深切的谢意，但谢绝了他的慷慨帮助。我要高兴地说，培尔西舅舅从来没有因为我的决定而生气。后来，我们几次重逢，他都一如既往，对我友好而亲切——尽管他也许认为，我是一个非常傻的年轻人。

哦，南非去不成了。可是，能去中国吗？怎么去？父亲认为，倘若我在当地一家与远东有商务联系的公司里谋到一个低等职位，也许会找到去中国的机会。于是，我就去一家公司工作。实际上，我当了一名勤杂工，领取相应的报酬。事实上，这家公司与远东的关系只限于与缅甸的联系。涉及中国生活或者文化的业务范围也只是在缅甸招募中国移民劳工。这家公司实际上是一家金融公司，持有包括非洲在内的世界各地的许多公司的股权。它在伦敦的主要活动是操纵那些公司的股价和股份。涨起来，落下去，再涨起来。对我来说，我实在不知道这种活动怎么能使我去一个离中国不远的地方，哪怕是缅甸。不过，都市生活也有它的好处。那就是，它使我有所发现，并且成长起来。我工作的办公大楼在芬斯布里广场的一角。在那个“沙漠绿洲”中，有一所东方研究学院，但不是现在坐落在布鲁巴里的那个东方与非洲研究学院。我给那所研究院打电话询问，得知该学院教授汉语，于是我就利用业余时间去学习。在那家金融公司干了几个月之后，父亲意识到，对我来说，那是一条死胡同。我也有同感，于是辞去工作，成了东方研究学院的一名全日制学生。同时，也间或去伦敦大学听课，但没有得到学位。

1922 年，我在东方研究学院学习了五个多月中文。教师中有位多拉·伊文思小姐。她后来成了这个学院的中文教授。在东方研究学院兼职教授中文的中国人中，有一位舒舍予先生，他是一位著名的小说家，笔名叫老舍。他发表了许多部小说，其中，《骆驼祥子》一书被译成英文。在现代化的教学手段还未来临的情况下，我们（除我以外，还有另外两个学生，我想，他们是未来的传教士）同时要学习中文的各个方面——会话，用文言文和白话文两种文体写作。白话文是现代汉语口语文学的表述形式。老舍用这种新式文体写作，是继胡适之后又一位提倡白话文的先驱。

大概就在这个时期，我们家结识了一位新朋友。这位朋友名叫乔治·桑塞姆（后来的乔治·桑塞姆爵士）。即使在那个年代，他已然是一位世界知名的日本问题权威了。他在英国驻日本公使馆任职。我想，也许正是因为他的缘故，我父亲才肯筹措一笔钱，用作我去中国的旅费。乔治·桑塞姆正打算离开英国，几个月以后，要乘船远航去上海，寻找自己开办公司的机会。在城里的熟人中，父亲又发现一位熟人的妹妹嫁给一个名叫沃德的英国律师。沃德夫妇住在上海。父亲的那位熟人很热情，给沃德先生写了一封推荐信。这样一来，学习中文五个月的资历，一封推荐信，去上海的旅费，加上一张香港 & 上海银行的一百英镑的信用证书就构成了我在 1923 年最后几个月去中国谋生的资格和财力了。天哪，我终于开始去往中国的梦想之旅了！

第二章
十年前的中国

1950 年，去澳大利亚定居之前，我和妻子先去欧洲，访问那里的几个汉学研究中心。在斯德哥尔摩逗留期间，我的瑞典朋友汉斯·比伦斯坦教授为我们安排了一次与斯文·海丁博士的会见。斯文·海丁博士是一位著名的作家兼探险家，他在中国西部和土耳其斯坦的早期考古中，曾经有过许多重要发现。我们去拜访他时，这位老人已经九十六岁了，每天只能在下午抽出一个小时的时间会见客人。时间是固定的，遵守时间非常重要。我们准时到达他家。斯文·海丁博士坐在一把扶手椅上，椅子旁边的桌子上，放着一张奥地利帝国皇帝凯泽·威廉亲笔签名的照片。他谦恭有礼地接见了我们，然后，开始了令人难以忘怀的谈话："六十五年前，我第一次去中国的时候……"从我第一次踏上去中国的道路以来，我还不能说自己有像这位老人那样丰富的阅历，但我满怀希望。

航空旅行盛行之前，中国和欧洲之间的来往，不是坐轮船漂洋过海，就是乘火车经过从莫斯科到中国黑龙江省的边境城市满洲里的西伯利亚大铁路，然后再通过中国的铁路系统从满洲里到北京和上海。那个年代，中国还没有横贯南北的直通铁路。1923 年，乘坐西伯利亚大铁路还为时尚早。因为那时，布尔什维克与白俄之间的内战虽然以苏维埃占领西伯利亚而告终，但战争刚刚结束不久，要想得到穿越苏维埃领土的签证不仅困难，而且旷日持久。于是，我就与乔治·桑塞姆先生一道，乘日本轮船“须羽丸”号由海路前往中国。一路上，乔治·桑塞姆先生给了我很多启示。一天晚上，在新加坡，我们从岸上返回轮船的时候，在码头看见一群日本人正在玩棒球。我十分诧异。乔治·桑塞姆对我说：“哦，你知道，棒球是日本一种全民性运动，日本人一有空就玩棒球。”我说，我只知道棒球是美国的全民性运动。“这话没错，棒球虽然是美国人发明的，但现在日本普及了。”这是日本人与中国人这两个民族之间存在着的深刻差别的第一个表象。对国外新鲜事物的接受，日本人迅速而有所发挥，中国人则缓慢而彻底。

香港是到上海前停靠的最后一个港口，我们在那儿作了短暂的停留。给轮船装煤需要一个夜晚的时间。装煤是件又苦又脏的活儿。光着脊背、扛着装满煤的麻袋的苦力们一字排开，一眼望不到尽头。他们川流不息，在通往轮船煤舱的路上来来往往，在煤尘弥漫中，把麻袋里的煤倒入煤舱的舱底。轮船上，所有窗户都紧闭着。倘若夏天，一定让人十分难受，好在当时是十二月份，正值冬天。那是香港气候宜人的季节。天空晴朗，气温适中。为了躲避煤尘，我们上岸去城里吃饭。那时，香港是一个纯粹的殖民地港口。除了英国人之外，其他欧洲居民寥寥无几。九龙是中国大陆的领土。除了港区内森公路旁边有一大片外观简陋划一的房子，靠近海港渡口有几家商店，以及早期的星岛饭店以外，就再也没有什么了。香港的中央地带，银行和大公司高楼林立。中央地带外围海岛边上的城区，一派中国风情。各种大大小小的商店鳞次栉比，好像除去中国货和专门为中国市场生产的日本货以外，就再也没有别的货物可卖了。香港有几家欧洲公司，如莱恩·克拉夫沃德出售食品和杂货，凯利 & 瓦尔斯是书店，还有出售服装与纺织品的怀特 & 莱德洛等公司。这些公司专门向英国人聚居区提供必需的物品。丹尔瑞农场在岛的南端，饲养奶牛，主要向欧洲人供应牛奶、奶油和黄油。那时，这些食物不能登中国烹饪的"大雅之堂"，不合中国人的口味。如今，所有这些老牌公司的经营场所虽然变了，但繁荣兴旺，依然如旧。当我伫立在码头上的时候，觉得自己终于——至少在地理上——触摸到中国了。而且，香港是那么美丽。

上海的景色与香港迥然不同。黄浦江在吴淞口汇入长江。当我们乘坐的轮船缓缓行驶在黄浦江上的时候，江面污浊。透过冰冷的霏霏细雨，放眼放去，看不见一座山丘。一望无际的平原上，只有一些村庄，雾气濛濛，一片萧瑟。城区上空，笼罩着工厂烟囱冒出来的滚滚浓烟。每年冬季，在英国的第尔伯列也可以看到类似的景象。从香港出发，经过两天的海上航行，气候已经完全不同了。香港属亚热带，冬季气候和暖，而上海，天空阴沉沉的，寒风刺骨。香港那蔚蓝色的海面到上海时，已经变成固定不变的深黄色。那是由于长江日复一日把大量泥沙带到黄海里造成的。黄海恰如其名。上海有到海上去，或者从

◎1923年，查尔斯·帕特里克·菲茨杰拉尔德在去中国的途中。

海上来的意思。黄浦江有一段能通巨型船舶，上海就坐落在那段河流的两岸。最初，上海是一个并不引人注目的、城墙环绕的小城。按照中国帝制行政区划分的标准，应当是州。1840 年的鸦片战争以《南京条约》的签定而告终[①]。根据《南京条约》的条款，上海作为“通商口岸”对外开放。除此而外，英国人和法国人还从清政府那里取得了专门供外国人居住的地区——租界。根据《南京条约》中有关指定对外开放、供外国人居住和进行贸易的城市的条款，这些城市不一定都在海岸或者可以通航的江岸。实际上，指定通商口岸这一禁令逐渐被废弃。北京就居住着大批外国人，而且，他们中的大多数，既不经商，

①译者注：《南京条约》签订于 1842 年。

也不是外交人员。

根据后来陆续签定的一些条约，上海的租界区不断扩大，一直扩大到比原来由中国人直接治理的旧城区大了许多倍。租界由租借人和占领者选举的一个委员会治理。委员会全部由外国居民组成，再加上少数几个中国名誉顾问。这些中国顾问都是大贸易公司的买办。买办 (compraders) 一词来源于葡萄牙语，是买主的意思，后来就演变成大公司中国经理的意思了。买办多数是当地或其他地区的商人，一般都很有钱。他们负责招募中国雇员。虽然，设立租界的初衷是为在那里生活和工作的外国人提供一个居住以及进行贸易的区域，但是，经过八十多年的变迁，租界已然变成了一座大城市。当时的居民人口已经超过一百万，其中百分之九十八是中国人。中国人大量涌入租界是从 1850 年太平天国运动开始的。中国当时的各种条件，刺激人们寻求外国人的保护。于是，涌入租界的人流源源不断。

原来计划在上海建立三个租界。法租界紧靠上海旧城，接下来是英租界。美国本来有权在紧靠英租界的黄浦江下游江岸建立租界，可是，那个时期，美国国会还打着“强烈反对一切形式的殖民主义和帝国主义”的幌子，拒绝单独划给它的租界而另辟蹊径。他们提议把划给它的那片地区与英租界合并成一个“公共租界”，这样一来，美国人一箭双雕，既保证了它的商人有一个不受中国司法权管辖的安全地区，又维护了它那表面上“纯洁”的反殖民主义传统。这样一来，公共租界实质上变成了一个“城市国家”。它有自己的政府、军队、警察，还有上海志愿兵。那是从外国居民中招募的陆军部队。警察主要来自中国北方的山东人，还有锡克人。政府官员绝大多数是英国人。他们之所以要雇佣山东人，一则山东人身强体壮，又有头脑机灵的好名声；二则他们不会说上海本地话。因此，被当地居民腐蚀的可能性就小一些。俄罗斯难民大量涌入时，招募警察刚刚结束，许多俄罗斯人就被招募为没有委任状的警官。

俄国爆发革命的几年间，在中国避难的俄罗斯人数以千计。大多数俄罗斯难民住在哈尔滨和北满（黑龙江省）几个最初由俄国人建起来的城市里。不过，据统计，上海的俄罗斯难民也有四万多人。他们接管了欧洲餐厅、成衣店、美容院，和中国人不适合从事的其他生意。他们没有国籍，因此不能移居到别的国家。他们很难谋到需要专门技术的职业，也很难进入大公司，结果变成一个商业中产阶级——上海的一个特权阶级——大贸易公司和外国银行的大班（汉语中总经理的意思）。

像这些俄罗斯人一样在中国谋生的欧洲人，只是任职期间才住在上海或者中国其他城市。退休后，当然要回到自己的祖国。那时，隐含着“流亡”之意的“侨民”一词，或者还有“移民”一词，还没有被广泛使用。在中国的欧洲人知道自己被叫做“外国人”。尽管他们不理解这个称呼的真实含意，但是，它反映出中国人的一种看法。出于礼貌，或者在正式场合，中国人叫他们“外国人”。从字面上讲，意思是“国外来的人”。最初，外国人被叫做“洋人”。字面上的意思是“海洋上来的人”。这个称呼与相当直言不讳的称呼“洋鬼子”有明显的联系。“洋鬼子”的意思是“海洋上来的鬼”，或者“国外来的鬼”。真正会讲并能听懂汉语的外国人毕竟很少。能运用汉语的，主要是外交人员和传教士。一般的外国人并不真正懂得汉语词汇的来源和含义。

长期在上海定居的家庭，家长通常是公共租界的公务员，不像贸易公司的雇员或者外交使团的领事们那样，可能从一个开放口岸迁移到另外一个开放口岸。因此，他们有的在当地娶妻生子，有的把新娘从英国接来。由于他们既负担不起海上长途旅行的昂贵费用，又忍受不了把孩子送到英国上学的思念之苦，便把孩子们留在上海抚养、教育。在这种情况下，上海的教会学校便应运而生。这些学校的学生中，有一些后来成了名人。英国著名的芭蕾舞女演员玛格丽特·福特英女士便是其中的佼佼者。除去大商行和银行的职员之外，在上海长期定居的外国人还有：在公共租界行政事务部门供职的官员，从事需要专门技术或受过特殊训练的职业人员——医生，律师，股票经纪人，工程师，以及从事其他职业的外国人。这些人都自命为“上海人”。

我怀揣介绍信前来上海投奔的沃德夫妇，到码头迎接我们。他们就是所谓“上海人”。沃德是位律师，夫妇俩没生过孩子。公共租界的活动是一项很复杂的事务。租界里的外国人都来自与清政府缔结条约的列强诸国。有英国、法国、俄国、德国、奥地利、意大利、斯堪的纳维亚各国和荷兰。欧洲的瑞士虽然最初没有与清政府签订任何条约，但通过特殊手段，也取得了与上述国家同等的特权地位。与美国和日本一样，取得了“治外法权”。这就意味着，所有这些国家的公民都不受中国法律和司法权的管辖，而只受他们本国法律的支配。从理论上讲，支配他们的法律通过他们各自的公使馆实施。而实际上，是通过上海一个“联合法庭”实施。所谓“联合法庭”的法官由他们本国政府指定的律师担任。当这些国家的公民卷入某一纠纷或者刑事指控时，就由他们本国政府指定的法官审理。“联合法庭”也审理包括中国人为一方，外国人为另一方的案件。还审理在公共租界中居住的中国人的案件。中国人自己之间的纠纷虽说归上海市地方法官审理，但找上海地方法官裁决的中国人微乎其微。中国人之间发生纠纷时，一般通过某个社会团体来仲裁。如果案件在某种程度上涉及到外国人，就可以诉诸“联合法庭”。上海为律师提供了广阔的用武之地。

“上海人”所关心的事，很少或者根本就不会超出法租界或公共租界的范围。部分由于这个原因，他们从来不在这些租界的边界之外走动，甚至不去日本和香港度一年一度的假期。在他们看来，租界边界以外的中国，都不值得考虑。那里无法无天，十分危险，很不卫生，更不安全。当然，北京既是外交使团的所在地，又是中国政府一些代理机构的所在地。这些机构中有一部分外国职员，他们完全由本国控制（通过抵押贷款获利）。北京还有一些外国大银行的办事处，主要涉及巨额融资的信贷及其服务。“上海人”总是以掩饰不住的怀疑和轻蔑看待这些活动。他们认为，与北京军阀统治的短命政府进行一些外交接触无疑是必要的，但北京政府纯粹是军阀们上演的一场闹剧。谁都知道，这样的短命政权毫无权威，它们只不过是那些当政军阀的敛钱机器而已。最多不过几个月，当政的军阀就会被其他军阀赶下台，然后带着横征暴敛来的巨额财富躲进上海。因为把钱存在上海的外国银行里十分安全。经过多笔外国贷款的使用以后，关税盈余便成了一笔奖赏。那些将军们在北京你来我往地互相争抢，就是为了这种奖赏。“上海人”普遍认为，海关盈余不应该交给那些军阀，而应该用来建立某种基金，为整个国家——也就是通商口岸——的利益服务。

沃德夫妇就持有“上海人”的这些观点。他们从来没有走出过租界一步，从来没有打算干那种蠢事。他们不会说、也不想说汉语。他们解释说，上海话纯粹是一种方言，其他地方的中国人都听不懂。他们声言，中国官话是中国五分之四的人口使用的标准语言，但在上海却派不上用场。其实，这是一种托词，是为避免学习汉语的麻烦而提供的一个绝妙的借口。至于书面语言的学习，他们认为，只有怪人或者迫不得已的官员们才会做那种白日梦。上海话的真正名称应叫“吴语”。吴国是长江下游地区的一个古国。上海话与现在被称为普通话的中国官话之间的差别，大概就像苏格兰湿地的苏格兰人的传统语言与伦敦英语之间的差别。任何一个受过教育的中国人在学习上海话时遇到的麻烦，恐怕不会比英国人在读罗伯特·鲍斯的诗时遇到的麻烦少。

沃德夫妇认为，我既然已经来到上海，当然就得在上海谋生（除了上海，难道还有别的地方可去？）。于是，他们就以“上海人”自居，把当时上海的各种风俗习惯指教给我。次日，我陪沃德太太出门购物。街道上人们熙熙攘攘，沿街狭窄的人行道上，一个给商店送货的苦力背着重物，吃力地向我们迎面走来。我正要闪身到马路中央给他让路，沃德太太一把拉住我的胳膊，说：“别动！”我心中暗忖，也许我一动，就会有一辆我没有发觉的汽车把我撞倒，可是街上没有汽车。实际上，那个年代，上海几乎还没有汽车。我不解地问，为什么不让我闪身让路？“不要给他让路。”沃德太太回答道。我说，那个苦力肩背重物，弓着身子，连路都看不清了。“没关系，”她说，

“谁也不会给中国人让路。”

我不想待在上海，更不想在这儿谋生。我发现，上海是一个毫无吸引力的地方。虽然这里中国人和外国人混杂在一起，而且中国人占绝大多数，但上海的建筑风格却不伦不类。那是一种被淘汰了的、英国和欧洲古典建筑风格最坏的典型，充分反映了19世纪末、20世纪初那种低级的审美情趣。如今，大多数建筑依然存在，而且那么坚固。这是那个不幸的历史时期，欧洲人对中国影响的标记。上海，没有任何具有中国传统特色的建筑物。商店是二层外国式的楼房，中国人称之为“洋楼”。门脸朝街，多少有点古老的中国风味，但却没有表现中国特色与风格的装饰。即使有那么一点点中国风味，也被铺天盖地的旗帜、横幅和数不清的镀金的商品标牌掩盖了。其实，汉字是一种表意文字，本身就是艺术品。任何一种不雅观的东西在汉字的衬托下，也会显示出艺术魅力。

在上海待了大约四天之后，我流露出想去北京的念头。我的东道主甚为惊诧。他们想当然地以为我真正想去的是天津。天津是一个服务于北京（距北京八十英里的内陆城市）的通商口岸。当然，还因为那里有英租界。事实上，天津还有日本、前俄国、法国、前德国，以及前奥地利等国的租界，但没有公共租界。沃德夫妇认为，这是英国外交部所犯一系列无知又无能的错误中的典型。他们说，俄国十月革命期间，毫无疑问，俄租界会成为共产主义——不，是“布尔什维克”——阴谋的温床。而前敌对阵营中，德国已经战败，奥地利帝国也已瓦解，作为战败国，他们再也无法保留在中国的特权。因此，应该像别的通商口岸那样，把他们在天津的租界合并成一个公共租界。

可是，列强诸国此时却表现软弱。他们屈服于中国人的压力，把那几个租界划为“特区”，并把“特区”的管理权拱手让给中国的当权者。此外，沃德夫妇还认为，如果生活在天津的英租界、法租界甚至日租界的安全尚有保证的话，生活在以前的俄租界，德租界和奥租界就要冒极大的风险。更糟糕的是俄租界位于相对安全的日租界和英租界中间，使这两个租界首尾不能相接。

沃德夫妇的看法是，虽然天津明显地不如上海，但是，天津也许能为来中国谋生的外国人提供一个可靠的起点。可是我坚持说，我确实想去北京。“哦，我们白费口舌了。那你就得先乘船从上海到天津，然后再坐一段路程不长的火车去北京。”见我执意北上，他们便安慰我说，那段旅途的安全没有问题。因为沃德太太的哥哥威利斯先生是京沈铁路的总工程师。京沈铁路经过天津。沃德夫妇可以写封介绍信，把我引荐给威利斯先生，他会安排我安全抵达北京。“不过，”我说，“有从上海到北京的直达火车吗？”“啊，你千万不要考虑乘火车走完全程，那是十分危险的。”他们解释说，就在几年前（我知道这件事），一列直达火车在山东被强盗拦劫，并且把旅客们挟持到乡村索要赎金。外国列强诸国的营救行动只能通过抗议进行。它们坚持，如果需要付赎金，也得中国政府出钱，并且保证中外旅客的安全交接。从天津到长江北岸与南京隔江相望的浦口有一条铁路。这条铁路那时称为津浦铁路。这条铁路虽然是用比利时、德国和其他一些国家提供的贷款修建的，并且仍然由一些比利时职员管理，但是，在这条铁路上乘火车旅行还是相当危险的。因为我从来没有间断过阅读《泰晤士报》和其他报刊有关中国的报道，所以对山东“铁路大劫案”的某些背景比我的东道主知道得更多。

许多欧洲不法军火商云集中国，力图处理第一次世界大战剩余的军火。一个不法军火商与控制北京的军阀吴佩孚进行交易。他把一大批军火卖给吴佩孚，拿到货款之后，不等货物交到吴佩孚手里，就偷偷登上被称为“蓝色列车”的直达上海的火车，前往不受中国管辖的上海租界。他的交易只要不在本国法律限制的范围之内，就不能对他提起诉讼。因此，不管这笔买卖多么不合法，谁都拿他没办法。这笔军火交易发生在吴佩孚赢得最近一次内战之前。战争的胜利使吴佩孚大权在握，凌驾于有名无实的北京政府之上。这样的顾客自然不好欺诈。不法军火商便想一逃了之。可是，吴佩孚早有防备。他打电报给他的下属山东省省长，让他命令某个强盗头子拦劫列车，把旅客挟持到乡下，夺回不法军火商骗走的不义之财，前提是不能伤害其他旅客。强盗头子得到的报偿是把他与他的部下收编到吴佩孚的正规部队，并且得到“赦免”。

这种官匪交易的勾当屡见不鲜。起初，那些强盗本来不是职业亡命之徒，而是军阀混战中被击溃的军队留下的散兵游勇。他们没有指挥官，没有军饷，也不受战胜者的欢迎，于是就在同样倒霉的军官带领下上了山。他们“占山为王”，坐等下一轮内战给他们提供一个推销自己的机会。然后，从招兵买马扩充兵力的大军阀那里得到“赦免”。这一次，山东的强盗头子欣然接受省长的提议，拦劫了开往上海的蓝色直达列车，夺回被那个军火商骗走的钱，一个子儿不少交给吴佩孚，对外国人和他们携带的物品秋毫无犯，但也从中国旅客身上，搜刮了一些值钱的东西。军火商和那些中国旅客都不敢抱怨。他们知道，即使抱怨，人家也不会退还分文。这倒是个一劳永逸的解决办法。各国驻北京的外交使团对整个事件的内幕了解得一清二楚，巴不得看到那位不法军火商得到应有的“奖赏”。因为这种交易令人讨厌。它助长了持续不断的内战，而内战又妨害了贸易。贸易是那些国家在中国唯一感兴趣的东西。

沃德夫妇似乎从来没有听说过这一事件的内幕。即使听说过，也并不相信。他们认为，不管怎样解释，这件事本身都无关紧要。如果它是真的，恰恰是北京政府腐败无能和政府官员对本国不法商人纵容默许的极好证明。而这种纵容，也恰恰是政府奉行的政策软弱无能的标记。可我还是坚持乘火车去北京。沃德夫妇只好到火车站为我送行。他们眼里几乎噙满泪水。火车站正好在租界边缘，有中国警察站岗。倘若我从黄浦江码头纵身跳入浑浊的河水，他们也不会比目送我乘火车离开上海更遗憾。这是一次令人欣慰的旅行，历时两天一夜，整个豪华舒适的车厢里，只有我一个人（车厢里的确没有外国乘客）。头等车厢几乎是空的，而三等车厢却挤满了人。在南京，旅客乘渡船渡过长江，然后再上蓝色直达列车。因为是单轨，所以车速不快，这倒为我提供了充裕的时间，亲眼目睹一下“真实的中国”。冬天，庄稼稀疏的原野上，数不清的砖墙瓦顶农舍星罗棋布。偶而，气势宏伟、红墙绿瓦的庙宇从眼前闪过。沿途的土地，时而平坦，时而起伏不平，直到接近山东省时，才看见远处的山峦。我没有在天津停留，因为在离开上海的最后一刻，沃德夫妇才有点难为情地承认，沃德太太的哥哥威利斯实际上并不住在天津那个安全保险的租界，而是住在丰台一幢属于铁道部门的房子里。丰台是北京南边大约十英里处的一个小城，是中国北部京沈、京汉和京张三大铁路干线的交汇点。那时，丰台是一个类似于伦敦西南部克拉彭区的小铁路交汇点；如今，它已经发展成熟，与迅速扩展的北京融合在一起。这样，我就到了丰台，并且受到威利斯先生热情友好的接待。一见面我就感觉到，威利斯不同于那些“上海人”。他是个职业的铁道工程师，在中国工作已经超过十个年头。最初，他参与修建从武昌（现在是武汉的一部分）到广东的铁路。那条铁路穿过中国的中心地带湖南。第一次世界大战爆发时，铁路的修建便停止了，因为修铁路的主要资金来自德国，而德国中止了贷款。事实上，那条铁路的修建第一次停顿了六年。第二次从日本入侵前夕开始算起，又中断了十二年。直到中华人民共和国成立之后，1951 年，终于建成通车。在湖南的铁路修建中止以后，威利斯先生就来到离北京十英里的丰台。最初几年，他很少担惊受怕过。他说，他有可能在京沈铁路部门为我找到一份工作，而且，两天以后他将去天津会见总经理尼斯安先生。威利斯先生经常乘坐挂在列车尾部的观察车厢来往于那条铁路上，察看有毛病的铁轨和其他需要注意的事情。我魂牵梦绕的北京，乘火车只须半个小时就可到达。次日清晨，我抵达北京，那是 1924 年 1 月 1 日或 2 日，一个寒冷而阳光灿烂的早晨。那时，整个北京都在明代长城内（后来，明代长城不幸被拆毁）。列车驶进北京时，人们可以看到一道长长的灰色砖墙。那是北京外城（有时称“中国城”，尽管我从来没有听到中国人使用这个名称）的南城墙。火车一直驶到一座专供铁路使用的城门跟前，然后穿过拱形门洞（它有两扇可以关闭的巨大门扇），火车就进入北京城。

那时，火车站正好在前门外边。前门是内城一个重要的南城门。外国人有时把内城称为“鞑靼城”。实际上，具有现代建筑风格的前门是明朝永乐年间（1403—1424）修建的，所以“鞑靼城”也是一个很不恰当的名称，中国人并不这样称呼它。水门也是从车站进入外城的一个入口。之所以称之为水门，因为它曾经是一直通到使馆区的小运河的出口。使馆区离“铁路包房车大旅馆”非常近，“铁路包房车大旅馆”的前身叫“铁路包房车”。这个名称的来由是这样的：1900 年，义和团围攻使馆区。公使馆的工作人员被解救出来之后，铁路重新运营，使馆区众多的外国居民没有住处，一位富有想象力的瑞士旅馆老板便租来铁路包房车，把它们停放在水门外边的铁路专用线上。这样旅馆就开张了。水门里面的新旅馆建起来以后，新建的旅馆依然保留了原来的名称。这幢建筑依然完好无损。中华

◎北京前门 摄于1924年

人民共和国成立以后，它变成接待苏联顾问的官方饭店，禁止其他居民进入。随着中苏之间裂痕的扩大，苏联顾问撤走了，饭店也随之关闭。直到 1978 年，依然关闭着，几十年风雨剥蚀，早已面目皆非。

义和团运动以后，专门为外交人员和他们的佣人，以及少数有门路的外国侨民建起一个使馆区。使馆区包括几条街道：一条是东交民巷，东西走向，与城墙平行；一条是沿城墙根的狭窄胡同；另外一条是南北走向的街道，其终点在水门，称为玉河桥；第四条是与东交民巷平行向东的街道，叫台基厂。这些街道的名称都是地道的中国名称。居住在那里的外国人则分别把它们叫作领事街，运河街，城墙街，和马可波罗街。使馆区西边，越过紧靠城墙的那条狭窄的胡同，就是高大的红色城墙。这些城墙把通向紫禁城——故宫的外部通道围了起来。

前门往里，只有相当狭窄的街道连接城市的东西两边，再

◎北京前门里 摄于1924年

往里，是朝门。这座城门从它建成的那个朝代起，就一直叫这个名字。朝门的名称经常变化，曾经叫大明门，后来又叫大清门，从共和政体建立以来，一直叫中华门——“中国门”。又长又宽的广场向北通向天安门。天安门是紫禁城的南门。那里的一切发生了很大的变化。朝门已经被推倒，围墙也已拆毁。大大扩展了的广场西边，矗立着人民大会堂。而以前从天安门广场通向东西长安街的城门也消失了。毛泽东纪念堂现在矗立在朝门旧址以北不远的地方。那时，东长安街的南边，有一片“缓冲区”。那里地势开阔，提供了一个防止向使馆区开枪的场所。“缓冲区”向东延伸，一直到使馆区外边的哈德门。使馆区由在北京设有领事馆的各国提供领事馆卫兵、陆军或海军特遣队守卫。从前，这些派兵的国家包括英国、美国、俄国、法国、德国、奥地利，以及日本。意大利和荷兰认为，没有必要保留一支卫队。比利时、西班牙、葡萄牙和斯堪的纳维亚诸国也认为没有必要。第一次世界大战以后，俄国、德国和奥地利失去了他们在中国的特权。这样一来，到 1924 年，使馆区的卫兵就只剩下英国、美国、法国和日本的特遣部队了。按照条约的规定，使馆卫队有权充当京沈铁路沿线从北京到公海一些地方的车站警卫部队。天津虽然坐落在从公海溯河而上只有几英里的地方，但条约确定的公海界限不在天津，而在山海关。山海关是长城与海岸毗连的地方，是中国明朝的边界。

1924 年，清王朝灭亡已有十二个年头了，但就我在那个阳光灿烂的冬日所见，与皇帝统治时期相比，北京并没有多大变化。主要大街之间，穿插着众多的胡同——狭窄的小巷。随着季节的变化，黄土路时而尘土飞扬，时而泥泞遍地。交通工具几乎都是黄包车，一些有钱的中国人也乘坐马拉的有车厢的轿车。这种车与维多利亚时期英国的布鲁厄姆车非常相似。汽车十分罕见，公使馆有几辆，最高层的中国官员和军队的将军们也乘坐汽车。将军的汽车前面，还有一辆汽车鸣笛开道，车上挤满荷枪实弹的卫兵。普通百姓一听见汽笛或者看见汽车就四散躲开。那时，自行车还没有普及。

百分之九十九的老百姓穿着中式服装，也就是自从 17 世纪清政府入主中原以来那种传统服装。男人们穿的是从膝盖开叉到脚踝的长袍，外面再套一件高领马褂。这种服装冬天比夏天穿得更多一些。那时，妇女们不穿这种服装，她们还是穿着那种肥大的长裤和略长一点的外套。女式长袍从膝盖以上部位开叉是上层中国妇女刚开始流行的新款式，名曰旗袍，是妇女解放的标志。家道殷实的人家，这些服装用的面料是丝绸，略

◎北京前门大街 摄于1924年

加一些花样装饰。有时，在袖口上刺绣一些装饰图案，但颜色淡雅，或蓝，或绿，或褐，或深红。穷人穿的则是棉布长袍。冬天，在里面絮一层棉花或羊毛，至于颜色，不是黑色，就是深蓝。满族妇女戴着很有民族特色的很高的头饰，头饰用翠鸟的羽毛和类似于花边的金丝饰品做成，并且饰以宝石。

被废黜的皇帝溥仪和他的影子朝廷依然占据着紫禁城的北半部。以前，皇宫的这一部分是寝宫，不是皇帝临朝理政的地方。根据皇帝退位协议的条款，安排夏宫（圆明园）[①]为皇家的永久住所。夏宫距北京老城大约十二英里或稍远一些，紧靠西山。可是，在一个占地面积很大的公园里，很难设防，出入方便。一心想当皇帝的总统袁世凯担心，倘若刚被废黜的皇帝离开紫禁城，住到这里，很可能被他的竞争对手抓走，成为那些试图争夺最高权力的野心家手里的王牌。于是，袁世凯同意，皇室成员继续住在紫禁城。毫无疑问，他打算一旦巩固了自己的地位，就把满族人迁往夏宫，而他自己搬入紫禁城。袁世凯的美梦从来没有实现过。1916 年，复辟帝制的企图彻底失败之后，他便一命呜呼了。他死以后，留下一个群枭角逐最高权力的混乱局面。1924 年，这种混乱局面依然在继续。

皇帝一家继续住在紫禁城里的时候，历届共和体制的政府都同意，将紫禁城南部皇帝临朝理政的宏伟宫殿及广阔的庭院，对公众开放。因此，我从长安街步行到天安门，然后参观了那些宏伟的宫殿。如果现在参观故宫，你会淹没在中外游客巨大

①译者注：此处为原作者之误，应为颐和园。

的人流里。可是那一天，我只付了微不足道的入场费（大约6个便士），便圆了游览这座心仪已久、金碧辉煌的宫殿的美梦。我发现，参观者几乎只有我自己。故宫里既没有导游，也没有用外文写的说明，告诉参观者，你是在什么地方，或者看到的是什么。觐见皇帝的宫殿依然悬挂着小小的牌匾。那些牌匾始终是宫殿的装饰。事实上，一切都没变，变化的只是皇帝不再在这些宫殿里临朝理政了。故宫的这一部分在任何意义上都不是一座博物馆。除了原有的室内陈设外，还包括一些很大的香炉和几个业已上锁贴了封条的大橱柜。

这就是我第一眼看到的北京，一座几乎没有触摸到现代气息而多少有点冷落萧条的城市。作为首都，它存在的理由已经消失，或者几乎消失。一个能够收留皇帝并且与那个被推翻的显赫、威严、高贵的封建王朝相“比美”的新王朝还没有建立起来。取而代之的是军事强权人物卵翼之下，一个反复无常、乌七八糟的民国政府。而这个铁腕人物对权力的享受，也只能是在被他的同类赶下台前那短暂的一瞬。实际上，举足轻重的军阀是曹锟。曹锟是河北人，行伍出身，几乎没有文化，以腐败而臭名昭著，而且愚蠢透顶。他召集了一次残缺不全的旧国民议会，以他提名的议员填补议会空缺的席位，并且通过巨额贿赂当选为总统。这种做法极其愚蠢。他若只是收敛巨额钱财，众多政敌尚能容忍一时，但是，倘若他着手使自己的统治合法化，并且通过当选总统而持久化，就会威胁到那些政敌的利益，注定要促成一个推翻他的联盟。

那天晚上，我回到丰台，并且受到威利斯一家人的热情招待。我被告知，威利斯先生第二天要去天津，并且向京沈铁路的总经理尼斯安先生汇报情况。尼斯安先生邀请我与他共进午餐。于是，我和威利斯先生将乘坐挂在去沈阳的早班列车尾部的那节视察车厢到天津去。

第三章
“学汉语的人都是疯子”

那个年代，正常情况下，乘火车从北京到天津大约需要三个小时。时值冬季，天气很冷，因此没有战事，我们准时抵达天津。威利斯先生决定不去总经理家用午餐了，便告诉我他家的地址，然后，雇了一辆黄包车拉我去见尼斯安先生。我们把那节巡视车停在中央车站。虽然外国租界的专用车站是天津东站而不是中央车站，但是，中国人住的市区再也没有城墙围着了。我很快就发现，尼斯安先生并不住在租界，而是住在离中央车站不远的铁路“大院”。“大院”的英语名称是Compound。它可能来源于马来亚语Kampong。在马来亚语中，它的意思是“小村庄”。在中国居住的外国人中，这个词常指用院墙或篱笆围起来的房地产的名称。可能指一处私人宅院，也可能指铁路调车场。这里指的是后者。尼斯安先生的住宅是一幢占地面积很大的仿殖民地时期式样的平房，周围有宽阔的游廊。房子外面，冰霜覆盖的狭窄的小径，与一条通向调车场

◎山海关 摄于1924年

大门的短短的私人车道相连。铁路岔道，信号灯，一列列长长的货车，以及没有挂火车头的客车车厢，展现出一道别具一格的风景。虽然这无疑是一幅职业性的画图，但却难以给人美感。

天气晴朗，寒气袭人。这是一个典型的中国北方的冬日。尼斯安先生身穿一件厚厚的大衣坐在台阶上面的游廊里，不知道他究竟是在晒太阳，还是在观看我的到来。不过，中国北方的寒冬的确很冷。因为我事先就知道，车夫向外国人索要的车费比向中国人索要的车费高出四五倍，所以一下车就和车夫讨价还价。经过一番例行公事式的讨价还价以后，我与车夫以两倍于中国人的价格成交。这的确令我高兴。我的汉语虽然刚刚入门，可是，对于诸如“多少钱？”“不，太多了。”“我给得够多了。”之类简单的、不需要多少技巧的问答，已经运用自如。尼斯安先生坐在台阶上方，一声不吭地望着这场谈话。我付完车费，走上台阶，向尼斯安先生作了自我介绍。我们两人握了握手，他便请我在一把椅子上坐下。他指着黄包车夫的背影问我：“你刚才和那个车夫说什么呢？”我回答说：“我和他为车费的事讨价还价呢。”“他肯定对英语一窍不通。那么，你是用什么语言和他交谈呢？”“我试着用汉语和他交谈。”沉默。“我在这个国家已经住了三十二年，可是连一句中国话也不会说。”对于尼斯安先生这样的话，我该说什么才好呢？我沉思良久，还是无言以对。眼下，我希望得到一份儿工作。是的，为了谋生，我急需找到一份工作。我既不能说：“真可悲，尼斯安先生。”又不能说：“你怎么能这样混日子呢？”我真不记得那天到底说了什么。一定是不值得一记的话，无非是“噢”“啊”之类的应酬话。后来，尼斯安先生领我走进温暖的客厅，并且共进午餐。他再也没有问起我说汉语的情况。几乎可以肯定地说，他也持有“上海人”或者天津那些类似“上海人”的观点，认为“学习汉语的人都是疯子”。

尽管如此，他还是认为，他可以给这个“有可能发疯的人”提供一份工作。于是，他请我以仓库经理助理的身份，当一名铁路雇员。仓库位于海河入海口一个叫新河的地方。天津就在海河岸上。新河是铁路备用品的集散中心。铁路备用品先从国外运到这里，然后再分散到其他火车站的仓库。人们不禁要问：你从未受过从事此类工作的专门训练，对铁路及其管理的知识并不比普通乘客知道得多，为什么能得到这份工作呢？我的确没有资格，但要紧的是——我是英国人，而且，推荐我的是铁路公司的总经理，因此，我被认定是可靠的。这是“顺理成章”的事情。

那时，沈阳叫蘑菇屯，京沈铁路叫北京—蘑菇屯铁路。这条铁路是19世纪末叶主要靠英国的贷款修建起来的。从理论上讲，这条铁路是由中国交通部门管理的一条国有铁路，可是多数债券持有人无疑是英国人。这些人认为，假如铁路线掌握在中国人手里，就一定会出现种种司空见惯的腐败现象。为了防止弄虚作假，任人唯亲，债券持有人规定，贷款还清之前，铁路的管理和技术操作必须由英国人负责。这样一来，总经理、总工程师、总机车督察员、总仓库管理员，以及其他成员（当然包括会计师）都应该是，而且必须是英国人。他们中的大多数都有一技之长。按照英国的合同，这些工作人员享有不扣薪水的休假以及到英国长途旅行的费用等优厚的待遇。如果在公司工作够一定的年限，还能领取养老金。在中国雇用的职员就享受不上这些待遇。我是凭借口头通知被雇用的，既没有探亲休假的规定，也享受不到免费去英国长途旅行的待遇。至于养老金，在任何情况下似乎都是一件遥远而又不可捉摸的事情。我不为此而苦恼，也没有听到管理部门提及此事。对我来说，这是一条在中国的谋生之道。它为我提供了一份能节省下三分之二的、足够丰厚的薪水，以及黄金般可贵的学习汉语的机会。

不仅如此，除了那些我没有资格享受的待遇，还有许多更有价值的东西在等待着我。那就是，我不但可以在京沈铁路上，而且可以在中国其他铁路上，免费乘坐头等车厢旅行。这就意味着，只要时间允许，我就可以经常去北京，而不需花一分钱。我还可以去北戴河、秦皇岛和山海关等地的海岸。从理论上讲，还可以去沈阳、南京、汉口，或者上海。可是，一来，我难得有空闲时间；二来，这些铁路在内战暂短的间歇期间才开放，而那时我却又忙得要命。因此，免费旅行的机会其实并不多。

若从铁路管理方面看，我虽然没有专业知识，但是，我的职责就是看住那些仓库不要被盗。因此，胜任这份工作的能力，我还绰绰有余。这些职位必须由英国国民充任，但在中国那个混乱的年代里，这类工作对那些有铁路方面专业知识的英国青年没有多大吸引力。我的直接助理——仓库经理的下级助理，是一位侨居印度的英国人，也是在本地招聘的。他曾经是印度的英国铁路职工，先漂流到香港，后来又辗转到天津，怀着最终能得到一笔养老金的希望，不辞辛苦地工作着。

两天以后，我到新河上任。这不是一个令人神往之地。我曾经住过的任何地方都不像这里那样枯燥乏味。新河在白河下游。距天津大约三十英里有个规模不大的导航站。港口要塞早在1900年就被英法联军占领，直到那时，还没有归还给中国。由此，溯白河而上二英里，就是新河。新河，有新的河流之意，其实只有一个狭长的码头。码头后面是一个很大的铁路调车场。铁路两边，坐落着中国人的小村庄。除码头区之外，铁路两边都是一望无际的平坦的盐碱沼泽地。沼泽地了无生机，没有树林，不长植物，没有一座突起的山丘遮断远处的地平线，就连一条可以下脚的小道都没有。事实上，这里是一片盐碱洼地，只有乘坐小船才能在纵横交错的水渠间穿行。满目萧瑟之中，唯一可以观看的景物就是破冰船。黎明时分，它溯河而上，傍晚顺河归来，天气严寒时，偶而也在中午行驶。破冰船是一种由加厚的钢板制成的平底船。它们在浮冰上行驶，用自身的重量把浮冰压碎。每当黎明，或者太阳落山以后，嘎吱嘎吱的响声就不绝于耳。冬天，冰层很厚，水流很慢，破冰船驶过不久，河面很快就又结冰。因此，过往船只就紧紧跟着破冰船溯河而上，或者顺流而下。

在新河，分配给仓库经理助理的住处是坐落在铁路调车场院里的铁路职工宿舍。仓库经理助理这个职位看起来已经空缺一段时间了。宿舍的建筑风格当然是欧洲式的。客厅、餐厅和厨房在一楼。楼上有两间卧室，现代化的浴室和必要的储物间。对于一个年轻的单身汉来说，这套房子足够宽敞，简直宽敞得过头了。因为我不得不为它配备家具。屋子里不仅没有家具，就连锅碗瓢盆和其他任何可以移动的家用物件都没有。仓库总经理菲费先生的家也在铁路停车场院里。他和他的夫人倒是肯帮我的忙。他们告诉我，应该买些什么东西，还告诉我在天津的什么地方可以买到这些东西。他们还为我找来必不可少的佣人。没有佣人，即使一个年纪不到二十二岁的年轻人也难以在中国生活。就这样，我很快就有了一个年轻厨师和一个“苦力”。厨师兼任贴身男仆和“管家”。“苦力”没有技术，负责打扫卫生和洗衣。在那个年代，除了照看孩子的大妈，还没有妇女被雇佣来为外国人服务。

在只会说汉语的年轻厨师的陪同下，我去天津做了一次短暂的旅行，逛了几家商店，买了些家具、炊具、扫帚等日常用品。也许，正如菲费夫妇所言，我买的这些东西比他们去租界欧洲人开的商店里买的要便宜一些。厨师领我到市里他熟悉的地方。在那里，他无疑拿了回扣，可我也省了钱。所以，我还是划算的。听说我正在学习汉语，甚至还能用汉语和中国人交流，菲费夫妇不仅吃了一惊，还深感不安。他们相信，这样做的后果是思想上危险的退化。他们虽然生活在中国，但是对中国一无所知，而且了无兴趣。他们花费一生的时间从事自己的工作，随着铁路仓储部门去过南美洲、非洲和印度，足迹遍布大部分世界。但是他们既不了解，也不喜欢那些国家的任何东西。他们从来没有说过那些国家的语言，唯一的期盼就是再熬上五年，赶快退休。那时，他们将尽快回到英国，回到伦敦近郊自己未来的家里。

在新河，菲费夫妇是除我以外仅有的“外国人”。因此，我的社交活动十分有限。新河有位唐先生。我发现，他实际上出身于一个享有盛名的官僚世家，而且凭借广博的经历，使他有资格胜任铁路管理部门或者交通部门的高级职位。他能说一口流利的英语，可是，菲费夫妇从来没有邀请唐先生到他们家做客。也许唐先生听说我对中国感兴趣，便邀请我到他家做客。

在他家，我们进行过多次长谈。我邀请唐先生来我的住处做客，也邀请他的夫人一同前往（在那年代，即使在中国的上流社会，这种做法也非常罕见）。他们夫妇应邀赴约。菲费夫妇对我和唐先生夫妇的交往公开表示不满。对于他们的抱怨我没有理睬。因为，我对铁路部门的责任并不等于他们可以把这种限制强加在我的私人社交活动上。遗憾的是，不久之后，唐先生便被调到别的地方工作去了。

新河单调的生活使得去北京旅行更加可贵。去北京旅行很方便。从蘑菇屯（沈阳）经新河去天津和北京的直达列车大约在每个星期五的下午四点半左右到达新河。正好在我下班以后。这样，火车进站的信号灯一亮，一个铁路职员便通知我火车即将进站，我就昂首阔步地向站台走去（大约几百码的距离）。上了车，在头等车厢中的僻静处找到一个座位，便向北京进发了。住在新河的好处（唯一的好处）是到达天津以前，头等车厢里实际上空无一人。火车一到天津，铁路部门的高级职员，尤其是中国职员和他们的家属便蜂拥而上。于是，头等车厢的座位实际上全被他们坐满了。非铁路职工没有坐头等车厢的机会。天津的居民告诉我，他们总是乘坐早班车去北京，这不难理解。当然，像我一样的铁路员工，乘火车是免票的。按照惯例，他们的家属也免票。检票员十分明白，这些高级职员毕竟是他的顶头上司，他又不傻，犯不着拿自己的饭碗冒险。有一个铁路员工告诉我，他几乎不记得有持票的乘客在周末乘坐头等车厢的情况。

星期日晚上，返回的旅程就不怎么舒服了。火车晚上十一点离站，是去沈阳的晚车。头等车厢中，只有一节是软座豪华

◎北京天坛 摄于1924年

车厢，其余都是卧铺车厢。可是，我很快就找到了对付的办法。在我外出旅行期间，厨师不需要给谁做饭。于是，作为我的佣人，他也可以免票乘坐三等车厢。这样一来，他也可以回北京，与家人团聚，度过周末的闲暇时间。开车前一个小时，他就去车站，通过门卫、检票员以及诸如此类的好朋友、好同志的斡旋帮助，给我弄到一个座位。当然，他也为自己弄到一个。铁路员工们已经开始把铁路部门看作一个规模庞大的中国家族——有点儿像帝国政体下的官方企业。你以它谋生——你和你的家庭都以它谋生——作为回报，你就得执行它的命令。作为对你执行命令的回报，它就得在某种程度上宽容你，允许你有一定的自由。你不能走得太远，不过谁都知道，走多远才是安全的。除非你犯下大错，你才会被解雇。倘若是明显的无能或者不称职，你可能被调到其他岗位。即使调离，也保留原工资，就像原先占有这个岗位的人因人浮于事而被调离一样，保留原薪。不管怎样，谁也不会或者不可能被夺去他们的“生计”。即使因谋杀或者其他暴力而被判刑的罪犯，也能为家人的未来找到一条生路。在皇帝统治时期，叛国罪和造反罪不仅意味着罪犯本人被处以死刑，而且要诛灭全家——这样一来，就不需要为那些已经踏上黄泉路的人再寻找出路了。熟悉了工作环境之后，我就发现，这份工作不仅十分轻松，而且相当有趣。

下面的分析有助于说明中国的一种社会现实。即除去富有的上海买办之外，尽管大官僚们通过贪污受贿聚敛了巨额钱财，但中国真正非常富有的家庭却如凤毛麟角。官僚们敛财越多，想仰仗他们发财的追随者也越多。首先是家族中的三亲六故，然后是家乡的父老乡亲，再次是家乡的府县州道。对于最高层的官僚们，还有数以百计的本省乡亲们希望依靠这些“伟大的人物”而获得好处。如果不能使乡亲们受益，他的权力基础便会被削弱，随之而来的是垮台。这种现象甚至可以追溯到明朝初年。那时，北京作为首都正在兴建。山东人一致抱怨，他们在首都北京没有得到真正的优惠和特权。负责首都和紫禁城建设的大臣刘璞义是山东人。他必须设法应付山东老乡的这种抱怨。可是在皇帝朱棣的朝廷里，举足轻重的朝臣并不是山东人，而是像皇族朱家一样的南方人。刘璞义发现，他几乎拿不出什么像样的东西馈赠他的山东老乡。无奈之中，他想出一个办法：准许山东老乡独享一种特权，那就是收集北京的粪便，并把粪便转卖给北京周围的农村。虽然这是一种在难闻的气味中进行的交易，但却也是一桩很能赚钱的买卖。而他的同僚却忽视了这一特权，并认为掏粪有损于同乡的颜面。一直到 19 世纪 20 年代，北京收集粪便依然是一项巨大的工程，并且继续由山东人垄断。

几乎所有周末，我都是在北京度过的，但是有一次，我没去北京，而是去了天津。那是因为我听说那里即将举办不同寻常的盛会——天后的神像要从北庙移到南庙。南庙位于城墙围就的旧城区，在一条狭窄街道的一端。倘若“移驾”的队伍从一条取代旧城墙的林荫大道通过，那将既容易又方便。可是他们没有走那条路，而是沿着传统的路线，走过一条古老的大街。这也是以往多次“移驾”的路线。天后是中国南方的道教女神，是海员和渔民的保护神。天津在北方，对天后的崇拜无疑受到南方海员的影响。这些海员有的在天津定居下来，有的经常在天津逗留。天津其他风俗习惯和烹饪技术也深受南方人的影响。

女神塑像“移驾”——从一个庙宇到另一庙宇——每隔二十五年才举办一次。上次从南庙“移驾”到北庙是在1899年，那是义和拳运动爆发的前一年。

据说，这一宗教活动意义深远、关系重大。按照迷信的说法，天后驻驾北庙，对中国北方和北京以及朝廷比较有利。天后“移驾”到南庙，中国南方将会受益。可是，天后上次驻驾北庙却没有带来吉祥，尽管那次“移驾”，舆论普遍认为会使清王朝繁荣昌盛。事实是，她即使有回天之力，也没能挽救清王朝的覆灭。这一次，天后“移驾”南庙却激起当地南方人的希望。大批广东人以为自己将受雇于京沈铁路、天津和中国北方的其他企业。

天津的广东人很多。因为这个时期，他们实际上是唯一能够雇到的有专门技术的产业工人。除了天生的聪明才智和进取精神之外，广东人还占了一个地域之利。那就是，广东与香港毗邻。事实上，香港本来就是广东的一部分。就民族和文化背景而言，广东人和香港人并无两样。许多广东人在香港的造船厂里掌握了机械制造的技能和技术。现在，铁路部门所有机械制造和设备维修部门都掌握在广东人手里。他们也都热情地支持共和政体的领导者孙逸仙博士。最近，孙逸仙博士在广东又一次组建起一个他认为合法的共和政府（但列强各国没有承认）。那时候，广东的共和政府和北京政府之间虽然在南方各省没有爆发激烈的战争，但是，广东共和政府是北京政府的敌人却是众所周知的事实。因此，当地的广东人希望天后——他们的女神“移驾”南庙预示南方人方事如意，也许还预示孙博士事业的成功。这也正是广东的同事们告诉我即将举办这次盛会的原因。后来，在他们的陪同下，我便专程到天津亲眼目睹了这次盛会。

“移驾”开始前一两个小时，我们费尽力气才走到临街的一家商店里（无需多说，商店是广东商人开的）。从这家商店的阳台上望去，街上的热闹尽收眼底。等待期间，我们吃了午餐。那天，“移驾”队伍经过的大街禁止车辆通行，商店也全部停业，街道两旁挤满看热闹的人群。天津驻军的司令是北方人。这位司令意识到这次活动对他的公众形象十分重要，不仅慷慨解囊，赞助活动费用，还命令警察以友善和非暴力的方式维持最低限度的秩序。他所做的这一切，使这次盛会更令人愉快、难以忘怀。

活动开始了，“移驾”的队伍很长。两个多小时以后，一英里长的街道才渐渐平静下来。所有参加“移驾”的人都穿着明朝或者比明朝更早的朝代的服装。过去，除了舞台上演戏以外，清朝皇帝下令禁止穿这种服装。不过现在清政府已是历史陈迹，这种禁令更如落花流水。像天后“移驾”这样的宗教活动穿什么服装，自然无人过问。

在“移驾”队伍中，有吹奏着传统乐器的乐师，有动作像戏剧杂技般夸张的舞蹈者，有披盔戴甲、手持大刀长矛的“武士”，还有天后的“宠臣爱将”。每走四十码，各组便表演一次本组的节目，队伍行进得很慢，但景观十分迷人。最后，钟鼓齐鸣，预示天后的来临——在一队披戴着金盔金甲（也许是为了这次盛会而把盔甲镀上金或涂上金）、雄壮威武的武士导引下，一顶像皇帝乘坐的那种由十六个衣着漂亮、体格健壮的轿夫抬着的金光闪闪的天后大轿出现在人们眼前。洪水般的人群从商店和人行道上涌出来，争睹仪态端庄、绚丽多彩、金光闪闪的女神巨型塑像。顿时，群情振奋，“天后万岁！”的呼声震耳欲聋。天后的塑像过后，尾随着一大群杂七杂八的人。谁也没兴趣观看这群乌合之众。或许这正应了中国那句俗话“龙头蛇尾”吧。我不知道，到了 1949 年，天后是否还能返回北庙。如果能返回的话，在什么条件下返回呢？那年三月，正是天后“移驾”盛会应该举行的时间，而中国人民解放军在“移驾”日子不久之前，已经占领了天津和北京。我从未听说过天后是否“移驾”北庙——倘若天后真的“移驾”北庙，肯定能准确地预示新政权的胜利。

这次盛会过后不久，我就从新河调到唐山。由于许多年后（1976 年）那里发生过一次危害最烈、破坏最强的大地震，唐山举世闻名。我调到唐山的那个年代，唐山是北京—沈阳铁路办事处的所在地。开滦煤矿公司的总部也设在那里。该公司在唐山有大煤矿，在这个地区还有其他许多煤矿。新河只不过是一个卸货和分发货物的码头，而唐山却是铁路运转的枢纽（设在天津的管理部门除外）。铁路办事处“大院”占地面积很大。院中不仅有许多能容纳大大小小仓库的大型“货棚”（“货棚”的英文名是 godang，这个在中国沿海地区使用的词汇被认为来源于马来语 gadand，意思是工棚式建筑物），而且还有许多车间。车间中，有的修理（而不是制造）机车，有的维护车辆，有的提供控制列车运行所需的各种各样的信号系统。工人总数超过三四千人。技工全部是广东人，壮工却是河北当地的乡下人。只有在广东人说中国“国语”的时候，这两群人才能交谈。“国语”也就是中国北部、中部和西部流行的语言，其流行范围占中国的四分之三。而河北乡下人说广东话，无异于巴伐利亚人说马斯克语。

我不知道——或者是记不起来——仓库总经理菲费先生为什么宁愿住在新河也不愿住在唐山。后者不仅是一个更为重要的地方，而且也更适宜居住。不错，唐山离天津八十英里，而不像新河那样离天津只有三十英里。但是，唐山不是被隔绝在一片盐碱沼泽地里，它周围是以平原为主的农业地区。唐山有两座山，其中一座叫唐山。原来用这座山丘的名字是毕一个小村庄命名的，如今，这个小村庄已经发展成一座工业城市了。菲费先生自己选择或者受命住在新河的唯一原因可能是：最贵重的进口货物，例如鲍德温机车、车辆和机器都在新河卸货。倘若铁路部门的仓库总经理不在现场监督，这些非常贵重的机器设备就有可能被发往错误的方向，或者运到错误的目的地。唐山铁路办事处是一个较大的机关，直接与铁路的其他部门打交道。仓库副总经理图格维尔先生在那里负责。

在唐山我没有住宅，也无需住宅。因为那儿有开滦煤矿公司开的一家小旅馆。这个旅馆也对铁路职工开放。除了开滦煤矿和铁路的职工以外，谁也不会住进这个旅馆。像在新河一样，我的主要任务是千方百计防止仓库里的货物被盗。这项工作似乎不像在新河时那么容易。唐山铁路办事处不仅很大，而且像新河一样，要把一些体积不很大的物资转运到其他目的地。不过，这些物资数量很大，种类繁多，是供应京沈铁路线上所有修理、维护和路基部门的。四十英尺长的钢轨，连接钢轨和枕木的连接板、螺栓和随时需要的发动机备件。这些物资不是露天储存，就是存放在许多大型“货棚”里。防止盗窃的方法有两种。第一种很轻松，查验操作和修理部门给仓库的所有订单。

这些订单必须有负责相关部门的英国官员或他的助手的签字。签名若是真的，我再副签，然后仓库保管员照单发货。可是，保管员把货发出去了吗？发出多少？——或者倘若实际发出去的货物比需要发出去的货物多时，有关人员会通过其他途径把多出去的货物处理掉吗？这些都是可能存在的漏洞。

第二种防盗的办法是对可疑的仓库进行出其不意的检查。在助手（当然是广东人）的陪同下，我带着仓库存货清单和最近提货的副本突然来到可疑的存货棚。然后，对照存货清单和提货副本对存货进行清点。清点工作很费时间，因为不得不清点数以百箱计的螺栓或者连接板。在一个真正容纳着数百甚至数千箱这类物品的仓库里，任何这类清查实际上都是徒劳的。偶然发现账物不符，就打个报告。肇事的仓库保管员可能被发现——可是他声称，小偷一定是他的部下。事情也就不了了之。

其实，事情远非这么简单。一个诡计多端的盗窃钢轨的团伙就大大出乎我们的意料。钢轨堆得像座小山，紧靠“大院”墙头。墙外是开阔的田野。钢轨一根就有一吨多重。似乎没有人能偷走它。是啊，小偷怎么能带着这么重的东西穿过“大院”，走出唯一的、设岗的大门呢？有一天我心血来潮，觉得有必要清点一下那些钢轨，毕竟我对它们负有责任。结果，我发现竟然丢失了五根或者六根。怎么丢的？简直不可思议。我立即把失窃的事通知办事处警卫部门。门卫也没有发现窃贼。可是，过了一个星期，丢失的钢轨已经不是六根，而是十根了。最后，不知是窃贼内部有人泄露了机密，还是有的警卫头脑灵活，突发灵感，总而言之，警卫绕着大院的围墙，走到墙壁内钢轨顶端倚靠的地方，发现了一个贴着地面穿透围墙的小洞。那个洞

◎天坛远景 摄于1925年

直径大约六英寸（约合十二厘米），挖得十分匀整。小洞隐藏在草丛中，几乎看不见。穿过这个小洞，可以用铁钩钩住离围墙最近的那根钢轨下面的小孔（铺设钢轨时，通过这个小孔把钢轨和连接板固定在一起）。夜深人静时，许多人便带着绳索来到小洞旁。他们把绳索缚在钩子上，再用钩子钩住钢轨，使劲地往外拉。

由于许多根四十英尺长的钢轨压在最下面那根钢轨上，想把它拉出去一定是件很费力气的工作。但是，只要花费时间和力气，盗贼还是可以成功，而且从表面上看，剩下的那堆钢轨纹丝未动。随后盗贼们就抬着钢轨溜之乎也。唐山周围，当地农村有许多铸造作坊。还有一些制造并向农民出售犁和其他农具的商店。他们能切断钢轨，重新锻造，用这种优质原材料打造出许多有用的东西。

尽管会使当地这些富有“进取精神”的农民作坊遭受损失，我们还是立即采取措施，雇人用几天的时间把那些钢轨搬到不能从墙洞中拉走的地方堆放起来。除此以外，这些人还有许多小偷小摸的小花招。比如偷煤。不过，这类物资不属我管。有人专门向铁路沿线无数“小煤场”提供优质机车用煤。从火车上望去，人们可以看到，这些“小煤场”总是靠近铁路线。每一列通过“小煤场”的列车都要有所“贡献”。司炉端起铁锹，把满满的三铲，甚至四铲煤扔进道边的“小煤场”。谁都知道这事儿，可是无法制止。铁路职工都是同行业的哥儿们，彼此心照不宣。

我们还发现了一个更大的盗窃团伙。那是很久以后才发现的，其明目张胆的程度让人瞠目结舌。这个团伙是由信号工、火车司机、开滦煤矿的职工和铁路职工相互勾结，精心策划而组成的。他们纯属运气不佳才暴露。一天中午，有人发现一辆从沈阳开往天津的列车被堵在唐山车站外边，而且，列车一直晚点到午饭以后。这就引起了交通主管的注意和愤怒。他是英国人。为什么列车不能进站？原来，那列火车被一列运煤车挡住了。运煤车从煤矿大院开出来，正沿着铁路干线开往车站那边的专用线。按照调度室的安排，这个时刻，不应该有拉着几节四十吨货车车厢的运煤列车驶离煤矿大院，但货车又的的确确是从煤矿大院开出来的。其他过程不必赘述，我们最终发现，这事儿是一个精心策划的盗煤团伙干的。原来，午饭期间，十二点到两点，开滦煤矿的比利时职工正在午睡，铁路部门的英国职工也在午休。这时，几节运煤货车车厢便被挂在开滦煤矿大院的调轨火车头上。煤矿大院的门卫这样说，他们是受了铁路办事处一名高级职员伪造的调煤命令的蒙蔽，才允许运煤列车通过大门的。在各个道岔值班的信号员们明明知道一会儿有一列客车要通过干线，但还是把运煤专用线与干线连接起来，一路绿灯，予以放行。十节货车全速通过车站。那时没有外国职员监督他们——并驶往由车站向天津方向去的一条几乎已经废弃的铁路专用线。这条专用线是为早期的一座煤矿修建的。那座煤矿现在已经关闭，但铁路专用线、道岔和信号灯仍然在运转。被偷盗来的煤匆匆忙忙卸在许多辆农民的马车里，然后运往农村。

孰料，在这个不祥的日子里，转轨火车头出了故障。故障原因不明。比利时人吃完午饭回来，谁也说不清这个挂着运煤敞篷车皮的转轨火车头怎么会出现在那条专用线上。工人们拼命修理，直到火车头可以开动。可是，火车头刚刚驶上铁路干线，机车又出了毛病。结果，从沈阳开往北京的直达列车就晚点了。火车司机不得不说明他晚点的原因，是因为那列运煤车停在单行的干道上。他不是这个盗窃团伙的成员，当然没有什么顾忌。最明显、最重要的嫌疑人是铁路办事处那个高级职员，是他把伪造的命令塞给煤矿大院的门卫。比较次要的人物都可以拿"上级的命令"或者对此行动一无所知，而为自己开脱。唯独他难脱干系。他来到我的办公室——仓库副总管也在场——并且放下一大堆文件，声言运煤车是委托办理的业务。我们开始查看那些文件——一堆杂乱无章、毫不相干的材料，有新有旧，有的压根儿就不是什么文件。趁我们埋头查阅的时机，他溜之大吉了。按照列车时刻表预定的时间，去沈阳的列车在几分钟之内就要到达。于是，他登上那列火车，从此再也没有露面。

后来事态的发展颇耐人寻味。我的上司图格维尔先生强烈要求追捕那个失踪的人。然而，似乎相当困难。他现在是在军阀张作霖管辖的区域。谁都明白，满洲的张作霖与统治着北京和长城以内中国北部的军阀吴佩孚之间的关系日趋恶化，而唐山恰恰是在吴佩孚的统治区内。此外，那个潜逃的人似乎还有些“关系”。那些与他有“关系”的人不愿看到他接受审查。于是，支吾，拖延。后来，这件事情也就不了了之了。

这期间，有一个人、有一件事值得一提。1924 年夏天的一个夜晚，一列开往沈阳的列车正驶近唐山。这列火车是我在星期日从北京返回唐山时，经常乘坐的那班火车，但那天不是星期日。那是一个月色皎洁的夜晚，火车司机突然发现，火车前头那两条长长的、闪闪发亮的铁轨被一片漆黑无光的空白打断了。这是怎么回事呢？司机连忙减慢车速。几百码以远的前方，依然看不见钢轨的踪影。司机果断刹车，火车停止前进。司机与司炉一道走上前去查看原因。啊，一百多码长的地段上，铁轨不见了；路轨、路堤以及路基上所有的东西都陷进一条长长的壕沟里，消失得无影无踪。

开滦煤矿公司在唐山附近经营煤矿已经有许多年的历史。它名义上是一家中国人开办的公司，实际上资金由英国和比利时联合提供。按照那时的惯例，债券持有人通过把外国职员安排到管理岗位上的办法，进行有效控制，从而保证他们的投资不被滥用。但是，通过利润赚钱仍然是原始动力。回填长期废弃的井下工作区和水平巷道不仅费用昂贵，而且没有回报。因此，只要回填矿井不是绝对必要，谁都不会着手进行这项工作。北京—沈阳铁路公司对此一直持反对态度，可是没有证据证明废弃的矿道就在他们的路轨下面。现在铁路公司找到了证据。不过，问题处理起来非常棘手。虽然火车司机以他的镇定自若、机智敏捷挽救了数以百计旅客的生命，可是铁路干线被迫中断。临时支线建成以前，整个京沈线陷于瘫痪。开滦煤矿公司和铁路公司之间漫长而激烈的争吵开始了，而且延续着。谁也不知道这场争吵要持续多久。也许几年。争论归争论，那位机警的火车司机的机敏和勇敢却必须给予嘉奖。

按照花名册，那位司机的名字叫张丁山。可是，出乎意料，查看履历时却发现，张丁山去世已经五年。“你到底是谁？”后来才知道，他是死去的张丁山的亲弟弟，既没有受过培训，也没有履行任何担任司机的手续，更别提有资格驾驶铁路上有陷坑的夜班车开往沈阳了。他是怎么当上司机的呢？原来，他的哥哥知道自己得了不治之症，就把他带到机车司机室教他驾驶技术。哥哥死后，他就冒名顶替，接了哥哥的班。中国人的姓名都是那么相似而难以分清，欧洲职员从来没有真正读懂这些名字的含义。因为他们当中，没有一个人读过汉字这样的表意文字。怎样处理这个司机变成一道难题。这个“张丁山”以非凡的技术开车，头脑聪明，行动果断，避免了一场车毁人亡的重大事故，许多人都欠着他一条命。要开除他，确实不近人情，因此，必须找到一个折中的办法。后来，冒名顶替的张丁山作为一名司机——正式的一等司机——以自己的真实姓名登记在册，但是，他在大祸临头的情况下挽救列车的事迹却未做广泛的宣传。究其原因，显然是开滦煤矿公司的指责、阻拦。他们不愿意把事情闹大。

一天，图格维尔先生来访，并且把油漆车间接到的一道命令拿给我看。我见过这道命令吗？没错，见过。事实上，正是我把这道命令呈送给图格维尔先生的。这是一道关于把皇帝的

◎北京西山一条古老的通道 摄于1925年

专用客车完全油漆、装饰成原来式样的命令。1898 年，光绪皇帝最后使用过一次这节专车。现在为什么要重新油漆、装饰，是谁批准的呢？图格维尔先生是一位非常务实的英国约克郡人，他看不出其中的奥秘。那个王朝十二年前就被废黜了，为什么现在有人不惜花费重金，重新装修皇帝的专车呢？图格维尔先生拒绝批准这条命令，并且把这事报告给天津的总经理先生。过了几天，他收到总经理尼斯安先生的一张便条。便条简单而生硬地说："这道命令来自交通部长，除非妨碍了铁路的正常运行，否则，铁路管理部门就无权阻碍执行部长的命令。"这件事暗示了他对军阀时代大权在握的政治家的深刻理解，也清楚地表明，铁路系统外国管理部门的权力并不像表面上人们认为的那么大。

于是，皇帝的专车就被装饰一新。车门和车窗上方都挂着用最上等黄色丝绸做成的帷帘（黄色是中国皇帝的御用颜色）。

上面还有仿金丝线手工刺绣的龙的图案。龙是皇帝的象征。专车的护墙板也是按照皇宫中寝宫和宫殿的式样装饰的。专车上还有专用的厨房，配备有象征皇帝的龙的图案的瓷器餐具。那里有皇帝出行需要的每一件东西——唯独没有使用这些东西的皇帝。那么，人们期待的到底是谁？留下一个难解的谜。我从来没有听说过这件事情的下文——如果有的话。专车留在车棚里，或许依旧留在那里，或许在 1937—1945 年日本侵占中国北方期间，日本人发现了它，并且为了供给皇帝溥仪使用而把它运到了满洲。那时，日本人已经把他重新扶上皇位，让他当了“满洲国”的傀儡皇帝。

如此说来，我在唐山铁路大院仓库里的工作不仅有过有趣和令人大开眼界的时刻，而且还有另外一方面的好处，那就是，因为一切目录、名单、发货清单和申请领取材料的单证都用汉语和英语两种文字写成，对我学习汉语有很大好处。这样一来，日复一日，每天都有一本现代汉语的《技术词典》供我研读。通过它，我就可以学习到各种货物和材料的词汇，而这些词汇，都没有列入正规院校大学生的课程。检察仓库的时候，知道这些词汇比仅仅依靠可能怀有某种动机的陪同职员的翻译更有用处。除去偶然签署命令和到仓库进行检查之外，我有充足的时间在我的办公室里学习书面汉言，而口语的实践则是在日常生活中。归根到底，学习汉语的人也许不完全是发疯。

第四章
“骡子比人值钱”

唐山的社交活动与新河有很大不同。在唐山，除了铁路职工以外，还有开滦煤矿管理部门的雇员。他们中，许多是比利时人。此外，还有美国第十五步兵团的一个小分队。他们是公使馆卫队的一部分，驻扎在唐山。唐山是北京至沈阳铁路沿线的一个据点。协约国借口保证铁路通畅的需要，凭借义和团运动以后签订的条约中的某一条款，派兵占据了唐山。这是一条已经过时的条款。混战中，军阀们的军队虽然训练很差、纪律涣散，但人数很多。一旦有事，天津的租界很容易被驻扎在那里的外国士兵控制，可是像唐山和秦皇岛这样的地方，担任卫戌任务的一小队公使馆卫队的防御能力就显然不足了。由于美国第十五步兵师小分队驻扎在这里，我结识了十五步兵师的师长。他经常从设在天津的基地来唐山视察步兵团小分队。这位师长就是乔治·马歇尔上校，也就是后来的乔治·马歇尔上将。战后的马歇尔计划就是以他的名字命名的。他是美国军队中的第一个五星级上将。正如那时一样，他向来是个温和的人，听得多，说得少。我常常纳闷，马歇尔将军是否真正考虑过他的那一小队人马对唐山煤矿大院和铁路大院的保护能力。

唐山的外国居民中流行着一种奇特的社交习惯。唐山有一所配备着外国医生的医院，不仅用以满足煤矿公司的需要，同时也供铁路部门的员工就诊。它是天津和沈阳之间唯一一所这种类型的医院。沈阳虽然也有一所或者几所医院，但那是日本人开办的。因此，铁路沿线各地的外国人、外交使团成员、从其他几个煤矿城市来的煤矿管理人员和工程师，以及英美烟草公司的临时雇员等，都来唐山这所医院就医。一些人甚至还不幸身亡。我在唐山期间就有四五个人死在这里。唐山不是通商口岸，因此，没有外国租界，也没有外国人的公墓。死人的葬礼得在天津举行，新教徒在英租界，罗马天主教徒在法租界。开滦煤矿管理部门的比利时职员都属于后者。铁路部门或者开滦煤矿的英国职员到天津给死者送葬已经成了一种习惯。参加完葬礼以后，再乘坐挂在开往沈阳的晚班列车后面的专车返回唐山。那辆列车下行时，若有送葬的队伍，便提前几个小时到达唐山。来自开滦煤矿的比利时人为罗马天主教徒举办的葬礼也是这样进行的。

参加葬礼的人都是以个人名义去参加的，认识或者不认识死者都没有关系。有的甚至从来没有谋过面。反正，只要有外国人去世，别的外国人就去参加葬礼。十几个身穿黑色礼服的人登上一节供送葬人乘坐的专车。那节专车挂在开往北京的早班列车的后面，上午到达天津。死者的棺材用一节专门封闭的货车运载，也挂在同一列火车后面。到达天津时，棺材就被搬运到等候在那里的灵车上。送葬的人们登上几辆租来的汽车，护送灵车去公墓。葬礼结束以后，送葬的人们离开墓地，先去天津俱乐部休息。唐山俱乐部隶属于天津俱乐部，算是该俱乐部的一个“团体会员”。我们在俱乐部里饮酒。几杯酒下肚，便高兴起来，然后是一顿历时比较长的丰盛午餐。开往沈阳的列车晚上十一点才到站。午休以后，还有好几个小时的空闲时间。于是，下午就可以去商店购物。而等车过程中晚上那段时间就按照爱好和性格各行其是了。

上行的火车到站时，送葬的人们登上专用车厢。有的人岂止是轻松，简直就是兴高采烈。专车上酒水充足，葡萄酒、啤酒和白酒应有尽有。于是，天津到唐山三个半小时的时间是在一种更加热闹的节日气氛中度过的。夏天，天刚破晓，列车抵达唐山车站，送葬的人们跌跌撞撞地走下专车。黄包车夫们已经在车站迎候，坐车回家就进入甜蜜的梦乡。从英国北部来的铁路职员很多，因此我怀疑，是不是已经退化的英国北部地区的守灵习惯又移植到了唐山。

最近几年，人们一谈唐山，颇有点色变的感觉。因为它是近代破坏性最大的一次地震的发生地。那次地震中，不仅有数以万计的正在矿井中干活儿的工人遇难，地面上更多的居民也葬身在一片废墟之中。因为谁也没有预料到在中国的这个地区会发生那么强烈的地震，所以它造成的破坏才更加巨大。中国西部地震频繁，而东部平原地区原本不是地震的多发区。不过，1924 年，中国东部就曾经发生过一次地震，唐山也有明显的震感。当时，我住在开滦煤矿的客栈里。那天，我们正要坐下来吃晚饭，突然听见一阵隆隆的轰鸣声，就像火车穿过隧道时发出的响声一样。接着，又是一阵剧烈的震动。餐桌上的壶被震翻了，碗橱里的瓷器被震得摔了出去。大家立即跑到平房的游廊上，然后又跑到院子里。可是，地震已经过去了。当时，大家都没有想到那是地震，还以为是煤矿里发生了可怕的爆炸。因为煤矿的水平巷道就在客栈、矿工住宅和俱乐部下面。可是很快就听说，在地面下工作的矿工甚至都不知道发生过地震。显然，震中更接近地表。不管怎么说，那次地震没有造成人员伤亡和重大的财产损失。

为什么我们当中的许多人以为一定是煤矿发生了爆炸呢？因为，那时候开滦煤矿根本不注意安全生产，事故屡屡发生已是尽人皆知的事实。矿主们认为，所谓的事故，只不过是一些不幸事件罢了，不值得大惊小怪。可实际上，这些事故常常会造成重大的人员伤亡。那时，废弃的矿井造成铁路干线塌方的事件不止一次发生。有关人员因为害怕付出高昂的代价，极尽推卸责任之能事。他们玩弄的那些花招，我至今还记忆犹新。所幸，那次地震没有造成太大的损失。唐山还有一座“多克依尔山”，那是以山为名给唐山开滦煤矿公司比利时总经理起的一个绰号。“多克依尔山”实际上是一个巨大的矿渣堆。这个土渣堆已经有一百五十多英尺高了，而且，从矿井里挖出来的大量矿渣不分昼夜，还在往上堆积。矿渣堆不断地增高。“多克依尔山”耸立在欧洲人的居住区。那可不是一道普通的景观，简直是一座“人造火山”。它在散发热量的同时，还不停地散发出烟雾和有害的悬浮微粒。此外，它很容易坍塌。坍塌之后，洞穴中喷射起来的火焰能持续几分钟。这座“人造火山”存在的唯一原因是，煤矿公司发现，倒掉这些危险的矿渣比把它们埋在废弃的矿井里的代价小得多。

1924年夏天，采煤业动荡不安，许多欧洲人持有保守的政治与社会观点。他们不同情由一个非正式（因而也是非法）的工会向开滦煤矿当局提出的要求。工会提出的要求包括增加工资，对事故中伤亡的员工及其家属给予比较适当、比较合理的补偿。欧洲人发现，矿工中有人精通英语。这些懂英语的人十分巧妙地构思出一条标语：“骡子比人更值钱。”这条标语揭露了一个真相——开滦煤矿当局给为煤矿干活儿累死的骡子的补偿费，比给因事故而死的矿工家属的补偿费还多。这条标语很快就用英文和中文两种文字印刷出来，在墙上、门上，以及许多引人注目的地方到处张贴。煤矿当局仓皇失措。中国工人竟然敢组织起来反抗外国的管理部门，这可是闻所未闻的“新事物”。这个“新事物”可能使开滦煤矿公司“倒退”，会使他们像欧洲本国的煤矿公司一样，不得不注意工会的意见，并且满足工会提出的要求。否则，就会遭到罢工的打击。倘若发生这种情况，那就糟透了。在本国，矿工不仅有选举权，而且，政治家们对选民投票也非常敏感。而在中国，工人从来没有享受过这样的权利。中国既不存在工会，组织工会也不合法。在中国，不仅矿工没有选举权，别人也没有。也没有动摇民心或者左右当权者政策的社会公共机构。不久前，也曾发生过一次矿工罢工，情况似乎相当麻烦。作为对付罢工的最后手段，也许只能请求中国政府（实际上，它是煤矿的股东之一）派兵恢复秩序，镇压罢工。因为镇压罢工显然不是美国第十五步兵师小分队的任务，即使有足够的兵力，他们也不敢那样做，何况根本就没有那么多兵力。

开滦煤矿公司的股东们，不论中方，还是英国—比利时这方，都不愿意请求政府干涉。倘若请求干涉，首先是请求哪个政府呢？北京政府现在的统治者是以腐败而著称的总统曹锟。他在1924年夏天上台，秋天似乎就要垮台。看起来，这个政权不是一个可靠的后台。何况，军队的任何介入都可能立即导致一场流血冲突、抢劫以及生产瘫痪。更重要的是，如果这样做，就会开创一个大家最不希望看到的先例。因为下一个统治北京的军阀，一定会效仿他的前任，扶植一群对他俯首帖耳的政客掌握政权，或者进入权力机关。一有动荡，这个政权就会以派兵干预相威胁，那就得以巨额贿赂去收买他们。再者，煤矿工人们一旦知道了将要发生什么事情——他们一定会知道的——就会下定决心，用罢工的手段向煤矿当局施压，煤矿当局就得应付比军事干预更加可怕的麻烦。

煤矿的头头脑脑们冷静下来之后，认为工人对工伤应予公正补偿的要求并不过分。拒绝这种要求对煤矿当局的公众形象会有很大的损害。较高的工资，也理所应当。生活费用的上涨，确切地说，银圆的贬值，是一个正在引起整个工商界高度重视的问题。而中国政府也不希望动乱。如果政府答应煤矿当局的要求，请居于统治地位的军阀派兵的话，日本人就会找到借口，派遣更多的军队。日本人已经在北京和天津保留了一支与守卫公使馆职责不相称的庞大的公使馆卫队，并且利用这支武装力量，滥用不平等条约的诸多条款，为自己牟利。站在总统曹锟背后的军阀吴佩孚则另有图谋。他已经着手准备与满洲的张作霖开战。在这种情况下，在唐山，在他控制的主要交通干线上，倘若发生动乱，不仅不合时宜，而且可能更糟。西方国家的外交使团也不赞成对罢工进行军事干预和镇压的想法。这样做将会破坏条约，其后果不堪设想。他们知道，一旦对工人实行镇压，就有可能刺激日本人介入这场纠纷。这就意味着，日本人的影响很可能因此而超过煤矿当局。煤矿是个滚滚不尽的财源，得让它们产生利润，产生它们应该产生的利润。这样一来，在这个几乎没有被中国或者外国新闻媒体注意到的事件中，却出现了中国重大社会变革和政治发展趋势的第一个明显的证据。不久以后，它唤醒了整个国家。在工人的压力之下，一个外国企业（中国政府是它的股东之一并不重要）被迫屈服，接受了他们提出的要求。这是第一次。可是，有了第一次，为什么不能有第二次呢？领导这次罢工的是广东的机械工人和孙逸仙博士麾下的革命者。在中国，技术工人是每一个工厂、工程和工业部门举足轻重的力量。他们是满怀希望等待孙博士领导广东政府统一中国的"第十五纵队"①。"中国是中国人民的中国"，这是他们在1911年反对清王朝的革命中提出的口号。可以说，"中国是广东人的中国"是20世纪20年代中期的革命派的强烈愿望。

前一年，也就是1923年，军阀政府血腥地镇压了长辛店铁路工人的罢工。这个事件被共产党政权记载为工人运动和中国共产党历史上的一座里程碑。军阀们不敢干预唐山的罢工，因为他们担心受到"长辛店事件"之后类似的、日渐强烈的谴责。那种谴责不仅仅来自左翼。一切善于思考的中国人和受苦

①"第十五纵队"：原指西班牙内战中佛朗哥部下进攻马德里时在市里作内应的人，现泛指敌人派入的间谍或通敌的内奸。

受难的普通老百姓，对军阀们的贪污腐败和追逐私利早已深恶痛绝。军阀们知道，他们通过内战大把大把捞钱的时间不会持续太久，于是，野心更加膨胀。他们都想夺取最高权力，排除所有竞争对手，进而统一中国。吴佩孚和张作霖之间一触即发的战争，就是这种发展趋势一个明显的信号。他们将争夺的"肥肉"不仅仅是北京和它的海关收入，他们双方都想统治中国北方和中原地带，然后再征服孙逸仙博士领导的"左倾的"广东共和政权。同样，广东政权在两个宿敌相互争斗的时候，看到了希望——他们双方将互相削弱，并且都可能被排除出中国历史舞台。那个年代，不但国家衰落，而且，自从推翻清王朝以来，每一次改良运动都以失败而告终。中国知识阶层和众多没有文化的普通老百姓为此而感到愤怒、灰心丧气和羞耻。与此同时，广大民众还产生了一种朦胧而持续不断的觉悟。那就是，旧的君主政体已然崩溃，不能让它卷土重来。必须建立起一种与中国人的传统更加协调一致的制度，而不仅仅在口头上提出一种看法。中国是一辆只差点火发动的、难以驾驭的旧汽车。大多数外国居民却乐而忘忧，对这一切浑然不觉。

外国居民们不识汉字，为了获得新闻，只能依靠上海或者天津出版的英文报纸。而那些新闻记者，只报道按照自己的观点加工取舍的东西。在他们眼里，中国的政治和社会发展，不是军阀邪恶的阴谋策划，就是青年学生从国外学来的不成熟的意识形态。在他们看来，中国人的一生似乎都要经历两个阶段：年轻时，他们是愚蠢的理想主义者；年纪比较大一点的时候，就变得更讲究实际。外国居民一般也持有这样的看法。他们对中国知识阶层正在进行的思想变革全然不知。从某种意义上讲，

◎1924年10月28日，直奉战争中，直隶军队逃离唐山。

这种变革至少已经蔓延到学府集中的周边地区，唤起了这些地区人民群众的民族意识。在这种情况下，一旦社会发生动乱，外国人便不知所措了。

在中国，秋季似乎是传统上打仗的季节。那时，庄稼收割完毕，雨季也已结束，光秃秃的田野十分干燥，河水潺潺，没有山洪，没有严寒，也没有令人窒息的炎热。九月之前打仗无异于发疯。因为从六月下旬到八月底，天气非常炎热。淫雨绵绵，河水暴涨，在没有桥梁的地段过河非常危险。道路泥泞，布满水坑，田野上覆盖着高高的谷子、高粱和从17世纪起就引入的玉米。中国北方的春季非常短暂，从冰雪融化、河流解冻的二月末到天气干热的五月初，只有两个多月。在这两个月里，庄稼全靠春天那几场“贵如油”的雨水。农事的中断就意味着严重的饥荒。冬天非常寒冷，十一月底已是满目霜天，历时三个多月。河流冻结，土地的冻层很厚，很难挖成战壕。士兵们如果露天宿营，就有冻伤的危险。因此，战争历来在秋天进行。九月调兵，十月和十一月初打仗。然后，胜利者可以肃清残敌，在严寒来临之前，战败者伴随着冬季撤退。

每个中国人都了解这个规律。这是历史的一部分，也是普通常识。因此，大家都明白，尽管两个主要军阀吴佩孚和张作霖剑拔弩张，大战迫在眉睫，但是，九月以前，战争不会爆发。唐山人对战争何时爆发也一清二楚。唐山即使不是前线，也是吴佩孚军队的给养线。如果吴佩孚战败，唐山将是赢得胜利的张作霖乘胜追击的必经之路。毫无疑问，那将意味着败军的抢劫和掠夺。胜利者到达时，抢劫和掠夺将重演一遍。这一切都是中国同事和朋友告诉我的。

这种预料似乎并没有扰乱铁路的经营管理，铁路部门也没有采取防止任何此类事情发生的措施。这也是外国管理部门在形势变化的时候，束手无策的又一个例证。长期以来，他们习惯于欧洲人在中国的优势。从义和拳运动被所有协约国参加的远征军镇压之后，四分之一个世纪过去了。人们想当然地认为，哪一届中国政府也不敢反对或者漠视任何一个外国社会公共机构的利益。事实是，北京政府并不能真正控制军阀的军队。相反，那些军阀却控制着政府。这一点不但众所周知，而且人们都承认是中国政府软弱无能的另一个例证。从上述事实得出的结论决非歪曲。倘若那些违反条约的人对这些条约及其规定的特权一无所知，条约规定的权利和优惠也就没有什么价值了。

正如人们预料的那样，战争灾难性地降临到了唐山。第一个迹象就是军事人员开始干涉铁路运营。他们命令货车运载士兵，随便征用机车牵引未经批准的列车。抗议和抱怨不被理睬。显然，对这些命令的任何反抗都会面临武力威胁。直到九月底，形势也没有丝毫好转。吴佩孚的官员们受命把大批士兵运往满洲前线山海关。他们很少意识到或者完全不明白这种“转移”所面临的后勤方面的压力。除了乡村小道以外，那里实际上没有公路，唯一的一条铁路——京沈铁路也是单线。这就意味着，车站与车站之间只能通过一列单向行驶的火车。只有到了火车站才有方向相反的两列火车可以通过的岔线，或者通往工厂、矿山的专用线。他们不管三七二十一，把征用来的火车统统开到铁路线上。结果，没有多久，堵塞在铁路线上的火车就长达数英里了。十三节车厢组成的列车一辆接一辆地停在唐山车站，或者进出车站的铁路线上。没有一辆可以前进，也没有一辆来自不同方向的火车可以“逾越”它们，驶进唐山。火车停在那里，汽笛长鸣，排出团团蒸汽。笛声昼夜不停。自从火车不能进退以来，军方就不准司机让机车锅炉熄火。可是，如果炉火不熄，温度就会持续升高，蒸汽压力也就变得十分危险。为了保证安全，只得不断地拉笛排汽。谁也没有权利制止这种混乱局面，铁路交通管理部门的英国职员完全被置之不理了。

尽管大批士兵、火炮、重型补给品和军火在唐山失去了机动性，但是完全可以想象出，吴佩孚还是有办法把部队运到前线。仗非打不可，但不会有任何明显的结果。满洲的边界是一条连绵不断的陡峭山脉，直通海边的山海关。雄伟的长城就沿着这条山脉蜿蜒向前。后来，真相大白——张作霖根本就不需要进攻这个易守难攻的地方。实际上，正在进行的一场政治行动使军事行动完全没有必要了。

吴佩孚留下他的一个高级将领——一个较小的军阀——冯玉祥指挥军队保卫北京—南口和北京—古北口。那是北京向北和向东的山口要道。古北口是长城的大门。十月下旬，冯玉祥突然发起攻击。他背叛吴佩孚，并且迅速从山口要道调动军队占领了北京和天津。吴佩孚和他的军队被阻断在唐山与满洲边界的中间地带。在唐山，我们知道的整个事件的第一行动是冯玉祥的精锐之师在一天的清晨抵达唐山。这支部队从古北口南下，出人意外地袭击唐山。冯玉祥的这支精锐部队猛烈袭击车站和铁路地区，攻打停在那里的火车和正在列车旁边露营的士兵。这些士兵意识到部队内部发生了叛变，进行了一两个小时的轻微抵抗之后，便向农村四散逃窜了。

冯玉祥是一位皈依了基督教的新教教徒。他是传教士们的宠儿。即使他的宗教教育带有权力主义色彩（有一次他用水龙带给全体官兵施“洗礼”），他的外国朋友们还是坚信他是一位“先天下之忧而忧，后天下之乐而乐”的与众不同的军阀。假如被他派去夺取唐山的士兵皈依了基督教——即使采用比水龙带更简单的洗礼工具——这支部队便具有了曾经激励第四次十字军东征的基督教教徒那种急于掠夺的强烈愿望。击败车站敌军最后的抵抗以后，对付城里的敌人之前，士兵们开始洗劫那里的火车，然后又洗劫车站。他们没有在列车上耽搁多久。军用补给品、武器弹药是指挥官的战利品，士兵们只要值钱的东西。而这些东西只能在被打败的敌军指挥官们的口袋里找到。

那天，我穿过车站，在去车站后面仓库大院的路上，看见一小队士兵正忙着抢劫一列火车的行李车。那辆列车停在车站上已经有两个多星期了。一看见我，他们便停了下来。紧张了片刻之后，其中的一个士兵打了个手势。这必定是一个表示同志情谊的令人高兴的手势，然后，他从地上捡起一个红色小盒子扔给我。我接过盒子，看见里面放着一枚镀着黄铜和珐琅的奖章，上面刻着“赤胆忠心”四个字。无疑，这枚奖章是授给某位已经被打死——或者逃之夭夭——的军官的。这些士兵正在抢劫他留下的东西。

仓库大院里，气氛更加紧张。入侵者会不会破门而入然后大肆抢劫一番？大院由铁路警察守卫着，他们虽然身强体壮，但不是士兵的对手。不过，抢劫者对铁路仓库大院不感兴趣，铁路仓库有什么用呢？值钱的东西，体积太大搬不走；能搬走的东西，又不值钱。况且，所有的东西都卖不出去。不能变成现金的赃物一钱不值。在车站抢到他们可以找到的每一件值钱的东西之后，抢劫者们便向城里更有指望的地方进发了。那里有商店和私人住宅，有现金和便于携带的值钱物品。然而，图格维尔先生并不因此而感到宽慰。因为仓库大院有一两处英国职员的住宅，这几个家庭里还有五个妇女和儿童。他为他们的命运担忧。

最后，大家决定用铁路警察提供的来复枪和弹药把十多名英国职员武装起来。然后，穿过偏僻小道，把那两个家庭的成员护送到比较安全的地方。俱乐部、开滦煤矿和铁路员工的住宅、客栈和医院都集中在一条街上，他们希望美国第十五步兵师的小分队能够守卫那个地区。按照“逃亡”的路线，我们要沿着一条小路，绕过唐山城区和“多克依尔山”脚下的煤矿大院。这时候，士兵们正忙乎着在城里抢劫。我们让妇女和儿童坐在黄包车上，男人们每两人一组，走在黄包车两边担任护卫，前面还有一位高级中国职员充当翻译，以便向遇到的士兵说明我们是什么人，要到什么地方去。

离开车站以后，沿着这条小道没走出多远，从通往城里大街小巷的小道那边走来一群荷枪实弹的抢劫者。我们决定集中力量，防止成为他们的战利品。他们开枪了，不过，也许是作为一种警告而故意朝天开火，抑或是枪法太差而没有击中目标，总而言之，我们没有一个人受伤。走在前边的翻译挥动着一面白旗大声解释。图格维尔先生也挥舞着一面英国国旗。后来我们才知道，这些士兵都来自遥远的中国西北部的甘肃省，那里是冯玉祥领地的一部分。他们当中，谁也没见过英国国旗，更不知道它的含义。我十分怀疑，他们是否对白旗有任何了解。因为过去，白旗不是中国人表达和平愿望的象征。接下去，开始了一场紧张的谈判。得知我们既没有企图、也没有力量干涉他们的“买卖”以后，他们满意了，一个个扬长而去，又返回城里干他们的勾当去了。白旗飘飘，我们一路顺风，向俱乐部前进。撤离出来的几家人将暂住在那里。

随后，又发现了一个问题。正在抢劫的部队显然完全脱离了军官们的控制。按照惯例，那些军官一定做过承诺，答应或纵容士兵们在取得胜利以后抢劫。关于吴佩孚的去向，没有任何可靠消息，也不知道他的残余部队现在何方。他肯定不可能沿封锁线把军队撤走，但令人担心的是他有可能尝试。这条封锁线正好通过唐山，因此，另一场更激烈的战斗可能在城内打响。美国第十五步兵师的小分队只能有效地保卫俱乐部，以及与俱乐部一墙之隔的兵营和其他近邻。而医院离这些建筑物大约有四分之一英里。抢劫和骚乱可能持续整整一夜，甚至延续到第二天或第三天。大家一致认为，必须设法保卫医院。像所有住宅和外国人占据的生产场所一样，医院周围也有高高的砖墙。围墙上只有一道坚固的铁大门。选两个人守卫大门就足够了。我被选作其中的一个，在特雷瓦尔·史密斯先生的指挥下守卫大门。特雷瓦尔·史密斯先生是开滦煤矿的雇员，现在已经变成一位受人欢迎的朋友了。在唐山外国人的社交圈子里，他是一位不同寻常的人物。首先，他的汉语讲得非常流利。其流利程度，倘若不见其人而只听其声，就连中国人也听不出他是外国人。其次，他的法语也讲得同样流利。综合素质使他成为难得的人才，成为比利时人（说法语）和中国人之间的联系人，也成为铁路和少数来自煤矿的英国人和中国人之间的联系人。他把讲一口流利的汉语归功于他出生在天津并在天津长大的经历。他的父亲在天津开了一家商行。他从小就和马夫、女佣、园丁以及其他中国人混杂在一起，因此向他们学会一口地道的天津话。当然，天津口音上不了大雅之堂，甚至有点儿“土”。可以看出，那些与他谈话的、有教养的人对他的口音常常感到意外，并且总是哑然失笑。

他把他那口流利的法语归功于来自日内瓦的母亲和慷慨的瑞士法律。瑞士法律规定，任何具有瑞士血统的人，不论其瑞士血统的多寡，都可以在他们祖先居住的那个州里免费受到教育。他祖先居住的地方是日内瓦，因此，他用几年时间完成了大学预科的学习，然后又在日内瓦的大学毕业，学习都是免费的。他常常说，思考商业方面的问题时，他用英语思维；思考学术或文化方面的问题时，用法语思维。“那么，”我问他，“假如大门砰砰作响，或者突如其来有什么噪音打扰你的时候，你用哪种思维？”“哦，当然是汉语了。”一位目光敏锐的“猎人”和优秀射手，又能讲一口流利的汉语，显然是保卫医院当之无愧的人选。至于我，实在是一个可有可无的助手。

那天下午，我们俩担当起住地保护人的角色。抢劫者依然在城里忙乎。不知何处失火，浓烟缭绕，污染了湛蓝的天空。医院大楼矗立在空旷的大院里，院里有几个花坛和一些树木，高大的围墙环绕着大院。直到那天晚上，也没有发生什么麻烦。因此，我们俩和医生们一起早早吃了晚饭，随后就为当晚可能发生的一切危险做准备。我们没有考虑究竟会发生什么危险。晚饭后，特雷瓦尔·史密斯先生提议巡视大院，察看一下围墙是否有容易被闯入者攀越的地方。我们正要打开前门，一个佣人急忙拦住了我们。他说，天已经黑了，看大门的老李一定把他那两条蒙古猎犬放到大院里来了。他得去叫老李，因为只有老李才能制服这两条狗。别人都会被它们撕成碎片。正如特雷瓦尔·史密斯先生告诉我的那样（他去过中国许多地方），只要徒步接近蒙古包，任何人都会被这种蒙古猎犬咬死。骑在马上的人也会被一群狂吠的猎犬包围，只有等主人用鞭子把它们赶走以后，才可以下马。

于是，有人就去找老李，想让他把狗关在它们白天待的狗窝里，可是老李不在。过了一会儿，有人说，老李已经告诉过别的佣人，说他要回家看看。在那个凶险的夜晚，他对妻子和家人的安全很不放心。他已经放开猎犬，第二天早晨回来之后，才能把狗拴住。这样一来，医院两位勇敢的保卫者——我和特雷瓦尔·史密斯先生发现，我们自己已经被围困起来了。围困我们的不是那些打家劫舍的士兵，而是两条蒙古猎犬。谁也不

◎1924年10月，唐山火车站的巡逻兵。

敢从屋内走到大院里去。当然，任何擅自闯入大院的人也同样会受到蒙古猎犬的“接待”。不过话说回来，他们可能先对狗开枪，把狗杀死。因此，我们在来复枪里压满子弹，准备在大门旁边的一个小屋里度过夜晚。这时，哭喊声、叫骂声和耀眼的火光把城里正在发生的事情“展示”给我们。两条愤怒的蒙古猎犬，在院里上窜下跳，狂吠声令人生畏。大约凌晨三点，铁门上蹿来一阵砰砰的敲打声，猎犬的狂吠达到了顶点。抢劫者已经“大驾光临”。在这一片嘈杂声中，本来不可能听清人的叫喊声，可是特雷瓦尔·史密斯先生却向那些试图破门而入的士兵大声叫喊。毫无疑问，他们听得更清楚的是狗的狂叫声，于是便决定到更容易“捕食”的地方抢劫。他们朝铁门放了几枪以后，骂骂咧咧地离去了。黎明时分，老李回来了。他把服服帖帖的猎狗带到它们白天待的狗窝里。唐山医院的围困也就此结束了。

随后的两天里，军官们控制住了士兵们的行动。铁路管理部门着手解决交通堵塞问题，十三辆列车在战斗中被焚毁了几列，但谁也不知道车头是否完好无损。在这种情况下，军方倒是急于配合了。因为他们接到命令，要为得胜的张作霖部队扫清前进的道路。吴佩孚的结局是这样：得知冯玉祥叛变以后，他略施小计，使军队从长城内的运煤港口秦皇岛乘船撤退，后来又渡过黄河，撤退到他的老巢河南省。这样一来，虽然张作霖赢得了这场战争，但它只决定了中国北部、北京、天津和河北省的命运。吴佩孚依然占据着河南以及河南以南的其他省。对中国的统一来说，这场战争没有起到丝毫推动作用。

铁路线严重堵塞以前，吴佩孚曾经乘坐他的私人专车经过唐山去往前线。专车在车站停留期间，我曾经瞥过他一眼。那时他正在专车上伏案书写，没穿军装，而是穿着一件素净的蓝色丝绸长袍，看起来倒像个学者。的确，在军阀中，他是唯一通过科举考试开始官宦生涯的。他考取了进士（应为秀才，译者注）取得了当官儿的资格。清王朝垮台以后，为了飞黄腾达，他投笔从戎。他显得温文尔雅，留着胡须，看起来更像中国学究，而不像个将军。唐山战斗结束一周或两周以后，张作霖经过唐山，我也见过他一面。他是一个与吴佩孚完全不同的人。张作霖个子矮小，穿着过分华丽的军服，在官员们的簇拥下，趾高气扬地走在站台上。他的出身虽然是满洲土匪，但看起来并不凶恶，或者野蛮。不过，他的冷酷无情却也闻名遐迩。有一次，他乘船从天津到大连。我的朋友E·M·吉尔正好也在那条船上。吉尔那时在中国海关部门供职，汉语讲得非常流利。张作霖和吉尔是头等舱里仅有的两名乘客。那是一个暴风雨之夜，张作霖邀请吉尔与他一道饮酒，消磨夜晚。在那段时间里，张作霖谈论他理解的治理国家的诀窍。他把这些诀窍概括为："必须杀人，非杀人不可。"

张作霖在他的另一支部队——"俄国军团"的陪同下抵达唐山。这些人都是"白俄"。他们在西伯利亚失去最后一个地盘之后来满洲避难，后来被张作霖招募。除去打仗以外，他们对其他事情一无所知。这些人先是和德国人打仗，后来又和布尔什维克打。他们是一群野蛮、鲁莽、无家可归的亡命徒。令在场所有人都感到难堪的是，当这群纪律极差的"强盗"出现在美国第十五步兵师小分队在俱乐部周围设置的路障前面时，突然有一位"白俄"投进美国士兵的怀抱，喜极而泣地说："伊万，经过这么多年，竟然能遇见你！你还活着？"原来，在美国第十五步兵师中，一半以上的士兵也是白俄难民。于是，从西到东，都有"老同志"欣喜若狂的重逢，有时还是关系很近的亲属重逢。那时期，美国第十五步兵师是一支只在美国领土以外地区驻扎的军队，比如在菲律宾以及中国执行领事馆卫队的任务。想要移民到美国的人，如果应募到第十五步兵师服役，期满两年光荣退伍的时候，就可以得到正式的美国公民身份。毫无疑问，欧洲战争和革命中流离失所的军人和无家可归的穷人一定会千方百计抓住这个机会。

交通运输逐渐恢复正常，可是非常缓慢。几个星期以来，火车一直不能正点到站，严重超员使列车晚点很长时间。张作霖的军队独占了开往北京列车的头等车厢。回程也好不了多少。车门被一群失望的旅客堵塞，几乎不可能登上火车。我非常想重温在北京度过的周末。北京已经变成我发展过程中一个巨大的引力中心。在唐山车站站长助理的帮助下，我克服了去北京的困难。站长助理和我的关系不错。等了好长时间以后，晚点开往北京的直达列车拉响进站的汽笛。站长助理示意我跟着他，走到列车终端。那是一节邮政车厢，邮袋正被卸在地上，铁路警察守卫在那里。“上车，快！”站长助理说。我来不及停下脚步问个明白。邮局职员挥手让我坐在黑暗角落的一些邮袋上，我只能言听计从。这完全是非法的。除了邮政官员，任何人不得乘坐邮政车厢，可是我坐了，而且不只一次，是三次或者更多次。去北京的时候坐过，返回唐山的时候也坐过，而且特别舒服。邮袋真是个好座位。

那个年代，中国邮局享有独特的地位。抢劫、盗窃、军队扣押以及其他各种恶行都可能降临到其他旅客头上，可是从来没人对邮政运输工具下过手。无论是挂在火车上的邮政车厢，还是驮着邮袋行走在山间小道上的两头骡子。哪怕只有一个押送人，只要这个人穿一身草绿色制服，他押送的东西就神圣不可侵犯。原因其实很简单。中国的强盗通常都非常讲究实惠。除非赃物能卖掉，否则抢劫就没有实际意义。值钱的东西只能在城里出售，因为城里有它们的市场。倘若把这些东西送回农村，就没有用处了。强盗或者士兵其实没有什么根本的区别，他们都是在城里卖掉赃物，然后通过汇款单把钱寄回老家，送给遥远乡村的亲属。那时，在中国，你在邮局付钱买一张汇款单——一种印刷好的卡片。邮局职员把卡片折成多角形，然后剪成两半，一半给你，另一半留下，由邮局送到你要选择兑换现 金的那个城市的邮局。你把你的那一半卡片送给在那个城市里的朋友。朋友把收到的半张卡片交给那里的邮局职员，邮局职员把他们手里那半张卡片与这半张对接。如果两半张卡片能对在一起，邮局职员就把钱付给你的朋友。因此，“邮递畅通无阻”非常重要。没有一个强盗或者其他掠夺成性的人会干扰它。

1925年春天，我觉得该是从北京至沈阳铁路管理处辞职的时候了，我已经从一年来的薪水中节省下足够的钱，能去北京过一种还算舒适的生活了。在北京，我可以把全部时间用在学习汉语上。于是，1925年4月，按照规定，我提前一个月呈递辞职报告之后，便离开唐山去了北京。从前，在北京度过周末那段时间，我结交了几位朋友，而且，在北京时，我已经有了一种“宾至如归”的感觉。我与两位和我同岁的朋友合伙租下一套没有家具和其他设备的中式住宅，不过这所房子有卫生设备，自来水管道，电灯，那年月还算“现代化”。一个月的租金是四十块大洋，价格不菲。好在三个人分摊，还不算太贵。我们尚有余钱，雇得起三个佣人——“总管”、厨师，还有一个是“苦力”。他专门负责清扫房间和院落。他们都有妻室，与他们一起住在后院。她们洗衣，缝补，再干点杂活儿，多少可以增加点收入。这所住宅有前后两个院子，一个小会客室和一个餐厅，都朝南。还有四间卧室，都是厢房，东西各有两间，此外还有浴室和宽敞的贮藏间。这所院落坐落在一条胡同里，在王府井大街北面。王府井大街是这座城市中赏心悦目的高级商业地段。穿过大街，有一座清朝达官贵人的深宅大院。中国的前总统黎元洪曾经住在那里。

第五章
是真革命吗

1924 年 11 月，冯玉祥占领北京几个星期之后，就迫使总统曹锟放弃权力，接着又逼他退休，到天津的外国租界当了“寓公”。曹锟在执掌大权的短暂时间内，为了修建自己的坟墓，定做了一套巨大的石人和石头动物塑像。皇家的陵墓就是用这种石雕装饰的。曹锟的祖居在河北省东南部的一个村庄里，距白河入海口不远。白河把天津和大海连接到了一起。那个让我永难忘怀的地方新河，就在白河岸边。几尊巨大的石雕塑像已经被卸在新河对面，也就是白河的右岸，成了一道难得一见的风景。这时候，运输成了大问题。因为，河岸那边的沼泽地里没有道路。倘若想把那些非常笨重的石头雕像运过长达几英里的盐碱沼泽，不仅要修公路，而且，公路还得结构合理、路基坚实。在没有修成这样一条公路之前，那些石头雕像只好躺在河岸上。曹锟必定极欲修筑这样的一条公路，可是，不知是没得到修路的赞助费用，还是来不及滥用权力收敛修路所需的巨款，反正公路始终没有动工。曹锟垮台以后，更没人出钱给他修建坟墓了。我常常纳闷，当年那些巨大的石头塑像是否依然躺在新河对面的河岸上，掩埋在杂乱的草丛里。

把总统赶下台以后，冯玉祥的下一个决定是处理溥仪的问题。自被废黜以来，前清皇帝还一直住在皇宫——紫禁城——北部的寝宫里。冯玉祥认为，这种安排不符合时代潮流，与“民主”“共和”的旗号也不相称。他已经把自己的军队改名为国民军，意思是全体国民的军队。这个名称还有另外一层含义，那就是，结束军阀统治，重建真正的民主共和政府。做出决定之后，冯玉祥只提前一两个小时向前清皇帝发出通告，随后突然派兵占领了皇宫。他们把所有太监逐出皇宫，强迫皇帝及其亲眷立即搬出皇官，到紫禁城外亲戚们的宅邸避难。于是，皇帝逃到他父亲的宅邸。皇帝的父亲醇亲王是已故皇帝光绪的弟弟，按照大清例律，弟弟不能继承皇位，皇位必须由已故皇帝的下一辈来继承。因此，光绪死后，溥仪便继承了伯父留下的皇位。溥仪登基，册封他父亲醇亲王为摄政王。

1925 年 2 月初，为了欢度春节，冯玉祥颁布命令，春节期间，紫禁城后部的寝宫对公众开放。有史以来，除了皇族和服侍他们的太监之外，几乎没有人能够亲眼目睹这些寝宫。寝宫对公众开放是破天荒第一次。从前，只有皇帝和皇子——如果有的话——才能住在寝宫里，别的男人都被拒之门外。因此，我要不惜一切代价去北京过春节。春节期间，中国所有的工厂都停工，商店都停业。天寒地冻，倘若在唐山过春节，一定枯燥无味。由于铁路交通还未恢复正常，于是，我就又经历了一次“坐在邮袋上”的旅行。一到北京，我就打听到，皇宫马上要对公众开放。数千名北京市民也想一睹皇家庭院的“真面目”，于是，我和他们一起排起长队。等了大约一个多小时，我们从北门进入紫禁城。

到处都有冯玉祥的士兵站岗，所有的屋门都上了锁，虽然只能透过窗户看一看，但也算一饱眼福了。每间屋子都保留着皇帝一家仓皇出逃时的凌乱状态。冯玉祥不是强盗，他把所有的屋子都锁起来，并且贴上盖有他的大印的封条。除了皇帝一家匆忙之中带走的物品之外，其他东西都原封未动，满眼都是被拉开的抽屉，弄乱的床铺，旅行包，以及胡乱丢弃在地板上的各种物品。看到这一幕，我不禁哑然失笑。自从溥仪登基，皇宫里原来那些古香古色、造型别致的家具，都被一些非常普通、价格低廉、做工粗糙的欧式家具代替。而那些家具，诸如床、桌子和椅子等，在伦敦南部任何一家宿舍里都可以看到。毫无疑问，一定有人欺骗了年轻的皇帝，谎称这些家具是西方文明国家最先进、最流行的款式。同样毫无疑问，那位太监总管也必定从家具售价和他向皇帝报价的差价中捞到一笔相当可观的利润。许多年后，溥仪在自传中曾经回忆起其他类似“敲竹杠”的事件。春节过后，故宫中的寝宫再次对公众关闭，直到若干年以后，才作为博物馆重新开放。

溥仪被从皇宫里赶出来以前，曾经聘请过一位家庭英语教师，他就是雷金纳德·约翰逊爵士（即庄士敦，译者注）。最初，雷金纳德爵士是中国顾问团的成员。顾问团是外交部一个特别机构，我也曾想到那个部门工作。后来，威海卫地区连同港口一起租借给英国的时候，雷金纳德成了威海卫的英国总督。他之所以被选聘为皇帝的家庭教师，部分原因是他汉语的听、说、

◎北京西山玉泉公园的宝塔 摄于1925年

读、写能力都很出色。我来北京定居的时候，他刚刚接受了伦敦东方语言学院的汉语教授职务，并在当年十一月返回英国。我在东方语言学院读书时的老师多拉·伊文思，把我作为曾在那个学院学习过汉语的“少有的怪人”，介绍给雷金纳德爵士。他不止一次请我吃午饭。有一次，他还对我和其他客人讲述了溥仪被逐出皇宫以后，他如何安排溥仪逃离北京的往事。事实上，那是在溥仪被逐出皇宫后一个月，或者还不到一个月发生的事情。

住在没有防卫的宅邸里，皇帝一家整日坐卧不安，不是担心被武装绑架，就是害怕被扣押起来索要赎金。还害怕像 1917 年那样，在某个流产的政治阴谋中被当成“典当品”。皇帝的亲信都希望他去天津避难。约翰逊也有这样的担心。他认为，这样的阴谋随时可能发生。北京的政治前景风云变幻，无论如何，皇帝都不能继续留在北京了。于是，雷金纳德爵士制定了一个协助皇帝出逃的周密计划。他们事先买好一张去天津的三等火车票。一天清晨，溥仪乔装打扮，身穿一件素净的蓝色长袍，看起来像个朴素的大学生，独自一人，悄悄溜出父亲的宅邸，乘一辆停在墙角的黄包车，直奔火车站，然后登上开往天津的火车。溥仪时年二十一岁。雷金纳德爵士还讲述了一些溥仪出逃中可能遇到的困难。可以说，事无巨细，就连一些再简单不过的小事，他都考虑得很周到。比如，溥仪从来没有带过一分钱，对什么东西值多少钱更是一无所知。他自幼就以皇帝那种特殊的语言风格讲话，连使用的词汇都是皇帝专用。一个年轻的大学生绝对不会像他那样说话。至于黄包车夫更听不懂他在皇宫里说的那些话。

因此，必须教会溥仪怎样花钱，如何估价，怎样讨价还价，如何与普通老百姓交谈。答话时，也不能使用宫廷语言。溥仪学习了这些“课程”，出逃的时候，一切进行得十分顺利。溥仪安然抵达天津，既没有被人认出来，也没有引起任何怀疑。他随后住进天津租界一处预先安排好的住宅，一直住了好几年，直到日本人把他带到满洲，当作日本人制造出来的“满洲国”的傀儡皇帝而“储备”起来。

雷金纳德爵士还知道他在皇宫里时的一些其他往事。这些事情不便在他写的那本引起关注的著作《紫禁城的黄昏》中发表。作为中介人，他曾经代表溥仪把皇宫收藏的最珍贵的宋代瓷器运往香港及上海银行（英国后来，为了满足皇帝一家与相关人员的财务需要，这些瓷器都被拍卖掉了。如果不是全部的话，至少大部分都成了伦敦珀西瓦尔·耶兹的收藏品。

胡适博士是当时中国文化界最著名的人物。他是北京大学的教授，是主张用白话文代替文言文的主要提倡者之一。胡适重新激起了人们对明朝和晚清时期中国白话小说的兴趣，并给予高度评价。那些小说正因为是用白话文写的，才得以广泛流传，但也因此而被倡导古文的学者们视为垃圾而抛弃。有一天，溥仪问雷金纳德爵士，是否可以邀请胡适博士前来一叙。这的确是一个令人吃惊的请求。谁都知道，像其他现代派学者一样，胡适博士也是一位坚定的共和主义者，对通过共和之路实现民主抱有一线希望。共和主义学者们一向认为，满洲人不仅愚蠢无能、百无一用，而且夜郎自大、固步自封。这种看法已经成了一种根深蒂固的成见。不过，雷金纳德爵士还是设法和胡适博士取得了联系。胡适对溥仪的邀请不仅感到意外，而且十分为难。倘若同事和朋友们知道他和被赶下台的皇帝暗中来往，他便很难在他们面前抬起头来。

为了让胡适博士同意秘密来访，一切都得仔细安排。雷金纳德爵士亲自负责胡适博士经过的宅院入口处的安全，除了门卫，一定保证不让任何人看到胡适博士来访。至于雷金纳德爵士，门卫当然认识。皇帝和胡适博士的会见进行得非常顺利。胡适博士发现，那时大约二十多岁的年轻皇帝，至少像他的大多数学生一样聪明，并且对有关文化和语言改革的趋向表现出浓厚的兴趣。雷金纳德爵士是在一次午宴上谈及这件往事的。一家非常著名的报社记者当时也在场。通过这件事情，我才认识到雷金纳德爵士头脑冷静、随机应变的才能，并且由衷地钦佩他。原来，雷金纳德爵士头一次提到胡适的名字时，那位记者竟然问道："您说的是谁？"这位记者显然从来没有听说过胡适。雷金纳德爵士发现自己失口说出这件事，连忙利用英文"谁"和中文"胡"之间发音的相似[①]，把这件事遮掩过去。不过，这件事倒令人大开眼界。那时候的北京，没有听说过胡适的人，就像伦敦没有听说过肖伯纳的人一样少而又少。而身为大报记者的那位先生居然会是这"少而又少"中的一员。

1924 年，我去北京旅游时结识的第一位朋友是莱奇小姐。她是北京一所专门为外国儿童开办的幼儿园的所有人兼园长。我是在丰台威廉斯家认识她的。她常常出北京城，去丰台和她的朋友威廉斯夫妇饮茶。后来，我每次去北京时，总要拜访她。我在北京定居以后，我们便成了好朋友。她熟悉北京一些人们

①译者注：英语中，单词 who（谁）的发音与汉语中"胡"的发音相近。

不常去的地方，经常领我去逛街，把经营失传已久的工艺品商店介绍给我。那些商店至今仍在营业。通过莱奇小姐的介绍，我又结识了她的三位朋友——亚瑟·伯拉德、阿克哈特·罗伯特·温特尔和詹姆斯·詹米森。这三人中，第一位是英国人，后两位是美国人，都是北京城外颐和园附近清华大学的教授。后来，这几位新结识的朋友又把我引荐给他们的几位中国同事。于是，我便开始与那一代中国学者接触。清王朝垮台以后，他们都变得成熟了。

莱奇小姐是一位行动果断、信仰坚定的女性。在那个时代的中国人看来，她的行为和思想已经足够自由解放了，可是不仅如此，她的行为和思想中，还包含着更为强烈的爱国主义色彩。每天早晨，幼儿园的孩子们都要集合在院子里（恰好在城墙里面的公使馆住宅区内），面对高高飘扬的英国国旗，高唱《上帝保佑国王》那支歌曲。许多孩子不是英国人倒也无关紧要，更要紧的是他们有不同的宗教信仰。因此，有人认为，这种集体祷告式的活动是不合适的。苏联新任驻华大使卡拉克汉同志便是其中一位。他的外交职衔是大使，而他的西方同僚却都是公使，这一点本来就已经令人嫉妒、反感。而他又偏偏有两个年幼的孩子需要上这所由天主教修女们管理的幼儿园。所以他和其他国家外交官的关系不太融洽。卡拉克汉对让孩子们唱《上帝保佑国王》提出异议。可是莱奇小姐态度强硬，告诉他，要么他的孩子像所有的孩子一样该唱则唱，要么就不要来幼儿园。卡拉克汉同志妥协了，两个苏维埃儿童继续愉快地参加早晨的仪式。这种经历将如何影响他们意识形态的形成，我就不得而知了。

我成了清华大学的常客，因为有朋友在那里执教。詹米森喜欢住在北京城里，讲课时才出城去清华。我也常去他在城里的住处拜访。这个时期，通过这几位朋友，我还结识了W·W·尹。他一直在中国外交部门供职。他对我讲述了第一次世界大战开始时的一件往事。那时候，他在柏林担任中国驻德国公使。当时，无线电报技术还没有发明，电报都是通过海底电缆传送的。与中国相连的电缆虽然属于丹麦，但必须经过设在香港、新加坡、科伦坡和亚丁等地的中继站才能传送到欧洲。而那些地区又都属英国管辖。如果电报是敌对国的机构从中国发出的，就会在那些中继站被截获或者切断。这样一来，北京的德国公使馆与柏林的通讯就只能用暗语进行。暗语被传送到哥本哈根的联络人。这些暗语又只能用明码发送，因为英国人不肯传送密码电报（除了他们自己的）。

有一天，德国外交部的一位官员约见驻德国的中国公使，请他帮助解读一封刚刚收到电报："蝴蝶太太想要房子，我们应该放弃租借的权利把它归还给房主，还是转租给蝴蝶太太呢？"得知这条珍贵的信息，W·W·尹心中暗自高兴。他立即就明白了这条信息是关于青岛的。德国租借着山东省的青岛港及其领土。德国猜到，同盟国已经允许日本从人数不多的德国守卫部队手中夺取青岛，并且以此为诱饵，拉拢日本加入同盟国。当时，尹表示一点也不明白那条消息的意思，说它必定是有关某种私人事务的。德国官员还是一头雾水。对他们来说，这封电报实在太费解了。尹马上将这件事情报告了本国政府，可是袁世凯一心想当皇帝，无心通过要求德国归还青岛而阻止日本的阴谋。于是，几个星期以后，日军在一小队英国军队的协助下攻占了青岛。

1925 年 3 月，我去北京定居前不久，孙逸仙博士在北京逝世。广东政府曾经认为冯玉祥是最危险的敌人，但是，冯玉祥背叛吴佩孚的时候，孙逸仙博士对重建共和的机会终于来临充满希望。冯玉祥发表了民族主义的主张，作为北京的统治者而被寄予重建共和政府、带头彻底消灭吴佩孚的厚望。孙逸仙博士似乎低估了比冯玉祥更为强大的张作霖在统一中国的重大斗争中所起的作用。1924 年年底，孙逸仙博士到北京与冯玉祥谈判，可是几乎一到北京就染病了。医生诊断他患的是癌症，这是十分不幸的。孙逸仙博士在当年三月与世长辞。此前，他的希望已经变得非常渺茫了。实际上，冯玉祥并没有真正执掌北京的大权。张作霖率领主力部队抵达北京，冯玉祥很快就陷于孤立，并被逐出大军阀内部的决策机构。那时，虽然有一个空有其名的政府，但却没有新的总统。因为没有具有立法权的国民议会来选举总统。孙逸仙博士逝世后不久，冯玉祥意识到自己在政治上已不再有重大影响，便率领部下撤回到中国西北部的老根据地去了。

在北京老百姓的心目中，冯玉祥从来没有深得人心。经过若干世纪的灌输，忠诚变成了最重要的美德。这种美德已经成为儒家教育的核心。而冯玉祥却背叛了他的主子。自从皇帝垮台，忠诚体系失去了地位最高的效忠对象。那个年代，中国民众思想混乱，部分原因就是缺少这个核心。像以往历朝历代一样，皇帝，更确切地说，清王朝，已经失败，并且彻底垮台，可是，继承它的“共和政府”却如一盘散沙。这个政府没有权威，很难行使领导权。或者用中国人的话来说，没有得到“神授的君权”。实际上，无论哪一个军队首领，只要强大到足以征服所有对手而建立起一个王朝，就获得了这种“神授君权”。可惜，这样的首领还没有出现。不过，到那时为止，忠诚依然是最重要的美德，可耻的背叛依然受到谴责和蔑视。

我听说过这样一件事，它说明冯玉祥在北京老百姓心目中的真实形象。我的汉语老师赵启德先生告诉我，前天，他在北京街头亲眼目睹了这样一幕：一个小偷在掏一位衣着不俗的商人的钱包时被当场抓获。一个警察赶来处理这件事情。他用一根绳子把小偷捆得结结实实，然后让那个被盗的人把小偷痛骂一顿以发泄心中的怒气。这是处理这类事情的惯例。一群路人围拢过来，想听一听被偷的人选择什么样的语言痛骂小偷。警察是公断人，紧紧拉住绳索，以防发生暴力行为。被偷的商人开始破口大骂。骂人的话是那种不堪入耳的脏话。听众觉得平淡无奇，不过瘾，没有人喝彩。骂人者突然灵机一动，提高嗓门骂道：“你这个家伙，你！你简直就像冯玉祥！”话音刚落，“骂得好！骂得好！”听众的喝彩声顿时响成一片。那个警察名义上也算是归冯玉祥管辖的一个部门里的奴才，就连他也暗暗叫好。警察既没有训斥那个叫骂的商人，也没有呵斥为咒骂统治这座城市的军阀而叫好的围观路人。他用绳子牵着那个小偷，一声没吭地离去了。

我离开唐山时，我的老师赵启德也和我一同前往北京。他是作为一位年轻的知识分子经人介绍给我的。他能抽出时间教我阅读汉语。赵先生祖籍山东，济南大学毕业，学的是图书管理专业。济南是山东省的省会。赵先生在唐山一所规模不大的技术学校里当图书管理员，那所技术学校是开滦煤矿赞助开办的。图书馆很小，薪金微薄，赵先生可以自由支配的时间比钱包里的钱多得多，因此他十分乐意教我。听说我要去北京时，他说他也将辞去工作到北京去。在北京怎样维持生活呢？没有问题。北京有他一位济南大学时期的同学，现在一所中学里当校长。那位同学已经给他写信来，说可以在学校里给赵先生安排住处，又说，赵先生可以教书，也可以帮助学校建立一座图书馆。一切都不成问题。作为老同学，他们的关系非常密切。对人而言，如果有这种关系，相互之间的帮助就显得自然而平常。实际上，同学关系几乎像亲属关系一样密切。这是贯穿了中国文化和历史的一种传统。年轻时代的朋友永远是真正的朋友。相比之下，英国人老同学之间的关系就平平淡淡。为了了解一个中国人秘密的政治交往，弄清他和谁一起念过大学——甚至一起念过中学——比弄清他本人的喜好重要得多。

赵先生虽然已经三十多岁，但却没有坚定的共和主张。他是北方人，对孙逸仙博士也颇为不敬。他对我说，孙逸仙有个绰号，叫“孙大炮”，北方人都管这位共和派领导人叫“孙大炮”。他对清王朝的复辟也没有任何热情。山东是一个处于临界地带的省份，虽然离北京不算远，但不能直接沐浴皇恩；离南方又不算近，无法分享反清的感情。在长江三角洲及以南的地区，“反清”已经深入人心。义和团运动始于山东。初期，它既反清又排外，但最终被朝廷巧妙地拉拢过去，转而支持清王朝的统治。尽管最终的结局是灾难性的，但作为对朝廷支持的交换条件，朝廷下旨在消灭外国人方面帮助义和团。

1925 年年初，我决定去北京定居。从抵达北京到租到后来居住的那处宅院的这段时间里，我一直住在“铁路包房车大旅馆”。这期间，我曾有过一段与各种类型的中国人交往的奇特经历。有一天，我决定去天坛游览。在旅馆门前，雇了一辆黄包车。车夫把我拉到天坛大门口。从大门穿过公园，就能到祈年殿。从黄包车上下来的时候，我十分惊讶地发现，那位黄包车夫竟然用十分流利的英语对我说：“我可以为您导游吗？”我欣然同意，但心中困惑不解。我们一起登上台阶，走到天坛平坦的大理石祭坛前面。祭坛面积很大。接着，那位车夫详细地向我解释，在一年一度的春节祭祀仪式中，天坛是怎样装饰的，皇帝站在什么地方宣读祭文。毫无疑问，只有亲眼目睹过祭祀仪式的人，才能这样详尽地描述当时的情景。那位车夫不算年轻了，大约四十多岁，接近五十岁，显然，他是个满人。清朝垮台已经十三年了，那时，许多达官贵人已变得穷愁潦倒。过去，他们一直都是依靠朝廷的俸禄或者薪水度日。从理论上讲，满人不但像汉人一样，是皇帝的臣民，而且还是皇帝的“奴才”，负有严格按皇帝旨意行事的法律义务。作为回报，皇帝赡养满人，并且禁止满人经商。进入共和时期，那些有学问、有才能的满人虽然在中学、大学和其他公共社会机构里谋到了职务，可是还有许多人没有这种才能或其他一技之长。除了一点一点地变卖家产之外，他们走投无路，直到穷得家徒四壁。我眼前这位就属于这类人。他已经沦落到了社会的最底层，只有凭借力气和健康糊口度日。可是力气和健康的消耗能持续多久呢？我不禁满腹疑虑地问他，是否可以通过朋友的帮助找点省力气的活儿去干。他耸了耸肩膀，苦笑着说：“听天由命吧。”他的回答竟然如此无奈。不错，“听天由命”是佛教徒的信仰。可是，要想找到一个真正相信“听天由命”的人还真如大海里捞针。

我在北京刚住了两个月，1925年5月30日，发生了一件所有历史学家一致公认的、改变了中国历史进程的重大事件。这件事，也预示着更多灾难的来临。事件的起因是上海一家日本纺织厂发生了工人罢工。负责与厂方谈判的工人代表团的领袖被工厂的日本卫兵杀害。他是一位创立不久的中国共产党党员。义愤填膺的工人纷纷走上街头，举行声势浩大的游行示威。公共租界的警察逮捕了数百名示威者。随后，上海各大学的学生又在关押着示威群众的警察局外面示威。指挥警察的英国官员认为警察局可能受到攻击，于是下令开枪，当场打死十一名示威的大学生。这一行动终于在中国点燃起熊熊烈火。

对那个时期发生在中国的事件，一般的历史都有详细记载。联合抵制英货、日货及其商业贸易活动；广东的暴乱演变成流血冲突；中国劳工的撤出引起香港全面瘫痪。这一切对国共合作都产生了巨大的推动力。在那些有外国租界的城市里，“联合抵制纠察队”在中国人居住区进行巡逻，实际上起到切断与租界一切来往的作用。在北京，中国人的反应虽然没有那么激烈，但也可以明显感觉出来，尤其是大学里的学生和教职员工。北京没有租界，只有一个面积不大的使馆区。使馆区里几乎都是外国人的住宅，因此，不存在成立“联合抵制纠察队”的理由。但是，成千上万的大学生举行的游行示威已经产生了巨大的影响。就连那些一向不关心政治的阶层也奋起抗议。没多久，北京的老百姓就学会如何区分“可恶的英国人”和其他欧洲人了。至于日本人，他们一眼就能识别出来。

此前，除了少数知识分子以外，绝大多数普通中国人对欧洲一些小国知之甚少。像意大利那样的国家，虽然有为数不多的人在中国居住，但中国人也不甚了解。如今，他们必须学会区分属于不同国家的“外国人”。那时候，中国人对所有外国人的称呼都已变成了“大鼻子”。中国人不是用肤色，而是用鼻子区分自己和欧洲人。他们认为自己皮肤发黄，其实，中国北方人的肤色就不是真正的黄色。他们（尤其是乡下人）通常双颊红润，皮肤也透出一种健康的颜色。他们的头发始终是黑色的。因此，对中国人有一个古老的名称，“黑发人种”。

现在，社会各界已经开始把英国人和其他国家的人区别对待了，不仅把英国人与他们知道的法国人区别开来，而且还把英国人与德国人、斯堪的纳维亚人、瑞士人和荷兰人都分得一清二楚。学生宣传队设法阻止商人与英国人进行贸易，就连黄包车夫们也受到劝告，在拉顾客以前，一定问清他是哪国人。大学生们还说服公共汽车的售票员，不要让英国人乘坐他们的公共汽车。与我共同租房的一位朋友是挪威人。挪威是一个鲜为人知的小国。挪威人很高兴他们没有卷入这场争端。中国人区分北欧人和别的国家人的能力并不比我们自己高明多少。如果你说你是荷兰人，从外表来看，是不会引起他们怀疑的。

大学里的情况就不同了。尽管欧洲人外表上看起来相似，但是他们之间还是有许多本质的区别。大学的师生无论从语言和历史方面，还是从对待中国的政治态度方面，对他们都有深入的了解。因此，大规模的抗议活动和席卷整个中国的强烈的民族主义在北京表现出完全不同的两种形式。北京既有与广大劳苦大众相同的民族意识的觉醒，也有受过高等教育的阶层那种义愤填膺的敏锐感。大学生成为警察枪声中的受害者。这一事实对中国人来说尤其敏感，而这种看法是大多数外国人不能理解的。在中国人的心目中，大学生是有学问的人，属于那种“劳心者治人”的出类拔萃的人物。这种观点在中国已经延续了几千年。如今，这些出类拔萃的“治人”者的政治地位已经被残忍、腐败、卑鄙的军阀取代了。军阀是军人阶层的代表，而延续了几个世纪的传统教育已经教会中国的知识阶层去鄙视他们。“好铁不打钉，好男不当兵”——民间流传着这样一则谚语。

对于现代人来说，不论是东方人，还是西方人，这种观点似乎都不可思议。可是，我们应当记得，只要没有仗打，这种观点在维多利亚时代的英国也相当普遍。吉卜林在他的作品中也有过这样的描述：“地主站起身来，说，‘我不需要穿红制服的士兵掌权的时代’。”由此可见，战争爆发前，吉卜林也是这样看待英国军队的。因此，警察在上海对学生采用暴力，立即激化了中国知识阶层的愤怒。学生不应该受到这样的对待，

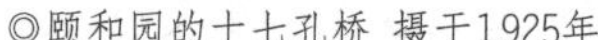
◎颐和园的十七孔桥 摄于1925年

也不应该受到他们自己那个腐败无能的政府的漠视。那个政府是由军阀张作霖控制的。众所周知，张作霖被日本人玩弄于股掌之间——日本人才真正控制着张作霖的老巢满洲。知识阶层的这一行动，即使不是声援联合抵制运动以及那些鼓励并支持这一运动的政治力量，至少也是在推动信仰自由。那股政治力量就是广东反对政府的国民党及其同盟者弱小但迅速发展壮大的中国共产党。

北京有一份英文报纸，是中国人办的。这张报纸面向各外国社团，中国知识分子也是它的读者。这时，它成了中国知识分子与他们的西方同道进行一场热烈而持久辩论的重要传播媒介。中国知识分子一方以民族主义者不是以国民党员的身份，而是以中国人的身份出现。他们的西方同道一方通常是大学教授或者是最重要的外交使节。根据欧洲及美国法律的概念，为英国人和日本人在上海采取的行动的合法性进行辩护。中国人一点儿也不认同外国人的那些法律概念。两千多年以来，在中国，法律意味着对暴力犯罪或者偷盗诈骗的镇压与打击。至于民事法律，处理公司、店主、财产与债务之间的纠纷，不是政府管的事情，也不是任何一个政府官员的事。他们通过有关协会进行仲裁——当事人如果属于同一个行会，他们的纠纷就通过该行会进行仲裁；当事人如果属于不同的行会，就通过行会之间进行仲裁。家庭财产的判断，一切个人问题，离婚等等，都是由家族中的某位长者，或者由两个或更多家族的长者通过协商进行仲裁。

中国人认为，在法律面前大学生和其他任何老百姓完全平等的说法纯粹是胡说八道。法律针对罪犯，而不是针对知识阶层的成员。他们是反抗外国人压迫和暴行的爱国者。不管怎样，上海难道不是中国的城市吗？公共租界当局有什么权利开枪打死手无寸铁、举行抗议活动的大学生？如果这种权利是腐败没落的清王朝授予的话，现在是那些条约被彻底清除的时候了。新制度能在那种条约的基础上建立吗？哼，那是不平等条约，再也不能受那些条约的束缚了。自从19世纪西方列强与中国签订那些条约以来，"不平等条约"就变成了描述那些条约的标准词语。几乎像聋子之间的对话一样欧洲人抓不住中国人那些看来十分明显的特征，中国人也想象不出文化起源于罗马的西方人那些法律的含义。

上海当局坚持强硬的立场，与之相对抗的"联合抵制行动"愈演愈烈。这不仅解决不了任何问题，反而使支持"纠察队"的民族主义和共产主义的政治力量有了更大的活动余地。这也使军阀们更加名声扫地。他们有什么用？他们不敢反对外国人，不敢收复租界，也不敢废止列强各国的公民们非常欣赏的其他特权。他们唯一能做的就是相互之间进行愚蠢的战争和掠夺，同时把那些臭名昭著的政客推上或拉下设在北京的宝座。外国评论家则回答说，这话没错，但那是中国人自己的事情。俗话说，"各人自扫门前雪"。看起来，清理中国房前积雪的责任似乎最有可能由极左翼的新政党来担当了。

那个时期，尽管中国其他地区的暴力活动不断升级，也有对一切外国势力的公开抵制（英国人和其他国家的人之间的界限变得模糊不清了），但是北京有北京的特点。首都抗议活动的表现形式主要是舆论工具。针对粗通文字或很少学过文言文的读者，报纸用浅显易懂的语言出版。整个夏天，对外国列强尖锐而狠毒的抨击就没有间断过，尤其是对英国的抨击。不过，其他国家也未能幸免。日本则完全被设想成中华民族的宿敌，已经没有必要连篇累牍地给予痛斥了。在我的老师赵先生的帮助下，我密切关注当地新闻媒体上大量发表的这类文章。文章中不断引进新词语，以满足调门日益升高的指责。这倒成了我学习当代汉语的极好材料。

在如此激烈的政治动乱和大辩论中，北京还能提供很多赏心悦目的东西。北京的魅力之一就是那些尚未失去自然美的乡村和西山。西山坐落在城西八到十英里的崇山峻岭之中，是那条连绵逶迤的山脉的支脉。那条山脉一直通到西藏和亚洲的中心，山脉绵延万里，只有几条宽阔的河谷把大山拦腰切断。在通往西山的路上，有一座美丽的公园——颐和园，它环绕一座孤立的山丘而建。此外还有玉泉公园，曾经是明朝的夏宫，也是围着一座山丘修建的。人们可以乘火车去西山，然后步行约一英里，穿过农田便到了八大处。那里有几座庙宇。较低的山坡上，还有几处佛寺。去清华大学以及去颐和园，可以乘坐同一路公共汽车。清华大学和基督教会办的燕京大学是近邻。这些地方也可以乘汽车去。有时候我们就雇一辆汽车去，只是车费有点贵，而且，不论是去，还是返回，都没有不出故障的绝对把握。因为这些车不仅旧，而且维护不佳，经常有半路抛锚的危险。

有一次，我和挪威朋友雇汽车去八大处短途旅游。走了一段路以后，汽车方向盘突然失灵，失去控制的汽车横着冲向路边，只差一点点就要撞在一棵树上。汽车停了，车身的一部分已经停在一条壕沟的边上，幸好没人受伤。附近农田里干活的农民们从四面八方跑过来——无疑，这样的事故屡见不鲜。汽车被抬起来，移回到公路上。那位中国司机，像大多数干他这行的司机一样，是个随机应变的能手。尽管不善维护，却能应付这种尴尬的场面。拜访了附近村子里的一位铁匠以后，他把方向盘送去修理，我们就去散步。过了几个小时，我们返回来，发现万事齐备，方向盘已经修复，只是天色已晚。城门夜闭是北京沿袭了六百多年的老规矩，加之当时笼罩着浓厚的仇外气氛，想让门卫通融一下，给外国人开门放行，几乎是异想天开。于是，我们立即起程，想在北京西北方向的城门西直门关闭之前赶到那里。

由于汽车方向盘还不太好使，我们不敢让司机把车开得太快，所以赶到西直门的时候，城门也已关闭。开门放行的请求被断然拒绝了，再三恳求也不起作用。那时候，北京城墙外面，除去远近散落着的几个乡村以外，几乎没有任何建筑物。西直门外边是一片开阔地。每当夜晚，从西北来的、由产于中亚的双峰驼组成的运货驼队就在那里宿营，直到次日黎明。西直门外的大道，一直通到四十多英里以外的南口，再经南口穿过长城，通往内蒙古。在那里宿营的还有菜农。他们准备第二天早上把新鲜蔬菜运往城里的菜市场。所有这些人都是在夜晚时分先后来到西直门外的，然后就静悄悄地在那里宿营。卧成一长串的双峰驼首尾相接，人们蜷缩在行李里。行李卷儿是每个出口旅行的中国人必带之物。当时还没有柏油路，他们就躺在泥土地上睡觉。我们在汽车里，时睡，时醒。时值盛夏，异常炎热。

需要吃晚饭了，可是我们没带食物。自从吃了一顿郊游午餐，我们一直粒米未沾。沿路叫卖的小贩推着独轮车，车的一

◎北京明十三陵的石雕 摄于1925年

◎北京的城墙和骆驼队 摄于1925年

边支着一个炭火锅，另一边放着碗、蔬菜和鸡蛋。小贩卖的是用少量白菜叶做的热汤，每碗两个铜板。人们也可以买到在白菜汤里打上两个鸡蛋的汤，价钱是白菜汤的三倍。可是，吃这种鸡蛋汤，对于普通中国老百姓是非常罕见的铺张浪费之举。我们欣然享用了鸡蛋汤。汤的味道倒也十分鲜美。那时，一枚中国银元大约值英国货币两个先令银币。银元的定价是一百个铜板。可是由于不可思议的通货膨胀的作祟，实际上一枚银元能兑换一百三十个铜板，甚至更多一些。这样算来，一碗汤是两个铜板，再加上两个鸡蛋的四个铜板，总共是六个铜板，正好等价于英国货币的一个便士多一点。这就是中国北方穷苦劳动人民的生活标准，消费水平。天刚破晓，就像音乐片中的一幕那样，骆驼一声不吭地站立起来，拉骆驼的人们卷起行李卷儿，菜农们推起独轮车，巨大的城门打开了，人们鱼贯穿过城门，入城而去。

到了年末，针对外国列强的抗议活动陷入僵局。同时，在中国各主要城市，各种政治力量围绕当时国共两党日趋加剧的分化已成定局。就在这种情况下，我决定离开北京。我接受了朋友的建议，去一家做“肠衣”生意的美国公司工作。“肠衣”是猪肠的商业名称，经过清理和着色，猪肠就被制成普通香肠的外皮。熟悉工作以后，我将被任命为汉口新近开设的一个分公司的经理。汉口是现代武汉三镇的一部分。实际上，与我合租房屋的那位挪威朋友是这家公司驻北京的代表。该公司的美国总经理从上海来北京的时候，他向我提出这个建议。薪水不菲，又正值我手头开始拮据之时，需要挣钱，我便欣然同意。接受这份工作也意味着我能亲眼看一看久闻其名、未曾一睹的中国长江流域，并且到那个地区游历。此外，这家公司的确欢迎能说会读汉语的人才。因为公司所有业务都是和那些只懂汉语而不会讲其他语言的中国人直接打交道，所以公司需要懂汉语的人才。

十一月一日，我乘火车南下，到达上海。在那里待了一个多月，以便学习鉴别和处理肠衣的知识。这样，在汉口与从事这种货物交易的商人打交道时才不会轻易上当受骗。美国人对“热狗”的青睐，为中国肠衣提供了广阔的市场。美国消费者大嚼大咬“热狗”时，全然没有想到，他们吃的正是中国猪内脏的外皮。

第六章

湖北佬

“天上九头鸟，地上湖北佬。”这是一句不无讽刺意味的俗语，但在武汉并不流行。这句俗语可以被解释为或者暗示，湖北人能说会道，而且他们说的话未必都是真的。对于那些从事肠衣批发和经纪的湖北生意人来说，这种评价真是恰如其分。他们诡计多端，图谋骗取时，厚颜无耻，谎言被戳穿时，若无其事。从道义上讲，佛教教义禁止屠杀动物和任何形式的生命。实际上，只要买得起，中国人都吃肉和鱼。只有和尚才吃素。谁也不会为杀死昆虫、兔子和其他害虫而不安。可是，对包括宰杀牲畜在内的贩卖肉食行业的从业者的社会评价却很低。在皇帝统治的年代，不仅屠夫本人，就连屠夫的儿子、孙子都不准参加科举考试，而参加科举考试是当官儿的唯一途径。做肠衣生意的商人，或者本人就是屠夫，或者直接从屠夫那里贩卖猪肠。因此，大家都认为，他们与屠夫是一路货色。也许正是因为这个原因，他们都非常狡诈。

我的总经理知道，由于上述原因，IBP公司汉口分公司将是最难经营的一个分公司。他曾经亲自去汉口考察过，并且租了一处房子作为分公司的经营场所，又招聘了一名管账先生。管帐先生姓黄，是个广东人。他留守汉口，直到分公司开张。我首先要学会如何检验猪肠的质量和长短，以便对付各种各样的骗术。因此，我先去上海一个“工厂”工作。名曰工厂，其实，至多是个工棚而已。因为制作肠衣需要清洗和处理大量猪肠，在清洗和处理过程中，散发出令人作呕的臭味。上海公共租界当局不仅不准这种工厂在租界范围内生产，而且不准在工业区内生产。因此，我们不得不把工厂建在苏州河上游对岸的上海郊区闸北。即使不按上海的标准来衡量，闸北与贫民窟也没有什么区别。那里的街道狭窄而迂回曲折。几年之后，1932年1月，日本人的炸弹完全炸毁了闸北。轰炸发生在“第一次上海战争”期间，是1937年日本人大规模入侵的前兆。

有一天，我乘坐黄包车去上班，拉我的人力车夫不得不拉着车爬上苏州河拱桥那道坡度很陡的桥面。这时，一位年纪比较大的中国太太也乘坐自己的黄包车过桥。两个车夫低着头、弯着腰，左拐右拐地向前行进时，撞在一起。接着，他们开始用汉语中淫秽下流的话对骂起来。只要能骂倒对方，多么不堪入耳的话都脱口而出，而那位老太太却依然不动声色地仰靠在黄包车上。最后，她的车夫欲将对手置于“死地”，声嘶力竭地骂出一句最具污辱性的话:“王八蛋！”老太太猛然坐起身来，一边用折叠着的扇子敲打车夫的肩头，一边愤怒地大声斥责道:“当着我的面，你怎么敢说出这样的话来！马上闭上你的嘴巴。”两个车夫一阵羞愧，陷入沉默。过后，我们又各自赶路了。

一个月来，我与三个中国工人一直在检验肠衣的长凳上干活儿。他们都是本地人，只会说上海话。对于会说当时被称为国语的人来说，上海话非常难懂。可是，我们和睦相处，几乎都能明白对方的意思。有人说，我此番经历不同寻常。没错儿，除了用同样方法接受培训的IBP公司的同事以外，我还没有遇见过任何一个与中国人在同一条长凳上劳动的西方人。我曾经把这件事告诉过现在掌权的中国共产党人，他们认为这是难以置信的，而且颇感窘迫。在饱受帝国主义侵略者剥削、压迫的罪恶日子里，有的外国人确实和中国人一起劳动过。按照他们惯常的说法，中国人是被压迫的。但外国人与中国人一起劳动毕竟也是事实。这就搅乱了他们对罪恶的旧社会的印象，而他们正是在这种印象中被培养教育、成长起来的。在上海期间，我曾经拜访过沃德夫妇两三次。我刚到中国时，他们是第一个以主人身份接待我的朋友。沃德夫妇对我的工作也忐忑不安。显然，对任何一个外国人来说，与中国人一起劳动远非一件体面的事。虽然为美国人的公司服务可以作为一个解释，但却不能为不体面的劳动开脱。我指出，正是在劳动中，我才明白了什么东西牵动着中国工人的心，明白了普通上海老百姓怎样看待持续不断的“联合抵制运动”、暴乱和社会动荡。而这却是沃德夫妇持有强烈的惧怕心理并且误解甚多的一个话题。

学会了检验肠衣和留神各种骗术以后，我和总经理乘船沿长江而上去汉口。武汉距长江入海口有四百英里，这次旅行用了四天的时间。旅途中，总经理告诉我一个秘密。他把我请到他的舱房，锁好门，然后压低声音向我吐露，IBP公司并不像它自称的那样是一个独立的中国商品出口公司，而是由赫赫有名的芝加哥阿莫尔肉食包装公司完全控制的子公司。那时，我对于这个秘密何以成为秘密不甚了然。在我看来，其中可能有一种敏感的关系存在。可是总经理对我解释说，这种情况明显地违犯了美国的反托拉斯法。如果被发现，不仅公司之间的关系会被立即终止，而且阿莫尔公司也会受到指控。也许，不，肯定会被处以大笔罚款。如果真相一旦泄露，我们的公司就会关闭（因为它自己没有资本，所有资本都是通过不同途径从阿莫尔公司得到的）。那样一来，我们就得失业。对我而言，这个秘密似乎远比阿莫尔可能发生的一切更有吸引力。现在，五十多年过去了，阿莫尔公司已经不会为半个世纪前的违法行为负责了，我才斗胆把这个尘封已久的秘密公诸于世。

和乘坐其他交通工具旅行不同，江上旅行的确令人心旷神怡。坐在轮船上，游客可以享受江轮的舒适与宽敞，而无须体验海浪的颠簸。就像在火车上一样，船外的景物川流不息，尽收眼底，又没有发生意外事故的危险。长江上的江轮不在夜间航行，因为有的航道被沙洲堵塞，有的河段有危险的漩涡。因此，每天夜晚，我们都可以收拾、整理有关资料。轮船在沿江的城市外面停泊时，我们就利用充裕的时间登岸考察。江轮停泊的时间被我们用在生意上。我可以结识芜湖、九江和安庆等地的肠衣商人。安庆是一个大城市，曾经是安徽省的省会，但从来不是一个通商口岸。在长江流域地势最低的地方，江面非常宽阔，宽度大约有十到十二英里。溯江而上，江面变窄，直到江阴的咽喉航道，那里有许多城堡，江面宽度收缩得大约只有一英里左右。那里距大海大约二百多英里。

在武汉，长江已经变成一英里宽了，距大海四百英里。从

◎汉口汉江码头 摄于1925年

那时直到以后的许多年，长江上一直没有桥梁。武汉是武昌、汉口和汉阳三镇的现代官方名称。武昌位于长江南岸，汉阳在长江北岸和汉江西岸，而汉口则在汉江东岸。英租界紧靠汉口，在长江下游的方向，沿江往下是前沙俄租界，再往下是前德国租界。日租界离汉口较远。与上海的公共租界相比，武汉这些租界的规模很小，呈狭窄的长带状分布，沿江岸大约半英里长。租界带后面，是京汉铁路和一片用竹竿和席子搭建的贫民窟似的房屋。铁路那边，有一些比较坚固、高大的建筑。IBP 公司不能在租界生产，也不能在前租界生产。现在，这些地区被中国当局当“特区”管理。我们的工厂位于一片未加铺砌的狭长土地。那片土地沿列车编组场的铁轨，中间没有围墙。工厂包括一座容易引起火灾的两层木质结构楼房。黄先生的住处在二楼，一楼的前半部分是办公室，后半部分是储藏室。车间在楼房侧面，是一个长长的工棚。我们的邻居，一边是个木工厂，另一边是个罐头盒锻造厂。这两家工厂一天到晚噪声不断，锤声、锯声和敲打铁皮的声音不绝于耳。而我们的工厂则“贡献”可怕的、令人作呕的气味。

公司的业务，主要是收购猪肠、对猪肠做好运输前的加工处理和包装，然后运往上海。我们直接从屠夫那里收购，也从提供“清洁”肠衣的经销商那里进货。所谓“清洁”肠衣，就是经过剔除废料、检验分类、加盐装桶以便运输等工序处理过的肠衣。商人们巴不得立刻成交，可是有人已经提醒过我，他们说的那些工序，都是骗人的鬼话。如果盲目相信，就等于收购并把伪劣的肠衣运往国外。因为他们只在桶的表面铺了薄薄一层质量上等的肠衣。装在下面的都是下等货。

因此，我们不得不事先与经销商议定，收购之前，必须检验每一桶肠衣。经销商们一点也不喜欢这个收购程序。那年二月，我们的分公司开张了。中国春节刚过，生意十分兴隆。一切都取决于五月份之前，最多能装运多少货物。经过一段时间，货物就能运抵上海，然后装船，越过太平洋，在美国靠岸，再由火车运往芝加哥。在那里，香肠制造商们正翘首期待着接货。距七月四日已经时日不多了。七月四日是独立日，是全年的销售旺季。贸易就是围绕着这个节日安排的。如果天公作美，香肠的销售量就会大增，对肠衣的需求也随之强劲。倘若天公不作美，节日的市场活动减少，香肠销售不旺，对肠衣的需求萎缩，肠衣的价格也随之疲软。因此，尽最大可能收购和装运是非常重要的，但必需保证质量。

我们的竞争对手是中国人的公司，他们也向美国出口肠衣，但这些公司不注重质量，因此阿莫尔公司才决定采用假名，直接收购肠衣。另外一个竞争对手是德国一家大公司——Siemens-Gessellschaft 公司，中国人都把它叫“西门公司”。“西门”原本是中国人一个不多见的姓氏，几乎尽人皆知的中国小说《金瓶梅》中的主人公姓“西门”。中国一切有文化修养的人都知道，西门庆的性行为构成了这部作品的主题。某位富有创造才能的人把 Siemens 译为“西门”。这样，就能保证这家公司在中国名扬天下。

新的竞争对手不受中国经销商的欢迎，我们很快就品尝到这种不受欢迎的滋味。一天，我来到办公室的时候，外面拥挤着一群人，原因是我们公司门前的铁道旁躺着一具尸体，可能是个乞丐。黄先生解释说，邻居们正等我拿主意。他们希望赶快把尸体移走，埋葬费用由我们负担。我回答说，我是不会理睬这种事情的。让警察把尸体移走吧。可是，警察也不愿插手这件事。我说，真遗憾，天气虽然寒冷，但我们工厂散发出来的气味已经令人窒息了，怎能再加上一具尸体的腐臭呢？几家邻居都是本地人，如果他们不愿雪上加霜，就该明白怎样处理那具令人讨厌的尸体。倘若我们处理了尸体，我们就将变成偌大汉口一个免费承办丧事的慈善机构了。

于是，我们和邻居们一起开了个会。有人说，有些佛教徒愿意做埋葬不明身份尸体的善事，由汉口一家知名寺院主持，但寺院要收费。多少钱？五十块银元，约合五英镑。我提议，如果有人出面与寺院接洽，我们邻近尸体的五家商店和公司就同意各出十块银元。经过一番讨价还价，大家最终达成协议。僧人们来了，尸体移走了。这就是强行使我们停业的第一个回

◎武昌附近的一座古塔 摄于1925年

合。竞争对手找具尸体不难。夜深人静时，他们想把他放在哪儿，就能放在哪儿。不久以后，他们又玩弄了另一个阴谋诡计。

一天，我刚到公司，就看见一群乞丐围在公司的正门前面。从外表上看，乞丐们有的裸露着惨不忍睹的伤口，有的病态恹恹，有的缺胳膊少腿，一副畸型模样。实际上，这些“遭受病痛折磨”的乞丐里，有许多是巧妙化装过的“冒牌货”。他们高明的骗术足以瞒过欧洲医生的眼睛——当然是临床检查之前。这些乞丐为什么会突然“造访”我们公司？黄先生一眼就看出，乞丐是被我们的竞争对手花钱买通来骚扰的。如何解围？我向邻居们请教。他们对乞丐骚扰也很反感。邻居们建议，必须派人与“丐帮帮主”接洽。因为这些邻居对当地的情况比较熟悉，我只好提议由他们出面，邀请“帮主”前来会面。乞丐把我们围困了整整两天，顾客避之唯恐不及。后来，一辆黄包车来到我们公司门前，从车上下来一个大腹便便的胖子。此人穿着考究，头顶黑色瓜皮帽，身穿黑色绸马褂，深色丝绸长袍。他一进门，就大大咧咧地在一把椅子上坐了下来。仆人端上一杯热茶，送到他的面前。我还以为是一位有身份的商人前来拜访我们。不料，刚一提到肠衣，他就挥了挥手说：“我对那种生意一窍不通。”接着又说：“我是个要饭的。”哦，原来是“丐帮帮主”大驾光临了！他说话的语气平淡而毫不张扬。这是显而易见的，但是，他却能对乞丐们发号施令。

他对我们现在的处境了如指掌。毫无疑问，他得到了一笔数目可观的费用，才导演了这场闹剧。闹剧收场要多少钱？我表示，我对任何临时解决办法都不感兴趣。他只有立刻结束这场令人不快的闹剧，并且保证不再重演，费用才可以依照约定如数付给。我和他好一阵讨价还价，但他精通此道，我们最终达成协议，每月付给丐帮五枚银元，先付一半。如果乞丐们撤走，而且直到月底不再骚扰，就付给另一半。从此以后，每月的第一天付丐帮五块银元。如果乞丐们再来，就分文不给。“丐帮帮主”又喝了几杯茶，和我“亲切友好地”交谈了一会儿，便起身道别。他登上黄包车时，三言两语地发布了号令，乞丐们便立刻作鸟兽散，眨眼之间消失得无影无踪。我们依约按时付钱，乞丐们从此再也没有登门。乞丐闹事的问题解决了，办事认真的管账先生老黄却不知道该如何处理这笔费用。他知道，分公司的账目通过上海，最终送到芝加哥审核。他捉摸不准，美国总公司的会计人员是否认可付给丐帮的费用。我也有同感，反复思考以后，我决定把这笔费用记在“地区保险”名下。后来，谁也没有对这一笔没有“精确定义”的费用提出过质疑。

汉口不是唯一的原料来源地。长江流域还有芜湖、安庆和长江下游的九江以及湘江上游的长沙。长沙是湖南省的省会，一个古老而富裕的鱼米之乡。我必须考察这些城市，这就意味着乘江轮旅行。即使是冬末季节，旅行依然令人愉快。快到芜湖的时候，江轮的船长，一位年老的苏格兰人，给我讲了一个有趣的故事。几年前，一位在当地传教的新教传教士，为了在芜湖修建一座教堂，呼吁美国家乡的社会团体募捐。他的呼吁很有感召力，款筹齐了，并汇到中国。几个月以后，那位传教士又写道，再有几百美元，利用修建教堂剩下的砖头就能为传教士们修建一处住所。这位传教士的忠诚又一次得到回应，随后，又一笔款汇到了芜湖。几个月以后，一位视察中国传教士工作的美国巡视员到中国视察。他乘坐的就是这艘江轮。快到芜湖时，他请船长把募捐修建的那座教堂指给他看。他看见了，但不是一眼就能看清，因为教堂实在太小了。“城边高耸于悬崖峭壁上的那座高大的建筑物是什么呢？”美国巡视员问道。“是传教士的住宅。”船长回答道。“什么！那就是用‘剩下的少量砖头’盖起的住所！”由于职业的限制，他只能用“感慨万千”表达他对这件事的感受，而竭力抑制住心中的狂怒。由于传教士这座住所鸟瞰城市和大江，位置极为显著，所以，长江上的领航员们通常称它为“剩下的少量砖头”。

芜湖和九江有些生意可做。安庆不是通商口岸，尽管它是一座更美更古老的城市，但对我们没有用处。西门公司垄断了安庆市场。因为是德国人的公司，西门公司的所有职员都没有其他协约国国民享有的特权。根据“凡尔赛条约”，他们与中国签订的条约已经被正式废除。但是，尽管不受保护，他们却可以随心所欲地在自己喜欢的地方做生意，出出进进也很自由。1925 年，仇外情绪席卷了中国各地，只有佩戴标明国籍臂章的德国人才可以安全地进入中国的许多城市。安庆便是其中一个。

长沙对外开放，是一个通商口岸，但没有外国租界。1926 年 3 月末，一个细雨霏霏的日子，我去游览这座城市。刚刚上岸，就发现这座城市正处于混乱之中。那时，长沙的街道狭窄而弯曲，商店的门面都装饰着漂亮的雕刻或者镀金牌匾。这情景现在已经很难看到了。那天，不论走到哪儿，都有士兵把守的路障。似乎没人知道原因，但的确有一种紧张的气氛。我们费了好大劲，最后才找到要找的经销商，做成一笔生意。然后，又绕了很远的路，返回码头。远处，不时传来枪声。商店连忙关门停业。次日早晨，江轮返回武汉。后来我们才知道，那次军事行动只遭到小规模抵抗，便推翻了湖南省的统治者。此人是吴佩孚手下一员干将。代替他的是另一名军队将领。这位将领的政治倾向非常暧昧。事实上，这是广东政府北伐的初步行动。几个月后，北伐就改变了中国的政治和军事版图。可是，我们没有预料到那种前景。

按照我提出的程序，从经销商那儿收购肠衣实在是件费心劳神的事情。首先，就收购价格讨价还价，验货时又争论不休。最终我们对桶里的货物随机抽样检验，买卖成交。不论是经过很多麻烦终于验货成交，还是没有成交，经销商始终面带笑容，请我们去吃午饭。而我们总是婉言谢绝。我已经预料到他们想在我们身上使出惯用的伎俩，于是谎称身体欠佳——一个无伤大雅的谎言——不去赴宴。倘若接受了他们的邀请，我们在餐桌旁边一坐，买好的货物就会被他们用劣质货物调包。谢绝了美味食品的诱惑，我们便押着载货的大车上路。“你们可不能步行呀！”经销商“好意”劝告。他们不是说路远天热，就是说阴天多雨。总而言之，所有理由都是为了怂恿我们乘坐黄包车。如果我们真的坐了黄包车，便中了他们的奸计。大车会被他们赶到某条小巷，在那里进行以次换好、偷梁换柱的勾当。识破他们的诡计，无论天气好坏，我们都寸步不离地押送拉货的大车，在不是尘土飞扬、便是泥泞不堪的大道上长途跋涉，往家里赶。

我们也直接从屠夫那里进货，有时还去拜访他们。因为临近春末，肠衣的竞争非常激烈。由于屠夫被人瞧不起，所以不允许他们在城里屠宰牲畜。他们可以在城里的肉铺里卖肉，但屠宰牲畜必须在别的地方。许多屠夫在离我们工厂不太远的地方建起屠宰场。铁道那边围堤中间，有一片洼地，类似沼泽。堤坝使汉江夏季的洪水不能进入这片低地和汉口城里的其他地区。低地的另一边是旧城墙，它也起着同样的防洪作用。堤坝上的铁道是把这片低地包围起来的另一边。在这片藏污纳垢的三角形低洼地上，是贫民窟，状况之糟可想而知。冬天，洼地上的水通过汉江大堤上那道能把雨水和其他污水排出去的水闸排入汉江。可是一到春天，河水上涨，水闸关闭，雨水和污水就完全排不出去。虽然在阳光照射下，由于蒸发，积水略有减少。可是还没到夏天，洼地就变成一片沼泽。沼泽地里，到处是横七竖八的踏板，或者是齐及黄包车车轴的污泥浊水。屠夫的住处和杀猪的棚屋，其实称不上房屋。棚屋建在摇摇晃晃的平台上，以便棚屋能高出那一片泥泞。为数众多的美国公众消费的许多香肠的包皮正是来自这种环境。

如果说屠夫的居住条件不好，那么，码头苦力住的就更差了。他们是从河南省以北的北方招募来的饥民。饥民源源不断，无家可归，只好在码头上过夜。冬天，汉口的码头很宽。所谓的码头，其实是浮在水上的巨大的木筏。因此，码头可以随着江面涨落。谁也不曾想过修建一个真正的码头。轻型货物可以卸在这些木筏上，然后由苦力沿着堤坝运到岸上。重型货物无法用这种办法搬运。重型货物由船上的吊杆吊起来，放到许多人的背上。那些人半裸着身子，站在几乎齐肩深的水里，先把货物抬到前滩，然后再搬运到沿江的马路上。马路是沿着江岸用石头铺砌的小道，十分坚硬。苦力们抬着装有一辆汽车的包装箱，在江水和污泥中挣扎前进。摇晃蹒跚中，不时倒在江水里。他们口中唱着很有韵律的两个字的号子：“嗨嗬，嗨嗬！”

◎作者（右）在武昌附近的一座庙宇前的留影。

看到这种情景，对于什么是“人类的苦难”就一定会有难以磨灭的印象了。毫无疑问，一场“真正的革命”，即使不是行将发生，也是不可避免地要发生。那时我就坚信，“真正的革命”必然会发生。

我不想给人留下这样一种印象，似乎汉口的生活令人生畏。汉口是个商业城市，建筑既不古老，也无特色。汉口周围，是一望无际的稻田，没有现代化的道路，只有一些小道，很少有可以消遣娱乐的地方。但是，这里有河流，确切地说，有两条河流。汉江和长江分别流过汉阳和武昌。这是两座历史悠久的城市，在中国历史上始终起着重要作用。汉江从城市的西北方向流来，连接中国东部和西部那条浩浩荡荡的长江的可航江段超过一千四百英里。两条江在武汉汇合，不仅使武汉成为一个重要的商埠，而且还成了一个重要的战略中心。汉阳背靠一座低矮的长形山丘，名曰龟山。龟山与另一座山丘隔江相对，武昌就建在那座山丘的东坡上。这两座山丘使长江的宽度在此处也许变窄三分之一左右。大江被一面峭壁控制，这座峭壁称为“赤壁”，意思是“红色的悬崖”，是著名小说《三国演义》中描写的发生在公元四世纪的一场大战的战场。正是在这个地方，中华人民共和国成立以后的第一个五年计划中，修建了一座铁路、公路两用的长江大桥。

在唐山和北京教过我汉语的老师赵启迪先生也随我来到武汉。他有一位大学时代的同学在武昌当中学校长。赵先生又一次成了受欢迎的客人。他一面在中学教同类的课程，一面管理图书馆。星期天，他休息，我也休息。我们就结伴游览城市和江上风光。他乘蒸汽渡轮渡江到汉口，我接上他，一起坐黄包车穿过汉口城，到汉江江岸。有时，我们在那儿过江去汉阳游览，有时划着舢板——一种小帆船——顺江而下，到两江汇流处，然后，沿长江而下，到英租界。这趟旅行，穿过漂浮在江面上的乱七八糟的废弃物和穿梭于两岸之间的汽艇和小船，足足花费一个多小时。汉江是辽阔的江汉大地的交通干道，它向西北延伸，直到黄河流域。

其他星期日，我渡过长江到武昌，与赵先生一道在他的学校里或饭馆吃午饭，然后去城里游玩。那时，武昌是个城墙围定的城市，城区几乎没有向城墙外面扩展。城里有一些漂亮的寺庙，但是，在19世纪60年代太平天国时期，那些庙宇遭到围攻和劫掠，从此，再也没有恢复昔日的辉煌。在长江向外国航运开放从而使得蒸汽轮船到来以前，汉口并不处于十分重要的地位，而武昌一直是主要港口。但是，由于武昌靠近江岸的江水不如北岸深，轮船在汉口那边的江岸停靠更安全，更方便。

那个年代，武汉人对河流非常畏惧。一个主要原因是，大家都认为，不管是谁，一掉进江里就没命了。不仅从未有人在江里游泳，而且认为援救一个溺水的人是要倒霉的——龙王会因为你从他手里夺去了溺水者而向你“索赔”。大江的确令人望而生畏：江面在夏季和冬季的年平均落差超过二十英尺，而且，夏天洪水暴发，江水迅猛而湍急。我曾亲眼目睹过，就在人们清理乱石林立的河滩时，洪水猛涨，眨眼之间就漫过石头。毫无疑问，正是完全知道武汉人对长江的畏惧，1965 年毛泽东决定横渡长江。这个有纪念意义的活动最终证明，现代人不必害怕龙王。

五月，竞争对手向我们施出了最后、也是最危险的阴谋诡计。收购已近尾声，如果能在我们把积存起来的货物运往美国之前，迫使我们关门歇业，他们就会大功告成。有一天，午饭以后，我刚进办公室，就看见屋子里面挤满了人。黄先生被捆绑着，一名警察双手牵着他，正要把他带走。究竟发生了什么事情？验货的工头也住在公司厂房里，显然，他就是告发人。他大声叫嚷，指控黄先生是隐藏在我们公司里的国民党军队的密探。那名执行任务的警察也的确拿着一把看起来好像左轮手枪的东西。情况非常严重。汉口正处于军事管制之下，吴佩孚和广东国民军之间的战争一触即发。无证持枪的罪名本来就很严重，倘若老黄是一名国民党——民族主义政党——的特工人员，罪名就更大了。

黄先生被带往地方法院，姓杨的工头作为主要见证人也随着警察去了法院。我坚持亲自出庭作证，但心中不抱什么希望。如果有人证实那把左轮手枪的确是黄先生的，那就无话可说了。

我们到达法院，地方法官已经准备当庭提出一项严厉的指控。地方法官中等年纪，十分肥胖，目光严厉，可是他的神态远非冷酷或者残忍。杨工头指控被告人说，他发现的那把左轮手枪就藏在黄先生的屋子里，但对他自己去屋里做什么却未做说明。他还说，黄先生是广东人，是国民党的特工人员。随后，我请求法官允许我发言。得到法官的准许之后，我首先提问，杨工头是否可以说明一下他为什么要去黄先生的屋子里呢？那间屋子可是一直锁着的。其次，他怎么知道黄先生是国民党的特工人员？如果杨工头知道这一点，为什么以前不去告发？仅仅因为黄先生是广东人就说他是特务是站不住脚的。杨工头自己的陈述，也有隐瞒事实的犯罪嫌疑。最后我问，是否可以当庭检验一下那把左轮手枪。那是能否推翻本案的铁证。我事先已经瞥了一眼地方法官的办公桌，心中升起一线希望。

地方法官同意了我的请求。我对杨工头的指控或多或少打动了他，而且他对汉口的了解足以使自己相信，杨工头控告黄先生表现出的“爱国热情”背后，肯定隐藏着卑鄙的个人目的。我拿起那把“左轮手枪”看了一眼，不出所料，是一件玩具——一种有橡胶枪柄的水枪。扣动扳机，就会喷出一股水。随后，我把怎样操作水枪给地方法官做了个示范。他非常好奇，拿起手枪，紧握枪柄，把枪口放在茶杯里，装上水以后，扫视了一下法庭，决定选择杨工头当靶子，瞄准他的脸，击发了水枪。在场的警察和书记员们爆发出一阵哄堂大笑。书记员们察觉到风向变了，都急于表现自己从来就没有相信过杨工头的指控。可是，职业使然，依然觉得应该有所记录，便手持毛笔伏案疾书起来。下面的事就不必详述了。最终，地方法官脸上挂着友

◎作者在汉阳龟山一尊克虏伯大炮前 摄于1926年

善的微笑，驳回了对黄先生的指控，但是，又以杨工头不知道那支“左轮手枪”是件玩具为由，宣布杨工头无罪。我们这一方，则解雇了杨工头。

五月中旬，收购季节的活动进入尾声。这时，已经不能在7月4日前把准备好的货物及时运往芝加哥了。肠衣生意如何，得看那个著名的周年纪念日的气候情况。下一个收购季节的价格决定于那天的天气好坏。这样一来，我就突然有了许多空闲时间，而对武汉发生的事情的兴趣与日俱增。首先，无法无天的事情增多了。一天傍晚，吃完晚饭，我正在卧室里读书，听见从以前的沙俄租界里传来枪声。有两声是从一条很长的街道那头传来的。那条大街从码头区向后，通往沙俄租界的边界，离铁道不远。枪声倒也不足为奇，可是枪声多于两声，而且离得又很近，我禁不住走下楼梯，向门外仔细观看。一切正常。

从前，不是使用红绿灯指挥交通，在每一个十字路口上，都有一名警察值勤。在沿街往下一百码远的下一个十字路口上，一名警察的尸体躺在血泊里，在更远处的另一个十字路口上，我看见一群人，并且听见一阵喧闹声。有两个人向靠近堤坝的另一个十字路口快步疾走，但没有跑。他们走到那个十字路口时，警察走出来询问大街那边发生了什么事情，他们拔出手枪就把警察打死了。那两个人继续往前走，走到码头，从吓得魂不附体的船夫手中夺了一艘小船，摇着船，消失在夜幕笼罩的长江中了。

三个冷血杀手，在最多不超过十分钟的时间里，先是抢劫了车站附近的一个钱庄，然后，阴沉着脸，离开作案现场，沿着我们住的这条大街向码头走去。沿途，谁若挡道，就打死谁。后来，我和赵先生谈起这件事情时，他只是对犯罪活动发生在以前的沙俄租界这样的"特区"表示惊讶。他说，在武昌，这种事情屡见不鲜，谁也认为晚上出门不安全。几乎可以肯定，罪犯是开小差的士兵，也许他们一直没领到军饷，抑或是对未来的战争没有热情，于是，就拿上手中的武器去抢钱，然后回家度日。

到了六月末，有消息说，广东国民政府的军队北伐，已经占领了湖南省，而且直逼吴佩孚的老巢武汉。中国的这个季节，远不是打仗的理想季节。实际上，虽然整个七月也没有发生什么战事，但是，在秋季发生战争的前景已经给汉口的商业界投下了长长的阴影。如果南方人切断与湖南的交通，将给进出口商带来极大的危害，IBP 公司也不例外。我发现，在形势混乱的国家里做生意，美国人的方式与英国人不同。如果生意清淡或者停止，美国人就退出。既然没有利润，为什么要把钱浪费在经常性费用上呢？英国人的生意经却全然相反。他们始终向顾客敞开大门，即使现在没有人进来，但迟早会有人来的。我相信，美国人之所以这样做，是因为他们总是不断向未知领域拓展。东部的黄金淘完以后，他们就背起行李，到西部去寻找更多的黄金。而英国人，没有新的地方可去，就只有耐心等待的份儿了。

第七章

战争中的军阀们

1926年的7月4日来了，又去了。美国，那天的天气很好，热狗热销，因此，下一个冬季肠衣的行情看好。可是，那也只是口头上说说而已。实际情况与预期的恰恰相反，无论从哪一方面看，生意都不好。就要打仗了，虽然汉口的外国商人对战争满不在乎，坚信吴佩孚会守住湖南省，而另一些人，包括我自己，却不持有这种观点。1924年，我曾亲眼目睹过吴佩孚军队在北方的溃败，而且记忆犹新，使我对这支军队不抱任何信心。其时，正是炎热而潮湿的七月，没有发生战事。也许，八月份也不会发生战争。这时，母亲和最小的妹妹决定来中国探望我。母亲时年六十六岁，妹妹十八岁。她们乘坐西伯利亚大铁路经过满洲的火车到北京。满洲仍然在张作霖的控制之下。

我坐火车从汉口到北京迎接她们。从伦敦乘火车经西伯利亚大铁路要花费三周的时间。因为我们最初失去了联系，我给母亲发了一封信，地址写的是："西伯利亚到哈尔滨快车上的乘客，大约七月十五日到达”。这封信看起来好像远程射击，但中国邮政局却有极高的命中率。七月十七日，这封信竟然送到了母亲手中。当时她正在哈尔滨的卧铺车厢上。同时，我乘火车，经过吴佩孚统治的河南，进入张作霖控制的河北，历时三天，到达北京。时值盛夏，火车上没有去参战的军人，铁路也没有中断。母亲和妹妹乘坐的火车到达北京时，我与她们会面了。我十分怀疑，即使今天，从相距这么遥远的两个起点出发，这样的会面是否能够实现。八月的最后一个星期，我们乘火车返回汉口。当时就可以看见许多军事行动了，而且火车晚点很多。实际上，我们乘坐的火车已经是最后一次通过的火车了。

八月十二日，虽然离适合于战争的季节还早了一些，但国民军已经从广东北上，并且占领了湖南省省会长沙。此外，不管官方报纸怎么说，黄先生高兴地告诉我，国民革命军在湖南只遇到轻微的抵抗。因为老百姓站在他们一边，罢工和蓄意破坏已经中断了吴佩孚军队的交通，因此吴军的士气十分低落。这些宣传和煽动工作主要是一个当时名气还不大的、名叫毛泽东的人干的。旱季一到，国民革命军很快就会逼近武汉。时间大约是八月的第三个星期以后。对我们来说，这也意味着收购肠衣季节的开始，而武汉的交通可能因此而中断。城里已经动荡不安，有时还发生一些仇外行动。

没有多久，我们就亲眼看见这种行动了。在汉口，唯一的享受也许就是沿江边大道散步。如今，因为 1931 年的那场大洪水，沿河堤修起一道堤坝，以防止洪水淹没那座城市。从那以后，沿江边大道散步再也不是一件令人愉快的事情，因为观赏不到秀丽的江景。一天下午，天气比较凉爽，我们沿着江边

◎武昌街头 摄于1926年

大道散步。大道在前德国租界附近。大道那边，突然出现一群码头苦力，大约五十多人。他们挥舞着扁担，正在追赶一名欧洲海员（我是从他身上的制服判断出来的）。那个海员为了逃命，在沿江大道上拼命奔跑。显然，母亲已经年迈，不可能拔腿就跑。沿着大道，面对江水有一些凳子，有一张离我们不远。我们连忙坐下，吓得一声也不敢吭。那几个苦力穷追不舍。那个海员可能在德国租界后面什么地方以某种方式冒犯了他们。对于无意阻拦他们的人，苦力们并无伤害之意。

那位海员从我们身边飞奔而过，连瞥一眼也来不及，就向沿堤坝停泊的一排小船奔去。一排桅杆从堤坝延伸到江里约有五十英尺远的地方。码头苦力们大声叫喊着："杀，杀！"从我们身边飞奔而过。我们一动不动地坐在凳子上，似乎没有引起他们的注意。海员越过堤坝，在那排船上奔跑着，一直跑到最远的那条船上，想砍断缆绳，驾船逃走。而苦力们从一条船跳到另一条船上，终于追上了他，想用手中的扁担把他打倒。因为同一时间只有一两个苦力可以冲到海员身边，海员尚且可以设法避开苦力们的攻击，显然，时间一长，那位海员就只有束手就擒了。正在这时，一艘中国警察的汽艇顺流而下，靠近小船。警察把海员拉上汽艇，并用左轮手枪威胁苦力。汽艇开走，海员脱险。可是，我们怎么办呢？几个垂头丧气的苦力沿着堤坝向这边走来，很快就会接近我们。不难看出，他们想找一个牺牲品来发泄心中的怒气，而且，很可能把我们当作"出气筒"。当务之急是赶快躲进大街这边离我们最近的商店。苦力们发现长凳上没人，便渐渐散去。过了一会儿，我们就坐上黄包车回家了。

这个事件大约发生在八月底，或者九月一日。不久，就传来消息，说国民革命军与吴佩孚军队的主力在岳阳遭遇。岳阳位于洞庭湖边湘江的入口处。那条河是长江的一条主要支流。在岳阳，国民革命军全歼了吴军的主力，吴军的残余部队撤回武昌，国民革命军攻到城下并且围城。这之前，外国商人们对正在发生的事情一直视而不见，认为被他们一律称为“国民党”的“广东人”（不管是不是来自广东）不善征战，吴佩孚很快就能打退他们，或者击溃他们。事与愿违的时候，外国商界就由过度自信几乎变得绝望了。

从商业观点出发，这是一种更为现实的看法。他们慢慢认识到，即使英国政府，也无力保护像武昌这样一个离大海四百英里的偏远之地。而迄今为止，他们依然认为，在中国享有豁免权是天经地义的事情。汉口的江水很深，夏季雨水丰沛，大型轮船可以开到这里，而且，整个冬天都可以待在那里，但却不能顺流而下。从九月末到长江水面稍有上涨的第二年四月间，轮船也不能溯江而上到武昌。西藏高原积雪的融化或封冻，对长江水面高度的影响比降雨的影响更大。八月以后，降雨就减少了。自从形势开始恶化以来，整个夏天，一艘英国巡洋舰就一直停泊在汉口。可是，九月过去，海军当局就面临着抉择。要么命令巡洋舰继续留在江口，在即将来临的整个冬季困在长度只有几英里的深水区；要么在江水变浅、九江附近的暗礁和沙洲露出水面之前，命令巡洋舰撤离汉口。英国海军当局作出明智的决定：巡洋舰撤离。否则，如果方兴未艾的革命运动公然转向反对外国列强时，巡洋舰就会陷入危险的境地。而这一切看起来是极有可能发生的。

◎广东革命军在武昌郊区 摄于1926年

这时，吴佩孚尚有一支由四万多名士兵组成的精锐部队。他们被包围在武昌明代建的城墙里。我的老师赵先生来汉口居住。学校停课，商店倒闭。每一个中国人都知道，不久以后，汉口和武昌都将落入国民革命军之手。湖南农村正经历着一场农民运动的革命风暴。因此，从湖南收购不上肠衣，从湖北及其以远的地方也收购不上。一支国民革命军北伐到南京和沿江省份，直逼上海。革命军受到老百姓的欢迎，而军阀部队的抵抗软弱无力。吴佩孚有几艘火力不强的炮艇和一些在汉口强征到的民船，希望用它们解救对武昌的围困，或者增援被围困在武昌城里的部队。

护航的船队从汉口码头向武昌进发。可是夏季江水很急，如果想直接渡江，船队不能逆流前进，只能与南岸成某一角度顺流而下，然后再顺着与南岸平行的方向逆流而上。这部分江面的水流阻力较小。即使这样，船队的航速也很慢，于是成了国民革命军沿南岸一字排开的大炮的靶子。在炮火的轰击下，船队转向江心躲避炮火。可是在这种情况下，船队又不能逆江而上，只能像一条蛇在大江里游走。这种蛇形航线又使船队在半英里的范围内成为大炮的“活靶子”。船队只得放弃这样的航行，顺流而下，在比较安全的地方渡江到北岸。日复一日，为武昌解围的努力持续了一个星期，但从来没有一次成功。

十月十日，1911 年爆发反抗清朝革命的纪念日——爆发革命的地点就在武昌——指挥吴军的将军放弃抵抗，缴械投降。他们之所以选择这个日子投降，也许是为博得对手的好感，因为广东政府已经宣布这一天为中国的国庆节。炮艇舰队也倒戈了，随后，在武昌投降的短短几天里，国民革命军渡江占领汉阳，继而又攻占了汉口，实际上没有遇到激烈的抵抗，吴佩孚向北逃到河南，他已经全军覆没，短短几个月的时间里，他就退出了战争和历史的舞台。后来，吴佩孚在北京安度余年，没有受到北京统治者更迭的干扰，也不屑到租界避难。在南方各省，除了盘踞在南京的孙传芳以外，军阀都已垮台。孙传芳可能苟延残喘到冬季。在西部，冯玉祥已公开宣布，赞成国民党。这样，反对国民党的主要力量就只剩下以满洲为后盾、盘踞北京的张作霖了。

汉口被攻占后的两天里，我不能到我们的工厂上班。因为铁路列车编组大院被把守在十字路口的士兵们封锁了。封锁解除、能够进入工厂的时候，我却感到极大的震惊。指控黄先生是国民党特工人员以及私藏武器的案件发生后不久，黄先生请求我，替他保管一个箱子。后来，这个箱子就存放在我的卧室里。他说，工厂和办公室很不安全，有被夜盗的危险。就在汉口即将被攻占的时候，黄先生要回了他的箱子。这天早晨，我一走进办公室，就看见黄先生容光焕发，穿着国民革命军军官的制服。我曾经当庭证明黄先生私藏的仅仅是一件玩具左轮手枪，从而推翻了对他是国民党特工人员的指控。现在看来，那项指控并非诬告，而是千真万确的事实。至于杨工头及其收买者是否知道黄先生的真实身份，抑或只是猜测，我就不得而知了。

原以为，管账先生是位国民党官员，对我们的生意会有所帮助，因为他可以对竞争对手造成一种威慑，从而使我们能和更多的人做生意。可是，事实并非如此。吴佩孚小股残余部队的撤退意味着汉口以北的乡村——原料的主要来源地——现在变成了战场。除了军队调动必需使用的车辆之外，既没有火车，也没有带着产品进城出售产品的农民。长江南岸的情况也一样。国民革命军向长江下游缓慢推进，去攻打盘踞在九江的孙传芳军队。孙传芳被逐出九江以后，又与通过江西北上、向长江推进的蒋介石指挥的国民革命军遭遇。战局使一切商业活动陷入停滞状态。此外，武汉的新主人在民族主义的鼓舞之下，仇外情绪十分严重，而这种情绪因为1925年上海枪杀学生的“五卅事件”而更加强烈。

上海笼罩在另一支国民革命军兵临城下的恐惧之中。居住在上海的总经理意识到武汉的严峻形势，就汇报给芝加哥总部。总部及时做出关闭武汉分公司的决定。那时，公司只在上海和北京继续营业，大家都希望革命势力不会扩展到北京。没有利润就没有经常性费用，就得“关门大吉”。这是规律。因此，

◎1926年9月，广东革命军包围武昌。图为从汉口拍摄的炮火中的武昌郊区。

十一月初，我们接到关闭的命令。清算债务，变卖用具，大约花费了一周的时间，公司经营场址的租金是按月结算的。在离开武汉之前，我举办了一个告别宴会，邀请公司的所有员工参加，包括那位桶匠。我们运输货物的桶都是他做的。他是一个合同工，不是拿薪水的职工，但与我们合作，为我们提供过竞争对手的消息，对我们帮助很大。他的薪水由货物卖方供给，但不很高，而他的确是一位手艺精湛的匠人。也许，随着铁桶的出现，这门手艺就要失传了。这种境况的确令人担心。他们中多数人没有马上找到其他工作的希望，因为没人雇他们。黄先生的家安在上海，在跟随新政权安全返回上海以前，他得另谋职业。我的老师赵先生，在武昌被围困之前就离开了。如果可能，他决定返回北京。他那位中学时代的同学在北京干得仍然红红火火。

十一月底，我们从长江顺流而下，抵达上海。这是一个安全的去处。广东政府已经决定，把首都迁往武汉，而且迁都工作已经进行。迁都在十二月底完成。阳历新年被定为新首都正式定都的日子。三天以后，一月三日，在国民革命政府的鼓励下，大批民众涌入英租界，并且在租界里横冲直撞。这次事件的领导人是刘少奇。许多年后，刘少奇当了中华人民共和国主席。文化大革命中，他被撤销了职务。外国居民们仓皇逃往停泊在港口的客轮，全部撤往上海，丢掉了他们所有的财产。

那时，我和母亲、妹妹已经抵达上海，并且在公司决定对我新的任命之前，一直待在上海。我们去拜访沃德夫妇。三年前，他们曾经热情接待过我。与三年前相比，他们夫妇俩对中国的实际情况更加感到失望和困惑。在中国人的圈子里，流言四起，都说国民革命军总司令蒋介石与武昌国民政府之间的关系日趋紧张。尽管武昌国民政府被国民党左翼把持，并与共产党人联合，但它不是一个共产主义政权。蒋介石反对迁都武昌，他想在攻占南京以后，把首都建到南京，而且，他和他手下的许多官员都对革命运动——也就是毛泽东和其他人在湖南领导的社会革命运动——感到恐慌不安。冬季，在江西省省会南昌，蒋介石停止了前进的步伐。他与上海金融界的老朋友们挂上了钩，那些人都是黑白两道上的“大人物”。他们给蒋介石施加压力，让他转变立场，反对共产主义。在思想感情方面，他们都是国民党右派，坚决反对共产主义。因此，无需多费口舌，蒋介石就接受了他们的观点。

可是沃德夫妇对于这些事态的发展及其隐含的意义却置若罔闻，而且认为那纯粹是胡说八道，不值得考虑。他们认为，

◎1926年武昌的一座城门，门前是革命军包围武昌时修筑的工事。

蒋介石是个不折不扣的布尔什维克，他的胜利意味着“红祸”蔓延。他们认为，列强诸国表现软弱，让人脸红。它们不该那么优柔寡断，应该派遣大批军队镇压即将发生的红色革命，不然的话，这场红色风暴就会毁灭上海。而列强诸国——英国、美国、法国和日本，的确也曾派兵从海上登陆，支援上海的“志愿兵”。这些“志愿兵”的力量还没有强大到足以抵抗对公共租界和法国租界全力以赴的进攻。不过，那些号称“上海人”的外国人也听到了好消息：共产党和国民党之间的同盟已经出现裂痕，而且潜藏着完全分裂的危险。迄今为止，这个同盟一直是这场革命的真正推动力。这些国家的政府（至少是日本以外的那些政府）希望全力以赴地发动一场反对中国革命的战争。这场战争的进程和发展难以预料，但是，有一点很明确，如果战争爆发，商业和贸易必然中断。

汉口的英租界被占领时，英国政府不是在仲冬季节派遣一支海军溯长江而上，到距大海四百英里远的汉口，而是从北京公使馆派遣了一名外交官查理先生（后来的查理爵士）去与武汉政府的外交部长陈友仁先生交涉归还汉口租界的事宜。陈先生出生于英属西印度群岛的一个华侨家庭。他是，或者声称是英国公民。他曾在英国接受教育，并取得律师资格。他是一位狂热的民族主义者，自从“五卅事件”以来，就一直用流利地道的英语、仔细斟酌的语言，猛烈抨击英帝国主义。不过，他与查理先生没有耽搁多久便结束了他们之间的交易。

事态的发展一定成了沃德夫妇最后一根救命稻草。就中国而言，他们相信的一切都已落空。可是我们没能亲眼目睹他们的失望。圣诞节前夕总经理告诉我，我的那位挪威朋友——IBP 公司驻北京的代表——突然递交了辞呈，而且已经毫不拖延地回挪威去了。是亲人们以为中国已经陷入一片混乱而召唤他回国，还是另有其他原因，我就不得而知了。可是，北京分公司必须保留。公司是否由我接管？我能如鱼得水了吗？没有比这更令人高兴的事情了。北京的环境与汉口有天壤之别，何况还有薪金不菲的工作。我了解 IBP 公司在北京城里的那个工厂。它建在北京城北部一条宽阔的大街旁边一座古老的中式院落里。那条大街上有许多屠夫开的商店。把屠夫排除在普通居住区以外的风俗习惯在北京并不盛行。那时，开往北京的所有铁路不是被切断，就是只为战争的需要服务，因此，我们只好乘船前往。一月三日在上海登船。船长告诉我们，乘船得走四天，而且困难重重。尽管上海的外国人社区笼罩在一片忧郁和让人忐忑不安的气氛里，北京却截然相反。谁也没有特别留意南方各地正在发生的事情。张作霖牢牢地掌握着政权，并且对共产党人进行残酷的镇压。实际上，共产党人的身影只有在大学里才能发现。但是，表面的平静背后，人们却满怀期望。北京的平静不可能长久。我在大学执教的几个朋友——我曾经与他们有过频繁而密切的交往——都明白，一年，最多不超过两年，国民党人在北方将会取得像在南方那样的胜利。张作霖的政权受到知识阶层的憎恶，而且失去信任。没有人相信，张作霖能扭转国民党人征服长江流域的局面；也没有人相信，张作霖控制中国北方的局面能维持很长时间。满洲或许不同。在那里，日本人可能给他撑腰。

各国的外交使团依然留在北京，尽管这个“首都”只能对河北一个省行使正常的命令。外交使团既无可奈何，又怀着深切的遗憾认识到，用不了多久，南方政府一定会挥师北上。那时，他们将不得不离开古香古色的四合院和公使馆，去某一个城市——比如汉口或南京——在某个具有“现代”色彩的、丑陋的、不舒适的地方安家。我能告诉他们的则是，汉口肯定比他们想象的更不舒服。还有一件事情让我深感不安，那就是，肠衣生意不好做了。原料来源不稳姑且不说，而且还受到持续不断的谣言的干扰。诸如，国民革命军正在向北推进；冯玉祥正从河南打过来；如果国民革命军北上，日本就会入侵等等。所有谣传的事情最终都可能发生，但在 1927 年，一件也没有发生。

那年夏天，北京最重要的政治事件是李大钊教授的被捕和遇害。李大钊教授是中国最著名的知识分子，共产党的奠基人之一。年轻的毛泽东在北京大学图书馆当管理员的时候，李大钊教授是他的庇护人。显然，如果李教授继续留在张作霖控制的北京，不管住在任何地区，都没有安全保证。因此，他在俄国大使馆的前俄国驻军的院落里定居下来，那里紧靠使馆区，不属中国当局管辖，而由外交使团的一个委员会管理。原来协约国的驻军大院驻有各外交使团的卫队。但是，俄国失去或者放弃了这些权利，因而不再驻有任何卫队。他们把房子租给他们喜欢的房客。李大钊教授就是这样一位房客，这也是情理之中的事情。

一队全副武装的警察和士兵冲进这个大院，逮捕了李大钊教授，很快就处以死刑。在几乎所有大学的外国教授——包括我的朋友们——眼里，这种来自中国军队的武装干涉是对豁免权的粗暴侵犯，而这种豁免权是外国使馆区一直极力保护的。其实，许多人都知道，外国使馆区的警卫事先接到命令不准阻止中国警察和士兵的侵犯。换句话说，外交使团纵容了在他们自己的避难所里发生的暴行。李大钊教授是当今中国共产党最值得纪念的烈士之一。对他的谋杀不仅没有损害这个政党，或许更增加了知识分子对它的支持。这一事件对外国列强及其对华政策也投下了阴影。作为谴责帝国主义与中国反动派沆瀣一气的例证，在共产党人的宣传中，这一事件至今还在起作用。

北方的政治和军事局势暂时平静，而在南方和上海，却发生了一系列引人注目的进展。共产党起义，把军阀统治者驱逐出上海的中国人居住区。四月，蒋介石血腥地镇压了那次起义。在此之前，三月末，国民党占领了南京，对当地的一个社区发动了猛烈的进攻。在这次进攻中，几位外国居民被杀死。幸免于难的外国居民在一艘外国炮艇的掩护下获救。同时蒋介石到了上海。这件事或许证明，沃德夫妇以及和他们持有相同观点的人的恐惧不无道理。而实际上，蒋介石已经制定了反共计划，并且与外国列强取得了联系。在共产党人看来，这位可怕的“布尔什维克”一夜之间就变成一个十足的反革命。混乱状态持续了几个月。北伐停止，蒋介石在南京建立起一个新的国民党右翼政府，与建在武汉的政府抗衡。战争的爆发如箭在弦，与此同时，政治斗争僵持了整整一个夏天。直到九月，两个政府才在南京联合起来。在此之前，七月，武汉政府与共产党决裂，并且驱逐了共产党的支持者。他们逃到深山里。正是在这个时期，以八月一日共产党在南昌领导的武装起义为起点，共产党开始进入游击战时代。现在，八月一日作为中国人民解放军的诞生日，是一个全民性纪念日。

局势发展的实质很难察觉，而且，绝大多数居住在中国的外国人都不理解。他们看到的只是日益加剧的混乱和企业的倒闭。由于上海直接受到这种混乱局面的影响，IBP 公司在芝加哥的管理人员认为，任何在中国继续做肠衣生意的打算都是浪费金钱。收购季节已然错过，七月四日不得不在没有中国肠衣的情况下度过。他们下令公司停止交易，关闭企业。七月，我们在北京接到这项命令，并且执行了。临近八月，我的“肠衣生涯”永远结束了。人们都认为，在干旱的秋季，北方将爆发一场新的战争。分裂和争论削弱了从前团结的民族主义运动。在北京，这种观点似乎没有被理解。我们决定返回英国的家乡。就我而言，回英国不是永久的，而是去东方研究学院继续学习汉语，以获得学位证书（以前学院没有授予我学位），然后再返回中国，从事感兴趣的其他职业。事实上，二十五岁的我，从此再也没有从事商业工作。

我们进行了一次从容不迫的旅行。那时候，英国游客不能取道西伯利亚大铁路。因为设在伦敦的俄国贸易办事处遭到袭击，作为报复，俄国人取消了乘这条铁路旅行的英国人的签证。我们只好先去奉天（沈阳），取道朝鲜——那时，朝鲜是日本的殖民地——然后到达日本。两个月后，我们横跨太平洋到达温哥华，又乘坐加拿大太平洋沿岸的火车，到蒙特利尔，最后回到英国。对我来说，从中国出发，取道日本帝国统治的朝鲜和日本本土，然后经加拿大回英国，印象最深的是在所有这些国家中，中国的局势处于如此次要的地位，以至于报纸上很少有报道中国的新闻。而这些新闻对了解中国来说，却是极其重要的。几年以后，当时驻重庆的英国领事告诉我，1926 年到 1927 年动乱期间，他一直在“外事处”的“中国办公室”工作。1927 年 2 月，当危机达到高峰的时候，英国首相斯坦利·鲍德温[①]先生和外交部长奥斯丁·查姆林爵士来“中国办公室”视察。办公室后墙上有一幅巨大的远东地图，地图包括中国和日本。首相一边看地图，一边指着广州说：“这么说，广州在这儿。我以前一直以为它在那儿呢！”首相又指了指北京。须知，广州与北京相隔二千英里以上啊！首相居然把北京当成了广州。奥斯丁爵士对中国的无知也不亚于首相。他从这张地图上才看明白，日本的面积比中国小得多。由此可见，当时在英国政府担任要职的那些人，对东亚在战略上的重要性几乎一无所知。

①斯坦利·鲍德温（Stanley Baldwin，1867—1947），英国保守党政治家，1923-1937 三次任首相，压制 1926 年工人大罢工，纵容法西斯侵略政策。

随后的两年里，我在东方研究学院学习汉语，学院依然在芬斯布里广场。我取得了学位，并且获得了一份小额奖学金——六十英镑。是吉尔克里斯奖学金。课程结束后，我决定借助这笔钱的帮助重返中国，完成一项已经孕育了多年的计划，去亲眼看一看中国真正的腹地——边远省份。那里，没有铁路；那里，自从明朝以来就没有多大变化；那里，人们旅行只能徒步或者骑骡子，就像中世纪时全世界都依靠的交通工具一样。我乘坐一艘货轮前往香港时，席卷全球的经济大萧条（1930 年）开始了。货轮上只有三四个乘客。我那六十英镑足够支付全部船费。货轮到达新加坡时，按照船主的命令，解雇了印度船员，又招募了一名中国船员，然后驶往大西洋。航程超过新加坡的乘客只有我自己，其他三名乘客都是马来西亚的橡胶种植园主。这样一来，货轮公司就出钱把我安置在新加坡弗尔斯饭店。我在这家饭店等了一周，直到能够乘坐加丁·马修森轮船公司的一艘客轮前往香港。那艘客轮往返于加尔各答与香港之间。由于我是唯一的头等舱乘客，实际上就成了船长的客人。他给我讲了许多在中国南海航行的有趣的故事。那的确是一次令人愉快的航行。

我在香港制订了下一步的计划。在香港逗留了一个多月以后，乘船前往海防。海防是现在被称为北越的一个港口，那时属于法属印度支那。然后从海防乘火车北上，到达云南省的省会昆明。我的计划是从昆明出发，经过贵州省和四川南部去重庆，行程大约六百英里。没有现代化的公路通过中国西南部的心脏地带。除去为数极少的传教士外，几乎没有外国人去过那个地区。在香港逗留期间，有人告诉我，这个计划根本行不通，但我还是决定，要亲身经历一下，看一看是否真像他们说的那样。在第一次到中国的那几年里我就知道，除去对他们控制的那几个主要港口以外，外国人对其他地方的看法绝大部分不可信。

第八章
“好十年，坏万年”

1930 年，昆明还是个城墙围着的小城，依然保留着三百多年前吴三桂修建这座城市时的原貌。吴三桂是明朝一员大将，明朝大势已去时投靠了清廷。他曾经在这个地区击败企图复辟明朝的人，因此被封为平西王，后来叛变。他完全按照北京的模式修建昆明，只是规模小了很多。昆明是一座美丽的城市，除了主要街道的路面已经铺上柏油以外，完全没有现代化的痕迹。城里有电灯，但电压波动很大。昆明的外国居民不多，主要是法国人，住在离车站不远的一个居住区里。南城门外，紧靠城门有一家小旅馆，住的主要是从河内来短期旅游的游客。昆明还有英国领事馆和各国的传教士团体，住在各自的大院里，分散在城内。

有人已经告诉我，经过贵州去腹地旅行必须做的事情。贵州省没有通商口岸，被批准在那里居住的外国人只有传教士。因此，要想去贵州省旅游，就必须有中国当局签发并由英国领

◎中国西南部贵州的风景 摄于1931年

事馆签署的护照。持有这种护照的旅客绝大多数是来往于小镇驻地之间的传教士。根据当年签订的“条约”，传教士有权到他们想到的任何地方，中国当局不能拒绝签发他们的护照。但是，中国当局没有义务为其他人，比如旅游者签发护照——如果认为他们的理由不充足的话。

因此，我首先得请求英国领事馆向中国外交部驻昆明的特派员提出要求，给我签发去贵州旅游的护照。在云南，驻有中央政府的这种官员，因为云南是一个边境省份，与英国统治的缅甸和法国统治的越南接壤。英国领事听了我的要求以后，客气但却坚决地拒绝了。他不会给我办这样的签证。他认为，我拟议中的旅行极不明智。这种旅行没有实际意义，只能引起麻烦。而且一旦出事，他本人也会受到牵连。他将为我的死亡、被俘、被抢或者遭遇的其他不幸负责。要命的是，所有这些危险都极有可能发生。难道我没有听说过，去年就有一位著名的传教士皮克先生在贵州被拦路抢劫的强盗开枪打死了吗？我要旅行的路线正是那条路线！我的确知道这件事，当地的传教士已经告诉过我。不过，他们知道，而且都相信，那是因为发生了可悲的误解。

我问这位英国领事，如果中国外交部特派员同意给我签发护照，身为领事的他，是否会拒绝签署护照。他勉强答应，不能拒绝。因为“条约”不但没有禁止外国人在中国旅游的规定，而且明文规定，如果旅行者不是传教士，就由中国当局酌情决定。获得他们的批准之后，领事就不能拒绝签署。我们愉快地道别，相互之间没有什么不友好的感觉。我理解他的一片苦心。他向我保证，我可以努力从特派员那儿得到一本护照，他也要努力劝说特派员不要给我发放护照，而且他有信心说服对方，等着瞧吧。

我依约去会见特派员，心中充满希望。这位特派员是由南京国民政府——被国际社会承认的中国政府——委派的，而不是由地方政府任命的官员。他和那些对云南军阀俯首帖耳、而对南京政府阳奉阴违的云南地方官员有所不同。这里的地方官员只关心强盗之类的地方性问题。

特派员是个地道的上海人，是一位很有教养、富有魅力而且风度优雅的外交官。因为在昆明即将举行中国（云南省）与缅甸之间未定边界的谈判，所以他才被委派到这个边远省份。我说明前来拜访的原因。他听完以后问道：“你既然想去重庆，为什么偏偏要走这条路呢？返回海防，乘船到香港，再换乘一艘船到上海。然后，逆长江而上，就可以到达重庆。那条路线不仅方便，而且十分安全。”我说，如果我只是想去重庆，就用不着来云南了。此外，他建议的那条路线不仅要花很多钱，而且还要乘船走两千英里以上的水路，再加上中转等待，也许要花费三个月的时间呢。

他同意我的说法。我接着又说，我之所以想取道贵州、云南以与其接壤的四川，是因为上海和香港的外国报刊都说，在这条路上旅行极不安全。原因不言自明，中国还处于混乱之中。可是，我偏偏不相信这种报道。我想让人们看看，在中国腹地旅行不仅可能，而且也安全。我还打算给外国报刊写文章，报道我的所见所闻。他对我的话十分怀疑，但显然不想否认。那时候，夺取政权刚刚两年的南京政府声称它已经控制了整个国家，并且正在施加压力，迫使外国列强放弃它们的治外法权。作为南京政府的一名官员，我想，他不会否认这几个边远省份听命于南京政府。因此，我才打出那张牌。

“当然，”我说，“如果我有一本由您——外交部特别代表——签发的护照，所到之处一定会畅通无阻。我不但会受到地方官员的尊重，而且还能得到必要的保护。我深信，你的命令不会被漠视。毕竟，现在国家统一了。”这番话果然奏效了。为了不使自己“丢面子”，他不可能说，对地方官员来说，他签发的护照比废纸强不了多少。也许他有这种担心，只是不能明说。他虽然不想做英国领事不喜欢的事情，但领事毕竟不是他的顶头上司，管不了他的升迁。倘若不给我发护照，我回到香港和北京之后，就会写文章说，南京政府对中国内地的控制是个谎言，连昆明的特派员都不敢承认。后来，他只好顺水推舟。“但愿你是对的。”他说，然后就准备护照。拿到护照的第二天，我就去看望领事。他全然没有预料到我会顺顺利利拿到护照，虽然一副闷闷不乐的样子，但还是祝我好运。然后，他请我吃午饭，我们谈得十分投机。

克服护照这个障碍之后，下面的问题是如何组织旅行。关于这个问题，我得到了当地传教士们的忠告。作为在中国内地传教的传教士，他们是最有经验的旅行家。其原因是他们的驻地都在远离省会的小城镇里，而总部又设在昆明，因此，他们必须经常来往穿梭于城镇与省会之间。经过传教士介绍，我认识了一位承包人。这个承包人经常和传教士们打交道，相互之间比较了解，因此我和他很快就成交了。在贵州，如果你不是做买卖的商人，而只是一般旅行者，在多数情况下，由脚夫陪同旅行，不必雇用骡子。骡子用来为商人驮运商品，通常结队而行。我则需要三个脚夫，每个脚夫用扁担挑两件东西。我也需要一名“导游”。他既是向导，又是脚夫们的工头，还负责与当地警察打交道。我还需要一名厨师。这个人是领事馆的一名雇工，来自重庆，想回家，却又掏不起路费。他会做饭（几乎所有中国男人都会做饭，而且一般都做得很好），也很乐意为我效劳，而只挣每天的饭费和旅馆费。这些人雇好之后，只等择日出发。我向领事告别，我想，他一定以为，这是最后一次说“再见”了。

我也曾经不解，这次旅行为什么需要三个脚夫呢？我的本意是尽可能轻装简从。一张行军床，两条毯子，一个装有换洗衣物和洗漱用具的小提箱。这些东西加起来，最多一个人就能挑走了。可是，还需另外两个脚夫专门挑钱。那时候，像云南和贵州这样偏远的山区，钱不能邮寄。人们只能像中世纪那样，随身携带一路上的开销。不仅如此，携带的现金还必须是云南流通的银元。这种银圆的价值只有普通银圆的一半，大小和过去的弗罗林[①]或者现代的香港硬币差不多。这些钱币都装在木箱子里，由发行钱币的钱庄用封条密封。每天我都打开钱箱，取出购买食物、支付住店和脚夫们工资所需要的钱。这样，脚夫们每天就挑着银币上路。夜晚，他们挑的银币中的一小部分便流入自己的口袋。假如我遭遇抢劫，走的路程越远，我的损失就越小。走到终点，他们挑的银币与出发时同样多，可是到那时，银币就属于他们，而不属于我了。值得注意的是，这样一种因过时而被淘汰的流通手段在20世纪似乎依然流行。当然，是在那些边远地区。在中国的其他地方，已经代之以更先进的流通体系了。

不错，随身携带旅行六到七个星期所需要的钱币，的确为强盗提供了一个明显的抢劫目标。因此，1930年12月第二个星期的一个早晨，从昆明出发时，我心里的疑虑比和那位中央特派员或者英国领事交涉时大得多。冬天，是在中国大西南旅行的好季节。在云南，下雨的可能性很小，气温与法国里维埃拉冬天的气温相似，整天阳光灿烂。此外，在十分简陋的小客栈里，凉爽的冬天受小虫叮咬的危险也比炎热的夏天少得多。后来我发现，这些好处一到贵州便不复存在了。旅程分若干段，每一段大约十五英里。但是在山区，一上一下，这个距离便被加倍。每一段旅程的终点，必须是这样的地方——要么是商贾集散的城镇，要么是高墙围拢的古城。只有这样的地方，才有集市和客栈。在小村庄里是不可能买到食物的。

①弗罗林（florin）：英国1849年首次铸造的两先令银币。

每到第六或第七天，如果能按时赶到某个大一点的地方，全体人员就停下来休息一天。早晨起床后，好好吃上一顿早饭，立即上路。中午，我们在某个村庄，或者村民摆的茶摊旁边休息。他们不但卖茶水，有时候还卖在炭火炉子上烤的饼子。短暂的休息之后，我们继续赶路，直到当天下午五点以前，抵达这一段路程的终点。这一点非常重要。因为一到黄昏，集市停业，城门关闭。只有五点前进城，厨师才能买到食物，我们才能在地方官员吃晚饭前，把那本费尽九牛二虎之力弄到的护照交给他查验。这些手续办完之后，还要花费一点时间，与地方官员闲谈，喝茶，并且向他打听第二天路上的情况。谈话以后，正好做好晚饭。除了一盏造型与古罗马油灯一样的、灯光微弱的油灯以外，没有其他照明设备，人们只得睡觉。那时候，煤油灯是摆阔的奢侈品。

抵达贵州边界以前，在云南的旅程共分六段。这几段旅程离省会不太远，平静而安宁。有时，地方官员派手下一位警察护送我们。对于我来说，这是求之不得的事情。乡村非常美丽，山丘上树木郁郁葱葱，溪谷里稻田一片碧绿。远处，六盘山连绵逶迤，那是云南和贵州的边界，也是河流的分水岭。在云南境内，河流最终流入长江，而贵州境内，是西江的上游流域。西江穿过广东，流入大海。我们的向导熟悉所有道路及其当前的安全状况，对将要发生的事情从不隐瞒，非常坦率。“我们必须在富源停下来休息一天，那是云南的最后一个城镇。”他说。六盘山一带有大股强盗出没，因此，富源挤满了商人，等待当局提供强有力的部队，护送他们通过胜庆关。胜庆关是穿越两省边界上的一个关隘。

在云南境内，我们依然沿着古道旅行。那条古道是明代修筑的，已经有四百多年或者更久的历史。古道是用石头铺砌的，有六英尺宽，上山有台阶。古道上，没有一段是平坦的，不能通马车，就连独轮车也不能通过。古道是为马帮或脚夫修筑的。悠长的岁月，风雨的剥蚀，来来往往的行人和马帮都在这条古道上留下印记。铺路的石头不翼而飞，不是滚到路边，就是滑到沟里。失去石头的路面，雨天一片泥泞，晴天尘土飞扬。“好十年，坏万年”，这句形容古道的话在当地广为流传。的确，几百年来，这条路似乎从来没有被修整过。骡子觉得路不好走，想避免石头的磕绊，便走进路边的农田，损毁了庄稼。因此，农民们在古道两边栽上野蔷薇或刺梨等有刺植物当作篱笆。于是，骡子就沿着紧靠篱笆的路边走，那里往往比较平滑。正是由于这个原因，骑骡子旅行就行不通了。人们的衣服会被蔷薇刺和刺梨的刺撕成碎片。骡子可以载货，但人不能骑。直到若干年以后，西南部的大多数地区有了机动车道，那些古道才不是唯一的交通干道了。在云南和贵州，河流都不通航。

第六段路程的终点是离边城富源不远的一个叫沾益的小镇。一到沾益就看到，那里挤满了准备去贵州的商人。我让向导去打听一下他们滞留在这里的原因。向导很快就打听明白，作为云南边境最后一座城市，富源已经十分拥挤。这些商人决定暂且留在沾益，直到能够安全通过胜庆关。事实上，为了寻求保护，安全过关，他们和已经去了富源的商人与富源驻军的团长讨价还价好几天了。我刚刚到达沾益，一个带着护照前往贵州的外国人来到城里的消息便不胫而走。第二天，去富源的路上，我们身后跟着至少一百多人，还有他们的骡子。

◎贵州的公路（之一） 摄于1931年

在富源，道路更加拥挤。不过，向导不负责挑担，已经赶到前面安排膳宿去了。在那儿，我们将度过当天夜晚，以及次日的白天和夜晚。不仅仅因为这一天是按照惯例的休息日，而且，我也需要花费一天的时间与地方官员和驻军团长谈判。后来的事态发展证明，这次谈判颇为顺利，谁也没有故意刁难。可是驻军团长说，他需要一天的时间去集合他的部下，为他们购买给养口粮，此外，还需要给盘县发一份电报——盘县是贵州境内的第一个城镇——告诉那边的人，他和他的部下将护送一位外国旅行者，平平安安进入邻省。电报线几乎是中国西部进入 20 世纪的唯一证据，实际上却变成了军队独享的特权。从理论上讲，电报是公用的，可是在那些小城镇里，谁也不可能发送或收到电报。

显然，跨越云南、贵州两省边界时，我们不会是唯一的旅行者。城里已经挤满了等待这个机会的商人。他们认为，这一次用不着出钱买平安了。因为来了个带着护照的外国人，能使这支军队完成护送任务而不收取任何费用。由此可见，我那份护照，无论对当地的政府官员，还是对驻军团长，都有很重的分量。浓云密布，天气变得潮湿起来。云南，可能有“云彩南边”的意思。正如其名，云南是个干燥而炎热的地区。而贵州，地势比较低，经常云雾缭绕。那时，人们用几句“顺口溜”描述贵州省：“天无三日晴，地无三里平，家无三块银。”在这几句“顺口溜”后面，我想再加上一句话：“没有三家干净的inn[①]”。

正如那位团长所说，坏天气也有坏天气的好处。他断言，强盗从来不在阴天下雨的时候出门抢劫。他们不想浑身湿透，他们也许在薄雾弥漫的大山里抱怨天气。此外，我们还了解到，这些强盗并不是真正的“绿林好汉”，而是“政治强盗”。去年，1929年，贵州和云南爆发了战争。就像中世纪法国贵族勃艮第公爵之流一样，中国西部的军阀只是象征性地表示了对南京政府的效忠，然后就不受约束，继续忙于他们之间的争斗，全然不管远在天边的中央政府。贵州最终战败。现在当了强盗的那个团长犯了一个致命的错误。团长以为云南即将战败，因此倒向贵州。不料后来发现，他倒向的这边才是战败的一方。战争结束之后，云南不原谅他，贵州也不接纳他。团长如丧家之犬，带着手下的人进入六盘山地区，等待时机。他认为，或迟或早，不是这个，就是那个，总会有人和他谈判，争取他的支持。他占据了靠近胜庆关的一个极具战略意义的地区。在这个地方，

①译者注：英语单词inn的发音与汉语拼音in相同，是小客栈的意思。

对商人的敲诈、抢劫和杀戮，都不会激怒两省的统治者。因此让商人出钱过关是一个绝妙的办法。这样，就可以避免与边界两边任何一方的军队发生战斗。我出乎意料地交了好运——或许算不上好运——军队不得不护送我。山里的土匪不会傻到袭击我们的地步。如果团长对商人提出的护送条件太苛刻，土匪便失去从商人手里勒索“买路钱”的机会。显然，他们之间有一种分赃的默契。

我在中国北方曾经领教过这类人的手段，所以对这里发生的事情丝毫也不感到惊讶。我只是从中进一步认识到，凡事不能只看表面现象。通商口岸的恐怖故事和这儿的险恶之间没有任何关联。但事实证明，相比较而言，这里的险恶更容易控制，更能显示出人的本性。我们终于出发了。护送部队吹着军号走在前头，上山时，挥舞小旗发出信号。向导告诉我，这是为了吓唬强盗。我们跟在军队后面艰难地跋涉，身后是长长的人流

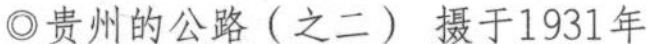
◎贵州的公路（之二） 摄于1931年

和马帮，沿着小道，络绎不绝，长达一英里以上。这条小道比我们先前走过的道路更难走。所有铺路的石头都不在原位，不是不翼而飞，就是碎裂或者滚到路边。雨淅淅沥沥地下着，路面上全是黏滑的红泥。泥石流冲向“公路”。山大约有两千英尺高，或许更高一些。爬上山顶之后，放眼望去，云雾缭绕，如在云海里一样。

实际上，胜庆关是个风景如画的地方。一条羊肠小道穿过悬崖峭壁，一道有门楼的矮墙把小道拦腰切断，宛如长城的缩影。只有门楼出入口附近一英里的小道不泥泞。我们就在那儿吃午餐。团长和他的副官已经在门楼外面摆好桌子。饭后，勒索开始。头一个商人和他的骡子获准来到门前。门前的小道已经被摆放午餐的桌子挡住，只留下一条狭窄的通道，由几个士兵把守。他要掏多少“买路钱”呢？这笔钱每个人都得掏，每个人都要讨价还价一番。这样一来就得花费几个小时——至少两小时。冬天天短，我开始担心，黄昏时分是否能赶到歇脚的地方。向导也急了。“后面的路还很长，”他对我说，“而且非常难走。我们若是去晚了，他们会关上城门的。”可是军人们决心很大，依然耐着性子收“买路钱”。

讨价还价终于结束，团长下令，我们开始前进，或者说开始下山。马帮大队人马正在等待军队开路，而马帮又走在我们前头。骡蹄人脚践踏着泥泞的小道，路和上山时一样难走，直到小道几乎变成红泥滑梯。小道两旁长着茂密的竹林，竹子的直径大约两英寸，竹叶上挂满雨水，人一碰，竹叶上的水珠便像阵雨般落下。这样一来，我们脚下是泥，头顶是雨，还有细密的水珠不时从竹林两边袭来。我们浑身湿透，踉头趔趄，而

◎盘县的大街和城门 摄于1931年

且正如向导所说，路还很长。虽然是下山，但山坡很陡，总共有十英里，或许更多一些。终于赶到盘县所在的山谷时，天已大黑，雨还在下，前面还有三英里多的路。不过，至少没有看见强盗的影子。他们比我们机灵。

士兵们点起松枝浸在油里做成的火把。借着火光，我们跌跌撞撞地向前赶路，直到前面出现几点昏暗的灯光。有人告诉我，那就是盘县——一座城墙围着的小城。快到县城时，城墙上的哨兵大惊失色。他们发现，一大队人马举着火把正向县城逼近。这是些什么人？是强盗？哨兵们开了几枪作为警告。我们在离城门大约一百码的地方停了下来。一场非正式谈判开始了。雨继续下着。团长大声说明我们的身份，告诉他们事先已发过电报，等等。他们大声回话，叫我们等到天明。还说，他们怎么能知道我们是云南的士兵和外国人？其他人又是些什么人呢？团长向他们保证，的确有个外国人跟他在一起。“那么，让我们亲眼看一看他。”哨兵说。上校向我解释说，我得去城门那边。有两个士兵陪着我去，一个举着火把为我照路。这使我想到，我是那么引人注目，我将是盘县守卫者能够看到的唯一目标，是一个最容易被击中的靶子。

可是我显然没有选择的余地，团长不会自己前往，我只好和那两个士兵出发了。不过，我提出一个条件，我的手下必须跟我首先进城。事情明摆着，为了在小客栈里找到房间，人们必定会争先恐后地涌进城里，而且，士兵们一定会抢占最好的房间。于是，我就和两个士兵举着火把向前走去。他们把火把举得离自己有一臂之遥，这样就与“靶子”保持尽可能远的距离。我手下的人跟在后面，也小心翼翼地保持着一定的距离。我浑身湿透，满身是泥，而且，虽然我的衣服是欧洲人穿的那种衣服——外面套着一件雨衣——但是，对于那些可能从来没有见过外国人的守城哨兵来说，离看清我像个外国人还差得很远。我们继续前进，一直走到离那些紧张地扣着来复枪扳机的哨兵很近的地方才停下脚步。哨兵命令我们停止前进，只让我一个人再往前走。他们要跟我交谈。我又往前走了几步，走到城墙上哨兵们的火把可以照到的地方。我向他们说明身份。我说的汉语，北京味儿比云南味儿浓得多，还夹杂着外国腔，比昏暗中模模糊糊的外表，更能使他们相信我是个外国人。总之，他们“接纳”了我。

我一进城门，便打听最好的客栈。因为我是最先进城的，所以第一个住进最好的房间（姑且说它是最好的吧）。那两个举着火把的士兵也进了这家客栈，占了我们旁边那个最好的房间。房子当然不是为他们自己，而是为他们的长官和长官手下的“二号人物”占的。随后，一大群商人涌进城来，吵闹声、咒骂声、哀求声不绝于耳。在这样一座小城，为两百多名旅客和人数同样多的士兵提供膳宿谈何容易。不过，人们最终还是以某种方式，在某个地方，都找到了栖身之地。至于食物，除了每个客栈都供应大米以外，别的什么也买不到。可是我的向导是个经验丰富的旅行者，他事先就提醒厨师，为我们带了一些食物，因此我们吃得很好。接着在木炭火盆上把衣服烤干。火盆很像日本的手提式木炭炉。我们在雨水和泥泞中翻山越岭。走了二十五英里路，都很疲倦。

可是我们一直无法入睡。隔壁住着团长和他手下的一个营长。他们的房间和我们的房间之间只有一层薄薄的木板墙。吃过晚饭，他们就开始分配商人交来的“买路钱”。这是一个复杂而又动辄争吵的过程。他们起初争论不休，进而大喊大叫，接着又拍着桌子咆哮辱骂。我不禁担心，这场争吵将演变成打架，甚至拔枪火并。争吵持续了整整一个多小时，忽然平静下来，双方停止争吵，说了几句友好的话，互道晚安，最后就默不作声了。交易达成，一切趋于正常。叫骂和狂怒原来是分赃过程中一个不可缺少的环节。我们虽然已经在富源休息了一天，不过还是决定，在盘县再休息一天。这是一座令人愉快的小城。自从明朝以来，盘县基本上保持着原貌。房屋一律刷成白色，屋顶呈优美的弧线，一望而知，是中国南方的风格。房屋的外墙装饰着涡形线条和花卉图案。除了在离盘县五百多英里的云南西部城市大理以外，我还从来没有在别的地方看见过这样的图案。

在盘县休息期间，我和向导讨论了下一阶段的行程。我的问题是，在去往贵州省会贵阳的路上，是否也有这么多的关口要过。向导说没有。他说，只有一个山口，“就是去年外国传教士被强盗开枪打死的那个山口”。他指的是传教士皮克被杀的悲剧。英国领事和昆明的传教士已经和我讲过这件事情。我对向导说,如此说来,前景一点儿也不乐观。可是他却很有把握。“不，不，”他说，“那完全是一个愚蠢的错误。那个传教士的向导亲口对我讲过那件事情的经过。”下面就是向导告诉我的事实真相：传教士和他的向导向那道山口走去。接近山顶的时候，强盗——只有三个人——从一堆乱石后面走出来。他们端起步枪，命令皮克和他的脚夫们停下。也许强盗想抢劫他们，可是又害怕抢劫一位外国“牧师”给自己带来麻烦。皮克先生也许想，如果能证实自己是个传教士，就会转危为安。于是，他把手伸进胸前的口袋掏名片。

那个时代，在中国，至少在内地，印有个人姓名、住址和职业的名片可能比官方的通行证更管用。人人都带着自己的名片，人人都可以通过名片把你的身份告诉对方。而用文言文写的官方通行证，虽然令人望而生畏，但多数人却看不懂。因此，皮克先生自然而然地想把名片拿给强盗们看。他几乎肯定，强盗们不知道他的身份。遗憾的是，这是三个年轻的乡巴佬，是对拦路抢劫的“诀窍”全然无知的“坏小子”。一看见皮克先生把手伸进胸前的口袋，便以为他想掏手枪，于是就开枪把他打死了。昆明的传教士说过，那一定是一场可悲的误会。看来，他们的判断完全正确。许多年以后，我在珀思遇见道格拉斯·皮克教授。他是那位客死贵州的传教士的儿子。我把他父亲身亡的真相告诉了他。从来没有一个传教团体知道事实真相。

我的这位向导是个“信息宝库”。他不仅仅熟悉中国西南部的道路，对与这些道路有关的情况也都了如指掌。他不仅可以告诉你从昆明到缅甸，或者到四川，或者我们正走着的这条通往贵州的路上的情形，还可以告诉你从贵阳或者从重庆通往四面八方的所有类似道路的情形。所有那些路上，都曾经留下过他的足迹。他大约四十多岁，是个非常结实的云南人。

从十二岁起，他就在这些道路上奔波了。有一次，我们爬上一块高地。那是一片灌木丛生的荒原，盛开着美丽的杜鹃花。倘若在苏格兰，这样的地方是欧石南或者蕨的天下。走到这里，路突然分成两条。“该走哪条？”我问。“往东”他回答道。（我们总是说“往右”，但是，中国人指路的时候，不用“左”“右”，而是用“南”“北”“东”“西”。）我问他，这条路“向西”通往什么地方？他回答说，通往大约三百多英里以外长江上游的某个城市。我又问他什么时候去过那儿？他说，大约十多年前。一出公路连接的地区——水上运输已经在其他地区开始了——他便一无所知。他从未见过地图，就是把一张地图拿给他，他也不知道怎样去看。但是他对中国西部的确了如指掌。他干的这一行也许很难再“兴旺发达”了。汽车、公路将永远结束他们这个行当。

我在中国的许多年里，无论在这种情况下，还是在其他情况下，从来没有带过武器。对我来说，武器似乎没有任何意义。如果遇到一伙强盗，一支手枪不仅不能吓住那些亡命之徒，反而会引火烧身，迫使他们向你开枪。倘若碰到的是盗贼，手枪便成了他们垂涎已久求之不得的物件。因此，与其说手枪能够防身，倒不如说它更会招惹祸端。另外的麻烦可能来自那些散兵游勇。他们都荷枪实弹，倘若你拿出一把手枪，除了惹得他们对你开枪以外，你的手枪对他们没有丝毫威慑力。了解了土匪那套做法，再看到他们就不会害怕了。士兵只顾忙着抢老百姓的东西，就像几年前在唐山见过的那样——只要你不去干涉，就不会惹出麻烦。中国人除了吃饭的时候，一般不喝酒，在任何一条大街上，几乎看不到醉汉，因此，无需担心醉汉的纠缠。

离开盘县的时候，我以为，一定会有一支兵强马壮的部队护送。因为，尽管走的是一条山谷的下坡路，但毕竟是在山区。不料，前来护送的竟然是两个十三岁左右的孩子。他们每人手里拿着一支竹竿长矛，矛头是钢的，上面挂着一面鲜红的三角旗，旗上用黑墨水写着几个汉字："盘县李县长"。出发之后，两个孩子就脚底生风，走到了前头。他们的速度比我的脚夫快得多，眨眼之间就无影无踪了。我问向导，作为护送人，这两个毛头小子能管什么用？向导解释说：

"这一段路上没有真正的强盗。可是，有些农民在路边的田里干活时却带着枪。如果他们看见一伙行人没有人护送，而且还可能带着钱，就要抢劫。这两个孩子和他们住在同一个村子里，当然认识他们。他们把长矛拿给乡亲们看，告诉他们的叔叔、大爷和其他人，千万不要粗暴地对待我们。如果他们胆敢对我们下手，县长很快就会知道是谁干的，并且立刻会派警察来砍掉犯人的脑袋。也许有的人还是他们的亲戚呢。"

向导说到砍头时，伸开手掌猛地向下一劈，做了一个颇为传神的手势。

就这样，我们在那段路上，或者说在那几天，没有遇到过麻烦。有一天，我们路过一片被称为黄果树的树林时，在一棵大树的浓荫下停下来休息，吃午饭。黄果树是一种柑橘属果树，长得像英国的橡树一样高大，果实却又小又涩，像生长不良的橘子，没有什么用处。我从来没有听说过这种不常见的柑橘属植物的植物学名称。为了遮荫，它们或者自然生长，或者被人工种植，遍及中国西南各省。树下有条日久年深的石头长凳。几个姑娘，有的卖茶，有的卖花生米。在我们之前，有人已经在那儿休息，是一个警察和两个脚夫。脚夫挑的东西放在扁担两头的筐子里，都用红布苫着。向导走过去与他们聊天，然后把我叫过去，揭开筐子上苫的红布，赫然露出一颗血淋淋的人头。“强盗，”向导解释说，“县长手下的人今天早晨捉住他们，砍下了他们的头。人头正要被送到永宁。那是离这里最近的一个城镇，昨天晚上我们就是在那儿过夜的。人头将被挂在城门上示众。你想看一看它们有多重吗？”我提起一个筐子。向导说的没错，人头的确很重。每一个筐子里放一颗，足够任何一个脚夫挑了。看来，贵州真有一些相当古老的法律和刑罚呢。

一两天以后是圣诞节，我们到达一个叫盘江桥的小地方。那是一个没有城墙的集镇。我们刚刚住下吃晚饭，四个全副武装的人突然闯入客栈的房间。我暗忖，糟了！一定是强盗！事实证明，我想错了。来人解释说，他们是当地土司的随从，土司希望我去他家做客。土司（从字面上讲，是地主）是封建贵族，统治这个地区的苗族佃户。他们占据山区，汉人地方行政长官统治谷地。土司的随从解释说，他们听说（怎么听到的？）有个外国牧师正从这里路过。因为所有牧师都精通医术，因此，土司想请我出城，到山寨给他的小儿子看病。那个孩子两岁，爬来爬去，把胳膊肘子伸进一个开水碗里。孩子病了，虽说要不了命，但是疼得很厉害。

我解释说，我既不是传教士，又不是医生。可是，没能把他们打发走。四个人很有礼貌地说，他们是奉命接我上山的。显然，他们一定要执行土司的命令，而不管我是什么人。这样一来，我们只得同意第二天早晨跟他们去。我们的行程耽搁一两天倒无所谓。天色已晚，在离开以前，他们打开一个大皮口袋，拿出一条猪腿——土司的礼物。这条猪腿够我们吃上一个星期，而不用去集市购买。我征求向导和厨师的意见，他俩一致同意应该回礼。可是在盘江桥这样的地方，能买到什么像样的东西呢？厨师有个高招。“香烟。”他建议说。这倒不失为解决问题的好办法。我们买了一条香烟，大约有二百支。第二天早晨，我和厨师——一个受过教育的人——与四个随从一道出发，把向导留在客栈里负责看管留在客栈的银圆。这事看起来办得有点鲁莽，可是我们又不能让脚夫挑着东西离开客栈，去荒无人烟的深山老林。我相信那位向导，事实证明没有看错人。

山路崎岖，步履艰难。四个全副武装的人除了武器什么也没有带——每个人一支步枪，一支毛瑟手枪和一些弹药。我们已经习惯于跟着肩挑重担的脚夫，在崎岖不平的山路跋涉了。小路穿过树林和竹林。那天天高气爽，景色优美，又不用害怕强盗出没，所以我的心情很好。警卫们对是否有强盗出没不以为然。他们说：“这里是土司的地盘，谁也不敢袭击我们，我们是土司手下的人。”显然，如果没有他们护送，我们极有可能遭到拦路抢劫。我想，十二世纪欧洲人的生活一定和这里的生活十分相似。我们终于走出山口。几百英尺远的地方，北盘江喧嚣奔腾。我们爬上峰顶之后，沿着一溜缓坡又向下走了一段路，土司的山寨出现在眼前。

这座山寨除了有几分中国建筑的特色之外，倒更像一座欧洲十二世纪的城堡。山寨恰好建在峡谷口上。爬上山丘，有两个平台。平台后面是山。每个平台上，都有一座三面有房屋的院落。这些房屋都不面向山谷。大院四周环绕着高高的围墙。围墙四个角，都有中国式的角楼。正面的墙上开着一扇加固了的大门。我们向这个大门走去。事实上，不仅山寨本身充满十二世纪的风情。身临其境，我们也好像变成了十二世纪的人物。宅邸的生活细节和设备都不是现代的，只有一个例外，那就是武器——不是大刀长矛，而是手枪和步枪。仆人一看见我们，就打开大门。我们走进大门，迎面是几级宽阔的台阶。台阶通向上面那所院子，在中午明媚的阳光下，土司坐在床上，几个侍者、妻子和家里人站在两边。我们向土司问候，然后呈上香烟。这给土司留下很好的印象。他说，因为我们长途跋涉，应该好好吃上一顿饭。他们已经把饭做好了。于是，摆上一桌丰盛的饭菜：猪肉、鸡肉、炒菜、炒鸡蛋，还有中国米酒。菜不复杂，但味道鲜美，主食尤其充足。

吃过饭以后，土司问我，是否可以看看他的小孩。这显然是令人尴尬的一刻。我对医学一窍不通，随身只带着一个小药箱，里面装着止痛片、胃病片和处理划伤的绷带。我不知道如何处理烧伤和烫伤，只记得小时候，在韦克斯郡农场时，爱尔兰保姆曾经给我讲过这方面的知识。一个身材高大的仆人抱着孩子走了进来。另一个仆人托着孩子露在衣服外面那条烫伤了的胳膊，以免弄脏伤口。山寨里，至少劳动力不缺。孩子伤得不轻——从肘部到前臂，脱了一层皮。他面色苍白，呻吟不止。

孩子是什么时候烫伤的？已经一个星期了，可是，自从烫伤以来，不分昼夜，仆人们轮流托着孩子受伤的胳膊，不让伤口接触一星半点污物。因此，伤口是清洁的，看不出感染发炎的迹象。

我解释说，我不是医生，也没有随身携带适合治疗烫伤的药品，而且除了去贵阳，哪儿都弄不到这些药物。贵阳离这里一百五十多英里，换句话说，十天的路程。不过，我可以提个应急的建议，那是爱尔兰保姆告诉我的。她的办法是治疗烧伤的，不过，烫伤似乎也能那样处理。“你们这里有不少用过的茶叶，”我说，“把用过的茶叶放凉，然后把茶叶厚厚地覆盖在伤口上，就能减轻疼痛，但我不能保证，这种办法一定能治好孩子的烫伤。”在中国，茶叶随处可见。

他们按照我的建议办了，孩子的疼痛减轻许多，我松了一口气。土司一家人非常高兴。我那位土里土气的爱尔兰老保姆的“秘方”被视为“灵丹妙药”。因此，下午晚些时候，当然是天黑以前，我们坐下来享用了一顿更加丰盛的晚宴，还喝了很多酒。土司显得很高兴，他大约三十五岁左右，身强体壮，面色红润。我对他说，我要去贵阳。到了那里，我会找到一位传教士医生。不知他是否允许传教士来山寨治疗孩子烫伤的手臂？他有点迟疑。也许，他听说过那个骇人听闻的、完全是捏造的流言——传教士不仅拐骗儿童，还吃掉他们。谁也不知道流言起源于何处。可是，它曾经煽起过一场仇外的动乱。不过，他最终还是同意了。我向土司保证，一定请一位传教士医生来给孩子看病，如果他能来的话。太阳落山不久，我们就像平常一样，准备上床休息。土司把卧室指给我。卧室在院子右边。“晚上不要拿着灯去院子对面。他们，”他指着山谷对面隐约可见的一个大院说，“如果看见灯光，就会开枪。”住在十二世纪法国的城堡里，也可能很不安全或者很不舒服，但是，至少河对岸城堡里与你为敌的男爵没有步枪。

早晨，还是那四个全副武装的随从护送我们返回盘江桥。闲聊中，他们告诉我们，河对岸那个山寨与他们的主人长期不和，可是，因为双方要走很远的路才能到达渡口，所以实际上没有真正兵戎相见，最多不过是夜间向对岸打打冷枪罢了。由于某种原因，白天没人打冷枪。所以，妇女可以在庭院里自由自在地活动。倘若有人敢对她们开枪，未免太没有骑士精神了。一个已然绝迹的世界还存在于这里。这个世界在中国其他地方早已绝迹，就像在七百多年前、甚至更早在西欧绝迹一样。

我在贵阳找到一位传教士医生，对他讲述了那个孩子烫伤的事情。他非常高兴。“许多年来，我们一直想到那个地区，接近那里的人们，但是，始终未能实现这个心愿。好吧，我马上就去。”传教士说。几个月后，我给他写过一封信。后来，收到他的回信。他已经去过土司的山寨，并且受到热情的接待。他看好了那个孩子的手臂。他说，事实上，他去那儿的时候，孩子手臂上的伤口已经部分愈合。由此可见，我那个“民间偏方”已经起了作用。因为丹宁酸对烧伤和烫伤有解毒作用。现在，那个小男孩也许当了那个“少数民族自治地区”的党委书记。因为，政府发现，把封建领主的继承人培养成“领导”，是行之有效的办法。封建领主仍然深受同胞的尊敬和爱戴。

第九章
“好人不夜行”

在土司家做客的一两天之后，我们来到一个叫黄果树的地方。在我看来，黄果树不无现代文明的色彩，其标志就是公路。这倒是意料之外的事情。北盘江岸的山坡上，到处都是高大、茂密的黄果树，蔚为壮观。河流那边，新修的公路突然中止在宛如峭壁的河岸之上。一个有趣而富有戏剧性的故事就发生在这里。贵州省已故省长是个雄心勃勃而有现代意识的人物。他决定至少在他管辖的中部高原比较容易通车的地区修筑公路。尽管小轿车也好，大汽车也罢，都得拆开之后，人背肩扛先从重庆运送过来。这里离重庆的直线距离有二百四十多英里，盘山路却远得多。周省长是贵州的军阀，一年前与他的邻居云南省的军阀发生争执，云南人入侵他的领地时，他便乘汽车长驱直入，到黄果树视察战况。在公路尽头，他接到报告云南人已经到了北盘江对岸。他从汽车里爬出来，拿起望远镜，走到陡峭的河岸边观察敌情。敌军的确已经到达对岸，并且立即开枪把他打死，汽车的油箱也被打着了火。他掉进江里，眨眼之间被江水吞没，尸体最终也没有被找到。不用说，故事是向导讲的。有目击者告诉了他事件的全过程。

我们乘渡轮过江，登上那条新修的公路。省长那辆汽车的残骸锈迹斑驳，依然停在公路旁边。公路完好无损地保留下来，虽然没有汽车在上面行驶，但对徒步旅行的人们来说，比我们以前走过的任何一条路都平坦多了。公路一直通到贵阳，大约有一百多英里。这条公路提供了更为便捷的联系，尽管几乎没有机动车辆在公路上行驶。但是警察和部队有汽车，他们可以在公路上更有效地巡逻，因此，这一段路上没有拦路抢劫的问题。到贵阳走了五六天，因为路比较好走，也没有发生什么特别的事情。向南眺望，一座座形状奇特的山峰尽收眼底。那正是贵州南边广西省与众不同之处。石灰岩山峰拔地而起，有时高达几千英尺，难以攀登。在中国画家笔下，山峰似乎都是这个样子，其实不然。那是画家的夸张，但是这种夸张是建立在真实的地理特征基础之上的。

◎从二百英里外的重庆搬运汽车零件和发动机到贵阳 摄于1931年

1931年1月，贵阳还是一座没有任何变化的明代城市。城区西周是坚固的城墙，除了电报线以外，没有一点点二十世纪的色彩。城区不大，从一座城门不紧不慢地走到另外一座城门，大约花费四十五分钟。城市一边，有一座高山，山上有几座美丽的寺庙俯瞰整个城市。明代，如果地势允许，城市的建造者总是把主要街道尽量修得宽阔一些。新修的可供汽车行驶的大街充分利用了这一有利条件。四条主要大街在市中心的一个宽阔的广场上相汇，当地的传教士把这个地方称为“大十字”。不过，这个“十字”不是象征基督教的那个“十字”。对旅行的人来说，传教士的居住之地有一个好处，那就是在他们那儿，而且只有在他们那儿，才能洗个澡。我的一位朋友（已故的杰拉尔德·雷林格尔）曾经对一位传教士说，回到英国之后，他一定要给传教团体送一张款额相当可观的支票。那位传教士感到十分吃惊。我的朋友是位犹太教徒，并不信仰基督教。“为什么要捐款呢？”“因为，”我的朋友回答说，“只有在你们居住的地方才能洗澡。因此，你们的驻地建得越多越好。”这些话没有反映出我那位朋友在精神上受到圣灵的启示。而这种启示却是传教士们希望、或者追求的目标之一。因为他们希望，对教会赞助是圣灵启示的结果。

我一直得到传教士们善意的帮助，因此，原本不想对他们说三道四。不过，他们有时候做出来的事情令人十分诧异。在宗教信仰上，他们都是基要主义①者。虽然他们明明知道，在

①基要主义：基督教内从19世纪末开始的一个运动，主张《圣经》绝对无误，反对自由派神学，反对对于《圣经》的高等批判。

◎贵阳的城墙和古塔 摄于1931年

他们所属的新教教会里，这些观点已经不再占有统治地位，他们却觉得，凡是和他们观点相左的人都是不幸误入了歧途。他们还觉得，只有“最受欢迎”的新教教徒才是真正的基督教徒。而这种所谓“最受欢迎”就是让你去做一个传教士，满怀激情到国外度过一生。通过传教不仅劝导少数中国人转化，而且最终使全体中国人信奉基督教。他们虽然学习说汉语，也学习阅读汉字，可是他们认为，中国文化与他们不搭界，那是一种异教徒的文化。如果告诉他们，许多对中国文化和历史颇有研究的欧洲学者都曾经当过传教士，他们就会苦笑着说，毫无疑问，那些人都很优秀，可他们完全是误入歧途，做些徒劳无益的事情。有的传教士更顽固、更极端，态度尤其古怪。

我去拜访贵阳的基督复临安息日会的传教士，不是为了洗澡，而是为了几条信息。他是加拿大人，坐在一把扶手椅上接待了我。他从未离开过那把椅子。回答了我想知道的问题之后，他就长篇大论、热情洋溢地宣讲起他那个教派的教义。为什么其他教派是错误的——甚至是邪恶的？圣经明明指出星期六是安息日，可是其他教派还是把星期日定为一周的圣日。为什么他的教派和其他教派之间的分歧是不可调和的？正在这时，他十一岁的儿子兴高采烈地闯了进来。他刚去过“大十字”，在那儿，警察把一个强盗的头砍了。孩子绘声绘色地描述着那个血淋淋的事件的每一个细节，因为他就站在拥挤不堪的人群最前头。我非常希望他父亲马上制止这种有害于道德和精神的讲述。可是他父亲完全没有这样做。传教士耐心地听完整个故事，然后说：“你瞧，这就是人世间坏人的命运。在地狱，他们的命运更糟，引以为戒吧。”不管那个男孩子是否“引以为戒”，反正他又冲出去，跑到厨房给仆人们讲述那个故事去了。

◎贵阳一座庙宇的院落 摄于1931年

贵阳有个美国路德教传教团，男女职员都是德国人，也许还有捷克血统。我去拜访他们，因为我想找一位能去土司山寨给孩子看病的医生。我被介绍给三四位传教团的成员，接下去的介绍让我大吃一惊。“这位是克拉帕斯特先生。”我不由得倒吸一口凉气。显然，这几个人谁也不知道克拉帕斯特这几个字在另外一个场合的含义会多么粗俗。他们说的都是标准的美国英语，可是，在他们长大成人的家乡，英语也许还是一种新语言。而且他们在教会严格、死板的环境中长大,甚至在学校里也没有机会去学习孩子们常说的“黑话”。事实上，他们的确只是生活在自己的世界里。

我们在贵阳待了一个星期，然后北上，向四川省进发。迄今为止，新修的公路上没有私人汽车行驶，又走了五十多英里，到达乌江渡口。我们在一个叫乌江屯的小村庄停下来。小村建在雄伟的乌山顶上。站在山顶不难看出，如果没有一座桥梁，真是寸步难行。而这时，乌江屯已经变成一个有几家汽车修理厂的繁忙的“汽车城”了。脚夫们乘渡轮过河，把渡轮上的货物转运到去往贵阳的大卡车上，生意十分兴隆。听人们说，这些卡车都是省长的（周省长的继任），可以租用，有时也承办货物托运业务，收取运费。当地人给乌江起了个诨名，叫“野狗河”。是否因河水湍急、充满危险，或者野狗真的居住在河岸而得此名，谁也说不清楚。

乌江是长江上游的一条主要支流，在狭窄的山谷里奔流。夏天与冬天的河面落差竟然超过七十英尺。这就使得在河上修桥成了一件令人望而生畏的事情。那个时代，政府没有修桥的打算。人们穿过一条风势强劲的小道下山，乘渡轮过河。渡轮不得不沿着一条斜向的航线行驶。因为，即使在冬天，河水也非常湍急。过河以后再爬上一道更高的陡坡，才能到达山峰的另一边。整个行程几乎花费一天的时间。向导说，他听人说，夏天河水暴涨的时候，常常连续好多天无法渡过乌江。我们又一次踏上石头铺砌的小道。这条路，维护得并不比云南或者贵州西边那条小道好多少。大家都认为，公路很快就会替代这些小道，因此谁也不想再对它维护、保养。十年以后，这条路确实修成了公路。那时候，周省长修建的这段公路成了缅甸公路的一部分。抗日战争最初几年，这条公路曾经是还没有沦陷的国统区的一条生命线。现在却谁也不记得了，不幸的周省长是第一个在中国西部修筑公路的人，却没有留下文字记载。

乌江向北一两站是遵义城。那时的遵义默默无闻，而现在，由于长征期间，1935 年 1 月，毛泽东在这里被选为中国共产党的主席（原文如此，译者注），遵义已经闻名于世。遵义是一座美丽的城市，向导和脚夫们都盼望把它作为我们临时休息的地方。天气很冷，似乎要下雪。因此，我同意了他们的建议。

我也有贵阳传教团给中国内地传教团罗伯逊先生的一封介绍信。这就意味着洗澡。第二天，下雪了，夜晚冻成冰。向导建议在遵义再待一天。为什么不呢？对我来说，时间不成问题。真正的困难是在冰冻的小道上翻山越岭。我住在罗伯逊先生那里。他是澳大利亚人，来自悉尼。他们全家都以赛马为业。父亲是驯马师，四个儿子中，有的是职业赛马骑师，有的是赛马赌注经纪人。我的东道主对他们以此为业虽然深感悲哀，但却无法改变。他喜欢他们，并且在难得的假日里去看望他们。不过在他眼里，他们的灵魂已经迷失了方向。全家人，只有他看到了圣灵之光。我问他，是否担心他们中的某个人做过不诚实的事情。他很生气，对我的怀疑嗤之以鼻。他认为，他们干的那行的确不怎么样，但他们都很诚实。父亲是位受人尊敬的驯马师，兄弟中的一位是登记赌注的高级经纪人。不是犯罪的问题，而是道德问题。赛马包含着打赌，而打赌和赌博一样，都是一种罪孽。诚然，赛马并非非法，但是，作为基督教教徒，打赌或赌博从任何意义上讲，都有悖教义。中国人对这种观点非常陌生。他们崇尚诚实，但对人类竞赛的娱乐活动从来不抱偏见。显然，罗伯逊先生这种人的说教，用中国一句俗话来说，只能是“耳旁风”。

天气放晴，向导和脚夫们想在遵义多停留一天的理由不复存在。我和他们结队出发，向城北一条狭窄的深谷挺进。我们登上山脊向下瞭望，看到整个北山坡上长满了小白杨树。白杨树被折弯到长长的草里，半数已经折断。倒伏的树干掩埋在冰冷潮湿的长草里。树干上，长着一排排非常小的银白色菌类植物。“啊，”厨师和向导几乎惊叫起来，“银耳！”在精湛的川菜烹饪技术中，银耳是一种昂贵的美味食品。遵义盛产银耳，在当地，一个银圆大约可以买到一磅。卖的时候，银耳既干又轻。我们那帮人把身上带的每一分钱都投资在银耳上了。他们高兴地对我说，到了重庆，就能以十倍于他们买进的价格把银耳卖掉。“在北京能卖多少钱？”我问道。他们把双手举得老高，也许心里想，想要多少就能卖多少钱，你可以把整个城市买下来。因此，我也买了满满一袋银耳，大约有三四磅重，约合英国货币五个先令。脚夫、向导，还有厨师，都“满载而归”。他们高高兴兴地把我付给他们的钱都买了银耳。当地人谁也不会从他们手里抢劫这种东西，而且银耳与沉甸甸的银币相比，是一种更为划算的投资。我估计，向导早就知道有这个千载难逢的发财好机会。也许，这就是他愿意进行这次旅行的一个原因。

我们从遵义出发，带的东西体积比先前大了很多，重量却轻多了。也许这是件好事，因为一旦上路，我们就看到山路崎

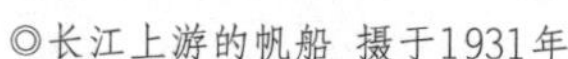
◎长江上游的帆船 摄于1931年

岖，十分难走。下雪了，随后又结了冰，石头铺砌的小道覆盖着一层冰，十分光滑。那个年代，贵州不产盐，所有的食盐都是从四川南部著名的自贡盐井运来的。盐被放到一口口中国式的大铁锅里脱水，铁锅里的东西变成纯净的盐时，把盐从锅里取出来制成实心的盐饼，然后锯成两半。一半盐饼就是一个中国最悲惨、最穷苦的搬运工人——“背仔”——的负载。“背仔”的意思是“背货的人”，因为他们把很重的盐饼背在背上。盐饼被绑在一个两边有生牛皮带的木架上，背在“背仔”的背上。盐饼重得令人惊讶，而且一旦背到背上，就不能再坐下。因为坐下之后，就无力再站起。“背仔”有一根T形的棍子，依靠这根T形棍的支撑，可以向后靠一靠，稍微休息一下。晚上，有人帮助他们卸下盐饼，早晨，再把盐饼抬起来，放到背上。

出了贵阳，沿途一直能看到艰难跋涉的“背仔”的身影。在平坦的公路上，相对而言轻松一点。但从遵义往北的山上，下雪和结霜以后的小道，就等于谋杀的凶手。还没走出一英里，我们就看见一具死尸，过了一会儿，又看见一具。他们都是滑倒之后摔死、冻死的。同伴们没有办法救他们，除了冒着自己也滑倒摔死的危险。因此，滑倒的“背仔”只能眼睁睁地等着冻死。那天，我们数了一下，有六个摔死、冻死的“背仔”。我问向导，有什么办法没有，向导摇了摇头。“背仔”们来自四川，是穷人当中最穷的人，也许是逃荒的难民。背盐是他们唯一能够找到的营生。因为，不管是谁，只要想把贵州需要的盐运进来，就得依靠“背仔”来背。这种血泪斑斑的贸易已经延续了许多世纪。人们原本以为，贵州那条公路一修好，背盐的历史就会结束呢。

没走多远，在这段山路上，我们又看到搬运另一种非常现代化的货物的情景。走在前面的八个人，用扁担抬着一个货箱，货箱里装着小型卡车的发动机。接着是十六个人，也是用扁担和绳索抬着卡车的整个底盘和所有可以拆卸的部件。小道只有六英尺宽，那些人摇摇晃晃地向前挪动，一半人走在小道外边的河岸上，每走十码左右的路程，两边的人便交换一次位置。他们能坚持多远？向导认为，大约四英里（合十二华里）。他们走得精疲力竭，在冰冷荒凉的山腰过夜。与那些同行的“背仔”背着不同于盐饼的新负载——汽车车轮。一到乌江渡口，他们就把车轮装到卡车上——那些卡车也是用同样的方法运到这个地区的。另外一些人是挑汽油桶的，每人用扁担挑着两个。汽车运输所需的每一件东西都是用这种古老的方式搬运的。不过，一年以后，传教士医生写信告诉我，长途汽车已经通到所有有公路的地方。从贵阳到安顺至少有六十英里，车费只有三元五角银圆。雇一个脚夫的费用是一天五角银圆，因此，汽车费相当于徒步脚夫七天的工钱。从重庆到乌江渡口，有二百多英里，按照脚夫挑着货物走路的速度，有五天的路程。这么算来，听起来乘汽车不太合算，可是实际上，汽车的运费相当低（折合英国货币约三便士四先令）。汽车费相当于徒步旅行三四天再加上旅馆、吃饭和搬运的全部费用。在缅甸公路修成以前，这条独一无二的汽车运输线营运了将近十年。

几天以后，我们来到一个叫侗梓的小城镇。那是一个冬末的下午，我们一进城，便惊讶得连话也说不出来。那个小小的城镇竟然有电灯照明。离重庆还有一百多英里，而且，四川的边界上还横亘着一座高山，这里怎么会有电灯呢？客栈老板骄傲地告诉我，这个问题的答案是这样的：有一位老家在本城的梁先生，在很远、很远的地方当过官（也许在海滨的某个大城市？），退休时，决定给家乡办件善事——把现代文明带给家乡的父老乡亲。锅炉（第二天上午，我们特意去看了看这一小镇奇观）被放置在许多根滚柱上，由二十个人拉着，沿着狭窄的小道，翻山越岭，缓慢地移动，整个行程长达一百多英里。我实在不敢想象，这样的“庞然大物”居然能运到如此偏僻的山区。恐怕现代化的交通工具也很难办到，可是中国人总能找到办法。其他机器，例如发电机，也都是依靠人力用搬运卡车发动机的方法运来的。最后，一切设备就绪，小城的紧邻有丰富的煤，发电厂的设备由重庆来的工程师和工人们安装。一天晚上，电灯终于亮了，从此，黑暗一去不复返。那时候，没有开关，电灯一直亮着。如果你真的想“处于黑暗”之中，只能把灯泡拧下来。不过，几千年来一直靠微弱的油灯照明的人们，谁舍得让光明从自己身边消失呢？

不久，我们到达高耸在黔川两省交界处的大凉山。大凉山山高坡陡，羊肠小道盘绕在山腰。一天晚上，我们来到一个“独此一家”的小店。我们发现，小店简直就是拦腰建在小道之上。小道只能穿过小店的院落，没有可以绕过它的道路可走。晚上，我走出屋门，发出小店院门紧闭，在第二天早晨打开小店院门以前，谁也不能在那条路上通行。我问店主人，对于晚来的行人，这岂不非常不便？“没错，”店主人回答说，“不过，夜行没好人。”

这一带，强盗不多，偶尔有几个“兼职的”土匪出没。我们雇用了一个警察护送过路。一天，向导讲了这样的一个故事，并且一再声明是真事。说的是一位姑娘去探望分娩不久的姐姐，回家的路上，一个男人挥舞着大刀拦住她要钱。“我一分钱也没带。”姑娘说。她离姐姐住的村庄只有一两英里，用不着带钱。“那么，把你穿的这条漂亮的新裤子给我怎么样？”姑娘是打扮起来去探望姐姐的。姑娘不情愿地说，一个姑娘家不穿裤子走路有伤风化。强盗觉得姑娘说得在理，于是提出把自己的烂裤子换给姑娘穿。姑娘欣然同意，不过要求那个强盗到旁边不远的地方脱下裤子，在她换裤子的时候，再转过身去，背对着她。强盗照着姑娘的话办了，可是，过了一会儿，他转过身来想看个究竟的时候，只见姑娘在地里飞快地奔跑。她穿着自己的裤子，手里还拿着强盗的裤子。

翻过黔川边界的大凉山，眼前的景色就完全改变了。大凉山北麓，贵州北部荒凉、萧条的景象全然不见，映入眼帘的是充满大自然之美的、雨水充沛而土壤肥沃的盆地。小河潺潺，一股股瀑布从山上飞泻而下。山上长满高大的竹子和各种各样

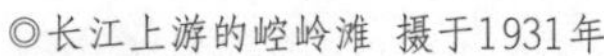

◎长江上游的崆岭滩 摄于1931年

的树木。这些树木有的随季节黄叶飘零，有的四季长青。綦江峡谷一定是世界上最有吸引力的地方。穿过綦江峡谷的旅程可以分为几个阶段。有个地方叫甘水，是其中的一站。就像四川其他客栈一样，我们发现甘水客栈的装饰令人吃惊。与贵州和云南的客栈相比，四川的客栈不仅更舒服，而且维护得更好。我们在甘水住的那家客栈，从地面到顶棚，整个墙壁都是用一份份过期的《每日电讯报》裱糊起来的。报纸的日期大约是1926年，比我们到达的时间早了四年多。我问客栈老板，中国的书店里并不卖这种英文报纸，这么多的英文报纸是怎样弄来的呢？他记不大清楚，可是他说，有一位外国游客曾经来过这里，报纸肯定是他留下的。我一直想知道，曾经带着这么多《每日电讯报》到边远的中国西部旅行的究竟是谁呢？

这样，一路走来，就到了重庆。那时，正是传说中的战争爆发之前。重庆是一个重要的港口，长江航运的起点，不过略小一些。重庆位于长江的主要支流嘉陵江和长江汇合的山谷。那时，重庆城倚山的北坡而建，沿山坡的街道分成几个“台阶”。只有一条弯弯曲曲的道路适合车辆通行。所有房屋都是依山而建的五六层高的楼房。由于木结构的房屋居多，1938年被日本飞机猛烈轰炸的时候，变成一片火海。英国驻重庆领事热情地邀请我去他家住。我便住到他的家里。不管怎么说，旅馆远不如领事馆先进。我们坐下来喝茶的时候，斯托克·托尔斯先生说：“你总算来了。我一直注视着你的旅程，昆明的同事告诉我，你已经上路，但对你能否顺利到达并不乐观。”中国的报纸似乎已经报道过，一个不是传教士的外国人正向重庆进发。我解释说，我的“历险记”——如果可以这么描述的话——应该说

◎四川南部小路上的旅店 摄于1931年

是有苦无险。这一路经历的艰难困苦实在是太多了。至于凶险并不像预想的那么多。领事也许认为这一次算我走运，也许认为这件事情足以证明在中国内地旅行比人们想象的更安全。总之，他什么也没有说。

一天，斯托克·托尔斯夫妇带我去看重庆一个独特的景观，但没有告诉我要看的是什么景观。我们登上重庆倚靠的那座大山的山顶，然后向城门走去。城门外面，有一条公路通向四川省的省会成都。这两座城市之间的距离有二百五十多英里。突然之间，一条新修的、漂亮的双车道公路出现在眼前。这条公路在山上盘旋着，消失在山峦起伏的地方。许多辆汽车沿着公路来来往往。可是，这种奇观看上几分钟我就发现，那些驶来驰去的汽车其实都是同一批车辆。汽车开到城门跟前，车上的乘客走下来，又换上一批新的乘客，然后又出发，翻过低低的山丘，消失得无影无踪。过了一刻钟，汽车又出现了，开回到城门口。那条公路相当先进，长度只有五英里左右。由此可见，每晚乘汽车兜风成了能买得起车票的重庆人一项时髦的消遣娱乐活动了。

几个月以前，作家萨默塞特·毛姆[①]曾经到重庆拜访过斯托克·托尔斯夫妇，那位作家去中国的许多地方旅行过，还写了一本很著名的游记，书名叫《中国的一幕》。书中，他描述了访问重庆的情景。他也是斯托克·托尔斯夫妇的客人。但令东道主夫妇觉得既可笑又可恼的是，他在书中说，斯托克·托

①萨默塞特·毛姆（Somerset Maugham，187—1965）：英国小说家，因洞察而怀疑人类的善良与智力，作品基调愤世嫉俗，著有长篇小说《人性的枷锁》《大吃大喝》等。

尔斯太太穿的衣服非常过时。“重庆离上海有一千百多英里，那位作家怎么能想象得出人们在重庆可以买到欧洲最新款式的衣服呢？”斯托克·托尔斯太太不无嘲讽地说。

我在重庆停留了一个星期，直到开往一千四百多英里的上海的下一班客轮启航。我设宴与向导、脚夫及厨师告别，还拿出一些银耳做菜招待他们。他们一致反对我这种奢侈浪费。因为银耳在这里卖的价钱比我们在遵义时买的价钱高出十倍，如果拿到上海卖的话，价钱要高出二十倍。可是我想款待他们，他们的确是些名副其实、吃苦耐劳的好人。两个多月以后，我到了北京。在北京的一家川菜馆里，设宴招待我的几位在大学里执教的中国朋友，包括我以前的老师赵启德先生（他有幸被一位老同学安置在一所中学里教书）。我们将一起品尝银耳这道美味佳肴。朋友们几乎不敢相信我竟拥有两磅多重的“山珍”。就连餐馆老板也惊呆了，他们过去从来没有为什么人做过一磅银耳。餐馆情愿不收这顿价格不菲的酒宴的费用，而换取剩下的半磅银耳。

那个时代，从长江上游乘船而下，即使不冒险，也是事故频频。船体不大，但发动机的功率很大，以便与激流相抗衡。船上只有一两位头等舱乘客，没有二等舱，大部分旅客都在统舱。时值二月，江水不深，一道干涸的泥坡从江面一直向上延伸到夏季留在岸上的江面水位线。不论城镇还是比较大的村落，江岸这些斜土坡上都搭起临时的棚屋，并且种上生长期短的蔬菜。五月左右，江面升高，连棚带菜都被江水淹没，并冲卷而去。长江上游，第一个潜在的危险在雄伟的三峡，那是世界上任何地方都无可比拟的最壮观的通航水道。这段航道延伸几英里长，长江的几条支流奔腾着穿越山谷在这里汇入长江。其中一条便是我们以前遇到的乌江。它从贵州流来。冬天，三峡的水量仍然丰沛，而且航行没有危险。危险的是三峡中的一些急流险滩。在那里航行，决不可掉以轻心。由于夏天江面比冬天高出五十多英尺，所以，一些险滩被深深的江水淹没。江水浩荡，滔滔滚滚。几场滂沱大雨过后，洪水频频泛滥，于是，航道上有一个报警灯塔系统，向过往船只示警，在洪峰过去以前不要冒险航行。

在三峡两岸的悬崖峭壁之上，尤其在北岸，一条狭窄的小道宛如刀刻斧凿，隐约可见。那是纤夫们走的路。沿着这条小道，一队队纤夫用长长的纤绳拉着舢板、小船，一步一拖，溯江而上，通过三峡。装载着货物的小船很重，江水湍急，拉纤是项非常艰苦的工作。如果纤夫们稍有懈怠，小船就会倒退，整队

◎长江岸边宜昌的一座山，山上有寺庙 摄于1931年

纤夫就会被船拖到江里。正因为这样，为了保护纤夫，也为了船和船上乘客们的安全，纤夫们特地聘请了一位监工。监工手里拿着皮鞭，一旦发现有偷懒怠工的纤夫，便用鞭子抽打他们。随着轮船的出现（十五年以前），这种监督方式不再盛行。不过有人告诉我，每当夏季，纤夫还是靠挥舞的皮鞭保护自己的安全。

长江上游最危险的急流险滩是崆岭滩。接近那个险滩时，船长提醒我说，我应该到船桥上亲眼目睹一下这段航道。船桥上，站着一位经验丰富、面无表情的四川导航员。导航员是一种专门从事引导船只渡过三峡的职业。那位导航员手里拿着一根长长的中国式竹管烟袋，烟袋一端有个黄铜烟斗，里面插着半支当地产的烟卷儿。那位导航员从来不说一句话，只用烟袋杆做着简单的手势，舵手仔细观察他的手势。导航员用烟袋杆稍微向右一指，然后突然向左一指，如此反复不止。导航员不说话的原因之一可能是险滩上波涛汹涌澎湃，轰鸣声不绝于耳。轮船在奔腾翻滚的碎浪里穿行，船长解释说，险滩的两边，凶险莫测的漩涡翻滚，打漩，能使过往的船只调转方向，失去控制，在大江某一边的岩石上撞得粉碎。他的话说得一点儿也没错。我看见，至少有三条船的残骸停在峡谷两边的岩岸旁。船长说，那是最近两三个季度以来，“失事遇难的船只”。在大江的中央，中流线稍微偏北一点的地方，有一块巨大的岩石——崆岭滩指的就是这块巨岩，它的周围，波涛汹涌，浪花飞溅。我们的船迎着巨石向前驶去。导航员手里拿着烟袋，一动不动，紧张地望着。我们的船驶近距巨石不足十米左右的地方时，导航员突然用烟袋作了个手势，舵手猛地把舵轮转向左舷，眨眼之间，我们的船在右舷离崆岭滩六米多远的地方飞速穿过。船长解释说，岩石周围江水的力量非常大，流速超过四海里。如果不瞄准险滩前进，潜藏在水底的漩涡就会迫使船向它撞去。如果船迎着它驶去，并且一直驶到某一个部位，从岩石上回流的江水就会形成一股力量，推动船只，使它安全地穿过险滩。只有凭借多年积累的经验，才能准确地判断出那个位置。人们不禁感叹，这种连做梦都想象不到的“经验”要靠多少代人的积累啊！在中华人民共和国时代，一部分险滩被炸掉，航道从此畅通无阻了。

我们穿过这道险滩最多需要十分钟时间。但是，在进入险滩之前，我们那条船先抛了锚，好让另外一条船向上游驶去。这一等就是一个小时。那条船虽然开足马力，但是在激流的冲击之下，几乎一动不动。他们用一个类似弹弓的装置，把一根钢缆射到岸上。岸上有人接住钢缆，立刻把它固定在一个绞盘上。绞盘是由固定在险滩前面岸上的发动机带动的。绞盘开始转动，轮船开足马力，慢慢地、像蜗牛一样，沿着险滩的边缘缓慢前进。那个年代，只有一艘船是靠自己的动力闯过崆岭滩的。那是一艘美国炮艇。不过，那艘炮艇差点沉没，从那以后，再也没人敢闯崆岭滩了。这段航道还与第一次世界大战初的一件传闻有关。当时，英国、美国、法国和德国还有日本在长江上游都有一支规模不大的炮艇舰队，其使命是保护那时刚刚兴起的轮船运输。第一次世界大战爆发的时候，德国船长第一个得知战争爆发的消息，并且立即起锚，匆匆忙忙从重庆沿江顺流而下。显然，他们担心英国和法国不会让中国保持中立。那是 1914 年夏天，德国船长在三峡的最狭窄处命令炮艇停下，然后在两岸之间架起一条钢缆。英国和法国的炮艇尾追而来。可是，在夏季，船只一旦进入三峡，就真正陷入进退两难的境地。英法两国炮艇甲板上所有机械设备被那条钢缆割了个干干净净。这事我是听人说的，海军档案里是否有记载，我就不得而知了。

崆岭滩以下不远，三峡就到了尽头。长江流入湖北省境内，江面变得宽阔，江水流速减缓。我们的船一直是夜晚抛锚，这就使得乘船旅行悠闲而愉快——人们不会错过观赏所有景色的机会——不过，依我之见，这样做是为了航行安全。可是进入平原地带，轮船依然在夜间抛锚，我向船长请教其原因。“神殿山，”船长回答道，“在我们经过神殿山之前，必须等待炮艇护送。”船长进一步解释说，神殿山是伸入大江的一道山崖。实际上，长江呈U字形绕过那座山崖。而山崖被一支共产党的军队控制着，而且向所有过往的船只开火，因此，需要炮艇可能是英国的，也可能是法国的——护航。

为我们的船护航的是一艘英国炮艇。一支海军部队登上我们的船，他们带着一挺机关枪，大约有六名士兵。他们在甲板的左舷上边竖起一块钢板，当我们的船绕过神殿山时，船的左边对着它。船启航了，大约下午两点以前，一直都平安无事。我们可以望见神殿山，距长江大约二百英尺，山顶上矗立着一座寺庙。神殿山几乎被江水隔绝，只有一道低矮的山脊把它和长江北岸连接起来。与我们越来越接近的士兵们一边坐在战壕边晒太阳，一边望着我们。他们看出我们的船正在接近，便翻身跳进战壕。等我们的船行驶到足够近的距离时，他们便开火了。我们船上那几个海军陆战队士兵和英国炮艇也开火还击。

经过五分钟或者更长一点的时间，我们的船开足马力绕过那道山崖。他们还向我们开火，我们这方也一直进行还击。不可能看到是否有人受伤，可是子弹击中我们船上钢板的啸叫声却清晰可闻。

我们的船驶离神殿山之后，共产党军队的士兵们便走出战壕，又坐下来，一边晒太阳，一边抽起烟来。看起来，这倒多少有点像每日一次迎来送往的仪式，或者至少两周一次，等过往船只多到值得护航时，再开枪开炮，“礼仪”一番。船长说，共产党军队占据神殿山并向过往船只开火的事件已经持续了一年多或者更长的时间。实际上，始自1927年蒋介石与共产党决裂之后。神殿山的军队是大名鼎鼎的刘伯承司令领导的解放区军队的一部分。四年后，他率领部队与毛泽东会合，并成为长征的主力部队。有趣的是，名义上控制了湖北省的南京政府显然没能夺取神殿山，而且看起来，没有把共产党军队从这个跨越长江、具有重要战略意义的地区赶出去的意图。

长江下游地区没有受到这种战争的影响，我们顺利抵达南京。我在南京停留了一个星期，游览这座中国国民党政府的新首都。城墙环绕的南京，依然是一座非常古老的城市。城里残留着许多不幸的历史遗址。太平天国叛乱，1911年的革命（更别提1840年鸦片战争中英国对这座城市的占领）都留下历史的足迹。那时，南京最著名的建筑是由当时的新政府建成的孙逸仙博士的陵墓。中山陵建在紫金山上，正好在城墙外边，多少有点皇陵的气派。

后来，我来到上海，并且应英国外交部驻昆明的特别代表之约，为中国北方的《每日新闻》写了三篇文章，介绍我的旅行见闻。我的文章向读者证明，如果不怕吃苦，在中国西部旅行完全可行。我还告诉大家，旅行应该在旱季，还得有一本在内地旅行的护照。这几篇文章是我有生以来发表的第一批文章。不仅如此，旅行期间，我还亲眼目睹了一直保持着过去几个世纪历史风貌的真实的中国。这使我形成一个计划，要把那个时代的历史写出来，于是，我就去北京，为一项新的研究工作做准备。

第十章
被遗忘的北京（1931—1932）

1931年年初，我到达北京。那时，北京一片萧条。1930年，北方的一些将军们看起来要建立一个与南京国民党政府相抗衡的政权。同年，满洲（东北三省）的统治者张学良决定与国民党联合，于是率兵入关，没费吹灰之力就击败了北京政权微弱的抵抗。那些将军们的叛乱以毁灭性的失败而告终。于是，北京重新改名为北平，其寓意是北方平定。明朝初年，明王朝定都北京以前，北京就称为北平。这种名称的变化使北京人极其反感。他们一直认为自己是一个享有特权的阶层，在皇权的庇护下，在很大程度上享受着统治者的恩赐。北京没有工业，商业也不怎么发达，最值得注意的是一个全国性的学府中心正在兴起。因此，1919年和1925年曾经在政治上起过重要作用的大学生们，现在发现自己“英雄无用武之地”。北京不再是首都，对一个软弱的地方政府，再也不能通过游行示威发挥它施加压力或劝诱的强大威力了。北京人不喜欢这个新政权。他们认为，北京政权是南方人的傀儡。北京的外国居民也同样对北京政权不抱幻想。外交使团不情愿地从北京迁往南京，外国公司也随之而去。那么多五花八门、饶有趣味的政治流言、阴谋诡计和“小道消息”都成了明日黄花。

住在东城区的一位德国太太有一座很大的住宅，我租了其中一部分。不久，我又认识了一位俄罗斯姑娘。她刚从天津来，也成了那座住宅里的房客。娜塔莎——我以后这样称呼她——是位漂亮的姑娘，但表情忧郁，少言寡语，似乎为什么事情而感到焦虑或者不安。随着时间的流逝，她确信我能保守秘密，终于对我讲述了全部实情。事情与作家兼报纸撰稿人莱诺克斯·辛普生有关。他以普特西·威尔的笔名进行写作，几年前，以《来自北京的不体面信件》一书而享誉世界。作者声称该书是报道1900年义和团围困北京使馆区事件的。那时，辛普生正在北京，是皇家海关总署一个工作机构的雇员。海关总署由罗伯特·哈特爵士领导的一批外国职员控制。在《来自北京的不体面信件》一书中，辛普生不但无情地揭露了外交使团的各种阴谋诡计，而且谴责了欧洲列强军队给使馆区解围之后，与外交使团相互勾结，对中国财宝大肆抢劫。正是因为这个缘故，辛普生被迫从海关总署辞职。随后，他变成一名自由撰稿人，陆续出版了有关当代中国的其他几本著作。除此之外，人们普遍认为，在军阀统治时期，他代表不断变化的政客们参与了若干政治和经济活动。

1930年，北方将军们的叛乱爆发时，他们在北京建立起来的政权无视条约中有关海关不受中国政府控制的条款，解雇了海关现任职员，并任命了自己的人。为了做做样子，至少在表面上与条约的条款保持一致，他们聘用了一些外国职员填补余下的空缺。莱诺克斯·辛普生便是这些外国职员中的一个。他被聘任为天津海关的专员。以他三十多年在海关服务的经历，足以胜任这一重要职务。因为天津是军阀政府控制下中国北部唯一的通商口岸，辛普生又聘用了一批外籍职员，主要是从失业者，或者从从未有过固定工作的外国人中招聘。这些人当中，有一些和海滨流浪汉相差无几。娜塔莎成了他的秘书。辛普生占据了专员官邸，那是一处面积很大的殖民地风格的住宅。围墙围着的大院里，有宽阔的游廊，一条不长的私人车道两端，各有一个看门人的门房。

1930 年年末，叛乱失败的迹象已经十分明显。在金钱的诱惑下，一些将军开始从支持叛乱的军阀转向支持南京政府。已有传说，为了赢得胜利，南京政府的财政部长——蒋介石的内兄宋子文先生的战绩远胜于任何国民党的战地司令官。张学良在一边冷眼旁观，显然已经准备以其举足轻重的军队与胜利的一方联合。辛普生看清了事件的结局，预见到新政权来日无多。他还明白，新政权一旦垮台，他和他仓促拼凑起来的那些外籍雇员立即就会被解雇，而且没有任何补偿。于是，他建立起一笔私人基金，准备在新政权垮台时为他网罗来的那些人提供一些金钱。这笔基金，只有他和他的中国同事海关副专员古先生才能动用。没有他们俩的签名就不能从基金中提款。他们俩只有其中一人死亡而另一人幸存时，才不需两人签名提款。在那个动乱的年代，这种可能性是不容忽视的。

在中国的外国人中，坚信中国算命先生超凡预见力的不只辛普生一人，准确预言引人注目的证据也不止一个。危机逼近的时候，有一天，辛普生对娜塔莎说：“情况看来不妙，我要去找算命先生算一算。算命先生是位老人，姓王，住在城南中国人居住区内。我想请你和古先生与我同往，以便见证算命先生是怎样说的。”娜塔莎打电话约了古先生。那天下午，他们一行三人到城南去看望那位辛普生极其相信的算命先生。他们来到算命先生算命的地方，坐成一排，辛普生坐在中间。算命的王先生按照惯常的程序算命。首先用天宫图。求卦的人不仅要报出出生的日期，更重要的是要说出出生的时辰，接着，看手相，再仔细观察面相，其中包括轻叩与轻抚五官。然后取出算命书籍，进行推算。最后，算命先生向后一靠，宣布结果：“三天之内，你有大灾大难。”“灾难来自何处？”辛普生问道。“来自最亲近你的那些人。”这是一种含糊不定的回答。仅此而已，算命先生再没有说更多的话，辛普生付了算卦的费用，三人一起回到住地。

辛普生忐忑不安。古先生离开以后，他对娜塔莎说：“算命先生说的‘最亲近我的那些人’是什么意思呢？我的亲人都在英国，不管怎么说，危险不会来自他们。”汉语和英语一样，“亲”，“近”，既可能指亲密的亲属，也可能指接近的事物，还可能指与你接近的某个人，或者某个地点。辛普生接着对娜塔莎说：“不管怎么说，未来的三天是最危险的。三天之内，我不去办公室。你可以把需要我签署的文件给我带回家来。我既不离开这所住宅，也不在这里会见任何人。”娜塔莎提醒辛普生，他已经安排了一个大型晚宴，宴请在天津领导叛乱的一些政治家，以及其他一些支持叛乱事业的知名人士。时间是第三天晚上。在这次聚会中，连他自己算上，也没有几个外国人。

可是，如果取消这次宴会，一定有人把这件事情当成辛普生叛变的信号。娜塔莎向辛普生指明了这种可能，他也看清了这一点，并且同意娜塔莎的意见，于是决定宴会如期举行，但态度非常勉强。他吩咐娜塔莎安排一切，并且在举办晚宴那天下午来他的住地，督促仆人们摆好餐桌，放上席位名片。

随后的两天，辛普生寸步不离住地，除娜塔莎以外，谁也不见。娜塔莎给他送来需要他阅读或签署的文件。宴会那天下午，大约五点半左右，娜塔莎乘黄包车去辛普生的住地。当她到达的时候，看到临街的门大敞着，不见看门人的踪影。她决意把看门人的渎职行为告诉辛普生，这是最不能令人容忍的愚蠢行为。她没走前门，付完黄包车费以后，就从餐厅旁边的游廊向屋子走去。餐厅的窗户是法式的，一扇窗户开着，以便餐厅通风。娜塔莎透过窗户向餐桌望去，见上面已经开始摆放席位卡片，可是发现有一两件小事情不对劲，便向门铃走去，按铃呼唤“一号男仆”——也就是男管家。没有人回答。接着，她听见砰砰两声，以为有人敲门，连忙向前跑去。这时，“一号男仆”迎面跑来，他吓得面色苍白，浑身发抖。“出什么事了？”娜塔莎问道。“主人中枪了，想必已经死了！”“一号男仆”回答说。他们急忙顺着游廊向前门跑去。前门半开着，门内，辛普生躺在血泊中，已经死了。

娜塔莎问“一号男仆”到底怎么回事。“一号男仆”告诉她，她按餐厅门铃时，前门的门铃也响了。“一号男仆”不知道娜塔莎在房里，更没有想到两个门铃会同时响起，自然去回应前门的召唤。他打开前门，看见台阶上站着两个男人。他们闯入大厅，呈上两张拜访的名片，请求会见辛普生。那时，辛普生正在与大厅入口紧邻的房间里工作。“一号男仆”进屋把名片递给他。奇怪的是，辛普生居然忘记他还没有逃脱为期三天的劫难，拿起名片，一边起身迎接客人，一边说：“我想我并不认识这两个人。”辛普生一打开屋门，那两个人便掏出手枪，向他开了两枪。辛普生倒在地上。刺客们转身走出大厅，连前门也没有关，便跳上一辆正在等他们的汽车，穿过没有守卫的大敞着的院门，扬长而去。“一号男仆”清清楚楚地看见，两位刺客的长袍下边，露出军人的皮靴。

娜塔莎和“一号男仆”弄清了事情的原委。显然，看门人吃了贿赂，打开院门。事后他说，那么多客人要来参加宴会，为了省事，他就打开了大门。可是事实上，发案的时间离客人到来还有一个小时，甚至更长的时间。怎么办？给警察打电话报警吗？（辛普生的住宅在英国租界。）“一号男仆”虽然年轻，但却老于世故。他对娜塔莎说：“你是俄国人，没有特权，也就是说，不受缔约列强诸国‘公民治外法权’的保护，租界的警察会逮捕你，并把你转交给中国警察。倘若那样，就糟透了。你走吧，现在就走。除我以外，谁也没看见你。我什么也不会说的。我只对警察说主人是怎样被枪杀的。他们会相信我的，我不会说出你在这儿待过。走吧，快走吧！”

娜塔莎回家的路上，顺道去俱乐部付还账单。她想乘最早的一班火车去北京。在俱乐部里，她遇见一位辛普生收罗来的海关职员。那时将近七点钟，而辛普生大约是六点一刻左右被谋杀的。那位熟人惊恐地说：“你听说了吗？辛普生已经被谋杀了。一个多小时以前，姓古的在这儿告诉我们的。”那就是说，六点以前，古先生在俱乐部，而且说辛普生已经被谋杀。可是那时，辛普生不仅活着，而且很健康。这说明刺客动手稍微晚了一点，也说明看门人为什么把院门打开那么久。除了对辛普生的死表示震惊外，娜塔莎什么也没说。她回到家里，打点行装，乘火车到了北京，并且在北京住了下来，希望那天下午她在辛普生住宅里的消息不要泄露出去。的确没有泄露出去。就我所知，没有人知道事情真相。莱诺克斯·辛普生的死虽然引起巨大的轰动，但是，仍然是个没有揭开的谜。古先生失踪了，那笔为行将失去工作的海关职员们准备的基金也随之不见了。

英国在天津的租界当局没有解开辛普生的死亡之谜。在这个租界地居住的居民都享有治外法权，更不用说身为大英帝国臣民的辛普生。也许英租界当局认为，辛普生之死，还是不管为妙。莱诺克斯·辛普生是一个不受官方外交界赏识的人物。他卷入了一系列可疑的活动，参加了一个中国叛乱组织。他蔑视外国对中国海关提供监督的条约，因而遭到可悲的下场。话说回来，不管是谁，干了他干的那些事情，落得这样一个下场也不奇怪。一两周后，叛乱政权垮台，南京政府恢复了对北京的统治。他们对一个曾经为敌人服务过的人的死亡不感兴趣，也不鼓励缉拿谋杀他的凶手。

由于亲身经历了这一悲惨的事件，娜塔莎痛苦万分。同时，她也为算命先生预言的应验而着迷。算命先生说过，三日之内必有大灾，第三天头上，灾难果然发生。算命先生还说过，危险来自“最亲近你的那些人”。当时，她就坐在辛普生身边，古先生坐在另一边。古一定是有罪的人。可是那时，算命先生为什么不说“你身边人中的某一个呢？”她指出，提醒辛普生即将举行晚宴的正是她。那时，辛普生还说，他不希望三日之内有人来家拜访。倘若那天的晚宴被取消（古是其中一位客人）阴谋就不会得逞了。与他们为敌的人配合默契，用心险恶，以及算命先生预言准确，都给她留下深刻的印象，而且常常萦绕在心头。没有理由怀疑算命先生预言的准确性。他的预言不但道明了事件的原委，而且预言的结果令人心服口服。他的预言当然是在事发之前，那时候他不可能知道古先生在搞什么阴谋。一个巨大的问号印在我脑海之中。事实上，那些年，中国算命先生预言之准确，让我一次又一次叹为观止。

1931 年后半年，已经在中国布置了大量兵力的日本人通过突然而巧妙的策略，占领了满洲（东北三省）。张学良的军队被赶出东三省，有的缴械，有的解散，或者溃散了。而在天津当了寓公的前清皇帝溥仪先被扶植为那个地区新的独立政府的首席行政长官。日本人把那个地区称为“满洲国”。后来，在经过挑选的“知名人士”组成的议会投票以后，溥仪就当了这个新国家的皇帝。溥仪在自传中披露，他是想在整个中国的范围内复辟大清王朝，但日本人没有这种打算。南京的中国政府反对这一事态发展的努力毫无成效。他们的军队不是日本人的对手，虽然向国际联盟提出抗议，但也无济于事。国际联盟只能对日本侵略者表示谴责。日本政府则以退出国际联盟相威胁。后来的结果是，外国列强拒绝承认满洲国，仅此而已。

那年的经济大萧条无疑是国际上对日本侵略行动迁就、容忍的一个原因。经济萧条严重地打击了西方国家。战争，或者战争的危险，是解决问题的最后一张王牌。处在困境中的那些国家和政府都希望那样。没有战争，就不能把日本人赶出满洲。北京的外国使团对日本侵占中国东北采取了无可奈何的屈从态度。一种普遍的看法是，日本侵占东北只是征服中国，或者征服中国北部的第一步。未来的北京，不过是日本人一个殖民地的首都而已，就像朝鲜的汉城一样。在中国，经济萧条造成的影响不像欧洲和美国那样严重。那时，中国的经济还没有融入整个世界经济体系。物价依然稳定，食品由当地供应。而且，在北京，贸易，尤其国际贸易，规模小得可以忽略不计。上海的商业贸易，尤其一些外国公司，虽然受经济萧条的影响比较大，但对整个中国经济的冲击还是很小的。

就外国人而言，这种情况反映了他们生活中一个突出的特点。他们生活在中国，但不是中国人。总的来说，那些被吸引到北京的有钱人，之所以放弃自己祖国优裕的生活来中国，是因为他们深深地喜欢中国文化。他们学习汉语，而且不仅仅学习口语。他们享受治外法权，不受中国法律或中国当局的管辖。他们的收入大部分不靠中方。传教士由传教团体供给。在大医院里工作的医务人员靠薪水生活。而他们的薪水由诸如“洛克菲勒基金”和北京医学联合基金提供。北京大医院的建筑颇有皇宫的风格。大学外国教职员工的工资从外国政府提供给各大学的补助金中支出。比如燕京大学和清华大学，是美国政府为了表示对中国人民友好，把庚子赔款反还给中国而建立起来的。由此可见，外国人生活在一个处处受到庇护的社会里。

可以说，他们飘游在西方文化和中国文明之间。实际上，他们常常游离于自己国家的文化之外。因为他们发现那种文化的某些方面不合他们的口味。不少人有同性恋的癖好，另外一些人无意经商，或者无意于从事技术工作。他们有文化，但从事的职业却是非生产性的，更谈不到创造性。特别需要指出的是，这个知识分子以及艺术家的圈子里，从来没有出过有名望的作家，也没有出过享有国际声誉的艺术家。他们对中国文明知之甚多，满怀对中国文明的热爱，一边学习，一边研究，但却没能把中国文明详细介绍给世界。关于那个年代的中国，有价值的著作很少。仅有的几部是来自西方的访问学者和作家写成的。这些人在北京住上几个月，走马观花，浮光掠影，仿佛意识到，一种微妙的、颇具腐蚀性的力量瓦解了自己的创造力。最后，只能记录自己在中国的经历和感受。伯特兰·罗素[①]萨默塞特·毛姆，奥斯伯特·西特韦尔[②]都写过这种书。他们谁也不曾在北京定居过。

北京文化的魅力实在太强了，令外国人陶醉。这种文化可以把一个外国人从他的“背景”中“吸引”出来，却不能让他融入自己的“背景”之中。一个外国人，不管他的中国话说得多么流利，在中国人眼里永远是个“老外”。他和中国人没有血缘关系，也没有经历过他们遭受的苦难。他可能知道并且理解中国人的习俗，但却没有亲身体验。对于许多年轻的中国人，他仍然是中国衰落和软弱的反证，是帝国主义侵略的“副产品”。也许他比其他外国人更随和，但身上不可避免地留下同样耻辱的印记。对外国人来说，北京是一个梦一般的城市。很少有人明白，用不了多久，这个梦一定会有猛然醒来的一刻。有一个外国人曾经在自家院子里立了一块中国风格的大理石碑。上面

---

①伯特兰·罗素（Bertrand Russel，1872—1970）：英国哲学家、数学家、逻辑学家，分析逻辑主要创始人，世界和平运动倡导者，获 1950 年诺贝尔文学奖。

②奥斯伯特 . 西特韦尔（Osbert Sitwell，1892—1969）：英国作家，主要作品有小说《攻击之前》及系列自传《左边！右边！》《绯红色的树》等五部。

刻着：“享受快乐。它总比你心之所想来得更晚。”对于居住在老北京的外国人，这倒是恰如其分的“墓志铭”。

我的动机则完全不同。过去几年，我曾经在好几个城市生活过。那里的外国人对中国历史几乎一无所知。这一点给我留下深刻的印象。在英格兰，大多数知识分子对中国历史都一窍不通。许多人认为，中国是一个不可救药的、腐败无能的国家，注定被日本征服。这种看法无疑忽视了过去的历史。这里说的“过去”不是指19世纪的“过去”。19世纪，中国政府的确腐败无能，外国人持有这种论调不足为怪。但是，在更早的年代，中国不仅是亚洲最强大的国家，而且是世界上人口最多的国家。他们在政府组织和工作效率方面，远比欧洲先进。那些朝代神秘得不可思议。汉朝、唐朝和宋朝历时一千多年，曾经有过高度发达的文明，遗留下来的艺术品具有极高的价值。尽管知道这些艺术品的人为数不多。在那个年代，我不可能成为一名考古学家，但有可能成为一名历史学家。

在中国西部几个省的旅行更增强了我研究中国历史的强烈愿望。在交通远比我在中国西部旅行时不便的古代，中国人如何建立起一个疆域像罗马帝国一样辽阔的伟大王朝并维持了几个世纪呢？还有，当一个个王朝走向衰落的时候，中国人为什么没有失去其文化的统一性、历史的延续性，以及种族的等同性呢？他们为什么可以在中央政体的领导下，一次次走向复兴呢？我觉得，要想弄清楚这些问题，最好透彻地研究中国历史上某一个至关重要的时期。研究在面临敌对势力和分裂势力挑战的情况下，他们为什么能取得如此巨大的成就。我选择了唐朝早期作为研究的课题。那时候，经过二百多年的分裂和衰弱以后，中国重新统一。这一伟大复兴的缔造者，就是唐太宗。他是唐朝的第二代皇帝，生活在公元七世纪前半个世纪。我决定利用王朝历史中的第一手材料，撰写唐太宗的传记。事实上，只能这样做。因为除此而外，没有其他可以利用的资料。更没有用任何欧洲语言撰写的文章、书籍供我参考。

我发现，在完成这一课题的过程中，既会遇到困难，又有不少便利条件。便利条件是，在北京，很容易找到我需要的书籍，也可以买到这些书籍。价格很便宜。还能得到我以前的老师赵启迪先生的帮助。困难是，除了语言方面的障碍之外，资料非常之多，简直浩如烟海。那些资料写于10世纪，有的来自唐朝的档案，有的来自于同样古老的渠道。这些资料充满了儒家伦理道德观念，有完整而精确的编年和日期，还有大量的人名、机关名称、等级和官阶职位。这些官衔不但早已被淘汰，而且其含义晦涩难懂。学习英国历史的外国留学生对“英国东南海岸五个特别港的港务专员”这一职务可能感到费解。可是与唐朝那些官阶职位相比，这个“专员”可就是“小巫见大巫”了。不过，只要肯花时间，加上老师孜孜不倦的教诲，这个困难还是可以克服的。但是，中国有记载的历史的另外一个特点带来更大的困难。唐太宗的一生——特别是前期——是南征北战的一生。在赢得一代明君的声誉之前，他必须首先征服整个帝国（替他的父亲打天下）。唐太宗参加过的历次战役虽然都有记载，但在这些记载中，连地区地形、战术策略、战略目标也只是轻描淡写，一笔带过。至于各种阵式、骑兵、步兵、使用的武器，以及后勤保障更无涉猎。学者型历史学家对这些问题都不感兴趣。他们所关心的是唐太宗和他的敌人的斗争是否合乎道义，有无正当理由。

在我看来，任何一个想研究他的生平和他那个时代的学者，必须对他勇敢驰骋的战场做一次实地考察。否则，那些史料就没有什么价值。幸亏，在历史学家记载的为数不多的几次军事行动中，提到了发生战斗的城市和地区的名称。这些名称，有的已经不再使用，不过中国的史学著作已经提供了必要的工具——一部说明王朝史中提到的地点名称的词典。

唐王朝取得最后胜利之前的内战，主要发生在中国北部和西北部。那时，长江流域还不是人口密集之地，它的命运往往决定于谁赢得北方的战争。这样一来，我需要考察的地区有陕西省——在北京的西北，是唐朝崛起的基地。还有河南省。河南的洛阳在唐太宗争夺天下的战争中起过重要作用。唐太宗在洛阳东边，取得了具有决定性意义的泗水之战的胜利。泗水战役虽然完全不被西方世界知道，但它的重要性却可与阿克什姆战役相提并论。因为，如果说阿克什姆战役决定了罗马帝国的统一，那么，泗水战役的胜利，实现了中国在一个较长历史时期的重新统一。

在中国，夏季不宜旅行，因为天气太热，而且经常下雨。秋天，当酷暑在八月末肆虐之后，天气骤然变凉，是旅行的理想季节。那时，秋高气爽，很少下雨，而且，道路干透了，非常好走。1931 年秋天，我开始了穿越西北几省的旅行。这次旅行的路途相当长。与在中国西南部那次旅行相比，在中国西北部的这次旅行我更有经验。我从北京乘火车到太原。太原是山西省的省会，也是唐朝李氏皇族的老家和基地。它坐落在汾河流域。正是在汾河流域，唐太宗纵马驰骋，开始了他初期的征战，又从那里出发，进入陕西，攻占长安。我的几次短途旅行，通常是乘长途汽车。所谓长途汽车，实际上是放着一两条长凳的摇摇晃晃的运货卡车。这几次短途旅行使我亲眼看到了那些古战场。经过十三个世纪的风雨沧桑，这里也许没有多大的变化。除了一两条不错的公路和一条短短的铁路之外，山西没有什么“现代化”的色彩。

那时，山西被称为“模范省”。它的统治者是阎锡山，一个军阀，一个不折不扣的独裁主义者，但却是1911年该省反君主政体革命的领导人。阎锡山是个坚定的、以自己的方式进行革新的统治者。他修筑公路，镇压劫匪，鼓励在省内发展新兴的工业，并从遥远的沿海大城市引进设备和人才。那个年代，中国只有那些城市才有各种先进的工业。除了最近两三年以外，阎锡山尽量避免卷入军阀内战。只有在1928年国民党军队向北京挺进、张作霖政权注定失败、形势已经明朗化的情况下，阎锡山才与胜利者一方联合。而且，首先攻入北京的，正是他的军队。两年以后，阎锡山又支持北方将领们的叛乱。叛乱失败后，他便撤回他牢牢控制的山西省。随后，至少在表面上，与南京政权达成和解。这样，山西成了一个和平的地区。在山西旅行，不仅安全，而且比较顺利。

我沿汾河到下游地区旅行。汾河在山西、陕西和河南三省交界不远的地方流入黄河。这一条始终有着重要战略意义的道路，是从山西省的一端到另一端唯一的一条道路。因此，它就成为唐太宗作战的一个重要中心。在这个地区旅行令人愉快。山谷里土地肥沃，但山谷东西两边，被光秃秃的高山大岭包围着。这里既不需要专人护送，也不需要内部的护照。然而，也有一些出人意料、不同寻常的景物可观。有一天，长途汽车绕过一个转弯处以后，不得不停了下来。原来，前面的路被一个巨大的锅炉堵死了。锅炉是运往某个发电厂的。人们告诉我，这台锅炉放在粗大的圆木柱上，靠圆木柱的滚动在公路上移动。锅炉从太原火车站运往汾河流域比较靠南的一个城市，距离超过一百英里。一大群人使劲拉着绳子。前面，有几组骡子被套在锅炉上。锅炉移动着，非常缓慢。圆木交替使用。已经使用过的马上抬到前边——因为圆木很重，需要很多人去抬——再铺在锅炉下面。用这种办法运送锅炉，一天能走多远？“不到一里。有时，遇到下坡，稍微快一点，有时慢一点，”有人对我说。一里大约三分之一英里。以这样的速度，再加上恶劣的天气可能造成的延误，这趟行程大约要花费一年的时间。我们不得不耐心等待，大约过了一个小时，锅炉移到公路一边，才有足够的空间让我们的长途汽车通过。为什么锅炉不总在公路一边移动呢？“因为有山坡，锅炉不容易控制。”一个合乎情理的回答。“可是，公路上总有长途汽车吗？”“很少。即使有，也只得等待。”大型车辆极其罕见，而时间却极其充裕。

汽车公路中止在山西最后一个规模一般的城镇。从那里到黄河，人们又回到古代中国北方车辙深深的马车道上。那里是典型的黄土高原。几百万年以来，从戈壁滩刮来的大风把沙尘吹到这里，在整个地区覆盖上极厚的黄土。雨水或者灌溉，使得层层黄土板结在一起，在河流两边形成陡峭的山崖。经过许多世纪的碾压，马车路两边也是层层叠叠的黄土。一切车辆和行人都在高高的黄土坡中间穿行。由于路面一般比地面低十英尺甚至更多，只有过河的时候，才能看见这个地区的全部景色。

由于汾河绝大部分河道不能通航，一支军队所需要的给养只能通过这样的道路运输。因此，这个地区对于唐太宗的历次战役都具有极其重要的战略和战术意义。如果没有一支灵活机动的部队在道路两面的开阔地带保护，运送辎重的车队就会遭受敌人的突然袭击，陷入灭顶之灾。那些儒家型的历史学家可能不会关心这些地形地貌的特点。

过黄河由渡船摆渡。六个操着很长的船桨的艄公划船。河水很急，河面很宽，渡船从北岸的码头出发，到达南岸的码头。这个码头在下游约半英里的地方。每一条河岸，都有两个登岸码头，一个在上游，一个在下游。乘客在下游码头下船之后，渡船再把船拉到上游的码头。我登上南岸，就进入了河南省境内。在过去的二十多年里，没有任何一个军阀能够稳固而持久地统治河南。因此，河南不仅没有受益，相反，成了多次内战的角斗场，致使盗匪猖獗，饥荒严重。我在河南旅行时，这个地区相对而言处于和平时期。南京政府任命的官员统治着河南，至少统治着主要城市和两条铁路沿线地区。其中一条铁路从北京向南，终止在长江岸边的武汉。另一条是陇海铁路，横贯东西。那时，西边终止在灵宝至潼关东面二十多英里的一个城市。作为通向陕西的咽喉要道，潼关在中国历史上一直享有盛名。长安，是我下一个目的地，坐落在潼关以西大约八十多英里的渭河流域。渭河在潼关汇入黄河。坐马车需要一天的旅程才能到潼关。对于建立与邻居或对手的交通线，军阀们从来就不很热心，唯恐这些交通线使敌人入侵更加方便。

潼关在渭河和陡峭的山峰之间一个狭窄的山口，显然是一个具有重要战略意义的地方。经过两千多年的历史风云，潼关依然是一个城墙环绕的中等规模的城市。由于潼关地处陕西，在基督教徒冯玉祥将军的统治之下，潼关和陕西省会西安之间便修起一条机动车公路。这条公路成了潼关主要的“现代色彩”。在潼关短暂停留以后，我便乘长途汽车向西安奔去。所谓长途汽车不过是辆敞篷卡车而已，车厢两边各放一条长凳，我坐在右边那条长凳上。时值十二月，天气非常寒冷，刺骨的北风一直吹着我的后背。辽阔的原野充满历史的沧桑之感，我贪婪地眺望，想尽可能把眼前的一切记在心头。可是道路崎岖不平，让我饱受颠簸之苦。我们终于到达西安。下车时，我只能弯着腰，连身子也直不起来。我从北京带来的仆人知道该怎么办。他走进一家旅馆，几分钟后，带回一瓶烈酒。在中国的西北地区，人们管这种烈酒叫“白干儿”，和非常著名的贵州茅台十分相似。“把它喝下去，否则会痛得更厉害，马上就喝。”男仆说。我喝了，而且喝醉了。躺了大约一个多小时以后，我站起身来，发觉全身的疼痛与后背肌肉的痉挛神奇般地消失了。后来，在云南，我曾经以自己的亲身经历，向我认识的固执僵化、绝对戒酒的传教士讲述酒精的功效。因为他们一直慷慨激昂地抨击喝酒是堕落行为。

被冷落了几个世纪之后，西安进行了大规模的重建。与明代以来的西安相比，城市的基本格局并没有多大变化。明代的西安城，建在唐代皇城的旧址上。皇宫外面的围墙依然是明朝修复和重建的唐代城墙和城门。到了清朝，皇宫旧址改为总督衙门和守备部队的大本营。山石依旧，但是唐代的色彩已经荡然无存。只有城墙外边那被称为大明宫的唐朝皇宫的大殿和其他建筑的地基以及几处土堆依然保留着。唐朝所有的宫殿被叛乱的将领抢掠一空后彻底摧毁了。公元 909 年，叛将最终歼灭了唐朝的残余部队。不过，唐朝的长安城已经远远扩展到旧皇城之外，那就是明朝的长安城。往南、往西三英里以外残留着它的城墙遗址。遗址上还有几百个土堆，有的分散，有的紧靠在一起。那是一些更为重要的建筑物的基础。乡间小路纵横交错，那里曾经是唐代长安城笔直的大街。西安有两座宝塔，小雁塔和大雁塔。周围是农田和村落。可是，我们从唐代地图得知，这两座宝塔从前在城墙以内。如今，这些遗址上，到处都盖起了房屋。原来的大街又恢复了生机，两座宝塔也在公园里受到悉心的保护。

我在那片遗址上徘徊，一边拍摄照片，一边在脑海中重新构想那座伟大城市的模样和特征。那时，这座城市的居民也许有一百万，无疑是世界上最大的城市。那里还有明代长安城雄伟的城墙存留下来，至少有一部分是唐朝修建的。我一边仔细察看，一边拍了几张照片。突然间，迎面走来冯玉祥军队两个非常年轻的士兵。大概是哨兵。他们毫不客气地查问我是什么人，干什么。我解释说，我是个历史学家，对唐代的长安城很感兴趣。他们似乎完全没有听懂。“你是日本间谍。”他们断言。“你们见过日本人吗？”我问道。他们说没见过。“那好，我告诉你们。日本人长得和你们差不多。而我，是个‘大鼻子’，还长着一对魔鬼的蓝眼睛。所以我是个‘洋鬼子’。从海洋来的‘鬼’。也就是说，一个欧洲人。”他们显然听懂了我的解释。很快，我们就十分友善地谈论起日本入侵的危险和有关问题。这是满洲国建立以后几个月的事情。谈了一会儿，他们友好地向我道别，我继续拍照。

那时的西安，也就是长安，与宋代时相比，的确变化不大。唐代在地表以上的遗迹也很明显，随处可见，可是考古工作还没有着手进行，秦始皇陵的伟大发现是现代的事，还不到五十年。孔庙及其附属的称为碑林的院落，现在变成博物馆的一个部分。那时是西安最具吸引力的古代遗迹。因为碑林中包括一篇完整的唐朝皇帝亲手写的文章。那是一篇杰作，刻在几块石碑上。那位唐朝皇帝是一位著名的书法家，但不是我们经常提到的唐太宗。因而，碑林是中国最早的经典著作的石刻。后来，在长沙附近的坟墓中又发现了汉代的书籍。这些书籍字迹清晰，尚可拍摄、复印。碑林的其他石碑中，还有一些唐代著名的绘画作品的雕刻品，以及那个朝代一些别的文学瑰宝。

我在长安逗留了一周，然后返回河南，去参观唐代的另一个京都——洛阳以及古战场泗水。人们可以在灵宝乘火车去洛阳。现在的洛阳城，或者，最好说是 1932 年的洛阳城，也是宋朝时重建在唐朝洛阳城的遗址之上。而且，像长安一样，只占了原来洛阳的四分之一。洛阳周围，有一些汉代皇陵的高大墓堆。这些皇陵很早以前被盗挖过，可是毫无疑问，其中仍然保留着很多盗墓贼不感兴趣的极有价值的古代文物。人们还可以通过墓碑知道哪个皇帝埋葬在这里。唐太宗围困洛阳期间，一些墓堆成为他的军队控制或夺取城池的重要军事据点。围困洛阳的成功，使太宗在这场内战中取得辉煌的胜利。如今，在唐代洛阳城外不远的地方，发现了更早的周朝洛阳城遗址。我那次参观洛阳时，还没有发现这处遗址。遗迹，或者说汉代洛阳城基本上完好无缺的城墙建在离唐代遗址几英里的地方。由于城墙建在洛河两岸，有一部分已经被洛河水冲刷得无影无踪了。洛阳周围的交通十分不便，没有公路。龙门石窟，著名的唐代佛教石头寺庙，在那个年代难以进入。因为石窟坐落在一条山谷，经常有土匪出没。其实石窟离洛阳城区最多不超过十英里。那时的治安状况由此可见一斑。那次我没能到龙门石窟参观，直到中华人民共和国成立之后，才有机会亲眼目睹它的辉煌和壮丽。不过，那时我关心的不是艺术，也不是唐太宗死后的艺术。我想看到的是洛阳城及其周围的地形地貌——“大围困”的背景。不必待太多的时间就可以有一个大概的了解。

我的下一个目的地是泗水——一个非常小的县城。它在洛阳东面，现在已有铁路通过。在泗水，唐太宗遇到来自东北方向的一支劲敌。那支军队是由与唐太宗争夺王位的主要对手率领的。他急于迫使唐太宗解除对洛阳的围困，不是去攻打守卫洛阳的篡位将领，而是想一举歼灭唐朝军队。因为他认为，唐太宗对防守牢固的洛阳的围困使唐军自己陷入了泥潭。唐太宗预料到他会率军从东面进攻，于是，冒着交通不便的巨大危险，率军到泗水迎战从东面进攻的敌人。那里有一条名叫泗水的小河，流入最多不超过一英里宽的山谷。山谷东西两边的山坡，虽然不高，但却很陡。人们只要看过这处遗址相当简单的地形和那条流入一两英里之外的黄河的小河，就容易明白为什么唐太宗要选择这个地方，并率先占领河流西岸的高地，而让敌人进入山谷，落入那条河流、黄河及陡峭的山坡中间的“陷阱”。历史学家虽然记录了唐太宗在这里打仗的事实，却没有对地形作一番描述，当然也没有地图。泗水一战，唐太宗取得伟大的胜利，也是新唐朝的胜利。这一战役结束了内战，它也是我研究这些遗址的终点，其他历史的遗迹对我的研究就不重要了。

我乘火车到了郑州。郑州曾经是中国最早的王朝——商朝——的京都，如今是一个铁路交汇的繁忙的城市。郑州邻近横跨黄河的黄河大桥，依靠广阔的煤田，有希望变成中国的匹兹堡。即使 1931 年，这座城市也有这种发展潜力。郑州繁忙而喧闹。我和我的仆人下榻在一个旅馆里。旅馆刚刚安上电灯。电灯没有灯罩，只有一只固定在天花板上的灯泡。灯泡没有开关，于是，新兴的奢侈品——电灯不论黑夜，还是白天，一直亮着。我拧下灯泡睡觉时，立刻有人重重地敲门："电灯坏了吗？"解释也没有用。电灯那么奇妙，谁不想时时刻刻享用它呢？在 20 世纪 20 年代，日本农村里的电灯也是不分昼夜地亮着。有人告诉我，他们从来就没装过关闭电灯的开关。

这天晚上，我辗转反侧，难以成眠。第二天我们就登上去北京的火车。我的仆人评论说："郑州是个非常落后的城市。"我说，郑州人可不这么想，他们认为郑州非常先进呢！"不热闹。"他回答说。我问他为什么这么认为。"为什么，"他说，我在北京的东安饭店（一家著名的老字号饭店）干活的时候，上流人士从来不在晚上十点以前来就餐。晚餐以后，他们就玩牌或者打麻将，直到凌晨两三点钟。有些人还可能要吃夜宵，当然，马上就会给他们做好。早晨五六点钟的时候，马车便来接他们。这才是我所说的'热闹'。"

北京有一个由佣人结成的关系密切的帮派，他是其中的一个成员。帮派成员由他们的长辈或者亲戚领着学艺，以便把别人排除在这个行当之外。有些年轻小伙子会说几句不普遍流行的欧洲语言。比如斯堪的纳维亚语，荷兰语，意大利语和西班牙语。这些语言都是驻北京的外交使团的外交人员使用的。这样，这些小伙子便能在与外交使团相关的地方找到一份永久性的工作。当然，比较多的人学的是英语。

因为北京不再是首都，这种谋生手段渐渐派不上用场。有些佣人为了有口饭吃，只好背井离乡，跑到南京。尽管前景并不乐观，也有人鼓励他们这样做。因为在北京很难找到合适的工作。由于前途渺茫，教授年轻人学习“小语种”的活动逐渐消失了。这样一来，在北京雇到一个让你满意的佣人十分容易，即使是临时雇用。

完成研究工作之后，我就决定回英国写书，书名是《天之骄子：唐太宗传记》。这本书于1933年由剑桥大学出版社出版。出版过程中，我结识了塞利格曼教授。他的友谊促使我开始了其他研究活动。

第十一章
云彩的南边

通过我家的世交乔治·桑塞姆爵士，我结识了C·G·塞利格曼教授。那时，他刚从伦敦经济学院人类学教授的职位上退休。塞利格曼教授也是“文化史丛书”的总编辑。乔治·桑塞姆爵士为这套丛书编写了日本卷。那时候，塞利格曼教授正为“丛书”物色一位撰写中国卷的作者。他看到我写的关于唐太宗的著作，就请我担负这一工作。这令我相当惊讶。我觉得，我几乎没有资格与诸如乔治·桑塞姆爵士和撰写俄罗斯卷的普林斯·米尔斯基这样的学者相比。但是，塞利格曼教授坚持请我撰写。他是位中国艺术品收藏家，访问过几次中国。这样，我与塞利格曼教授开始了友好的交往，直到他去世。我和他的妻子布伦达，以及他的外甥丹尼斯·科恩也建立起亲密的友谊。丹尼斯·科恩控制着克雷西特出版股份有限公司，该公司是“文化史丛书”的出版者。

我受雇研究并撰写“文化史丛书”中国卷，定在1933年和1934年两年内完成。该书1935年出版，恰逢“中国艺术品展览”在伦敦的伯林顿大厅举行。那是皇宫的收藏品首次在欧洲展出。这是一次让欧洲人大开眼界的展览。国民党政府担心日本入侵中国的战争即将发生，因而非常乐意得到这个机会，把数量巨大的皇宫收藏品、青铜器、陶瓷器、绘画，以及一切种类的艺术品从受到战火威胁的北京转移走。展览延展了两期。最后，当展览不得不结束的时候，日本对中国北方的威胁已经相当严重，以致装运文物的货箱不得不在上海登陆，而且，再也没有返回北京。实际上，这些文物再也没有在中国展出。因为，第二年，日本的侵略已经迫在眉睫，于是，所有文物都被装船溯长江而上，运到重庆，随后又被安全地储藏在很深的防空洞里。抗日战争结束时，那些藏品被带到南京，准备永久地收藏在一个博物馆里。孰料，博物馆还没建成，或者说藏品还未开箱，内战已起。纵然不能说失败已成定局，南京即将落入共产党之手，已经没有什么怀疑。这种危险改变了原来的计划。皇家的收藏品运往台湾。几年以后，国民党政府在台湾岛修建了一个皇宫式的博物馆。经过大约二十年的“箱藏”以后，这些皇家收藏品才在那座博物馆又一次重见天日。

对我来说，中国皇家收藏品在伯林顿大厅那次展览的重要性是，这次展览吸引了全世界中国艺术品方面的学者和鉴赏家。这些人物中的绝大多数，是塞利格曼教授的朋友，或者熟人。通过他，我结识了这些人物。塞利格曼教授对我的中国西南之旅很感兴趣，建议我在此基础上，从社会人类学方面近一步研究云南一个非汉民族——现在称为少数民族。为了取得这项研究工作的资格，他安排我参加了布拉尼斯拉夫·马利诺夫斯基教授主持的一个研究班。布拉尼斯拉夫·马利诺夫斯基教授是塞利格曼教授的接班人，是社会人类学“功能学派”[①]的创始人。在为时一年的课程结束时，我申请并获得了利弗休姆奖学金，对中国西南部的白族进行为期两年的研究。1936 年秋天，我乘船再次前往中国。

我之所以选择白族，是因为他们比其他少数民族更容易接近，而且，此前没有任何一个欧洲学者研究过。此外，白族生活在一个界限分明的区域里，居住集中，不像其他少数民族那样分散居住在大山里。从明代起，白族在相当大的程度上已经像云南城市里的汉人。因此，这项研究不仅涉及白族原来的文化，而且涉及白族与汉族融合的过程及程度。三年以后，这项研究成果收入《壮观的五塔——云南大理白族的研究》一书。我所研究的白族及其风俗习惯和宗教信仰虽然收录在那本书里，可是如今，像大理这样的小城已经发生了如此巨大的变化，以致 20 世纪 30 年代大理日常生活的某些方面也值得记录下来并且加以说明。

大理坐落在云南省会昆明西面大约三百五十多英里的地方，离洱海一英里左右。洱海是一个很大的湖泊，其湖面的形状像耳朵，故此得名。它的海拔高度大约六千英尺。离城不到一英里，在狭窄却非常肥沃的湖边平原上，耸立着苍山——一座花岗岩山峰。这座山形状如长长的猪背，挡在西边通往大理平原的路上。苍山海拔数千英尺，除了极其炎热的夏天外，山顶上一直覆盖着皑皑白雪。只有从陆地，或者通过下关狭窄的

①功能学派（Functional School）：认为文化是人类有组织行为的学派。

◎云南大理洱海

小道向南，或者通过平原北端三十英里以外的上关，才能进入大理。大理离下关十英里。洱海通航的路程可达几百英里，而且，几个世纪以来，都配备有小船或者中等大小的中国式帆船。这种帆船在形状和结构上明显地不同于洱海当地的船。在中国历史的中期，大理曾经是一个强大而好战的王国的京都。那个王国叫南赵，是唐朝的劲敌。13世纪初，征服中国的蒙古可汗忽必烈消灭了南赵王朝。大理依然保留着对过去光荣历史的怀念，也保留着对近代比较不幸的命运的感慨。

19世纪，大理再次成为一个短命“王国”的首都。那是为反抗清王朝而叛乱的穆斯林建立的一个王国。这个王国控制云南达十三年之久。当自命为“苏丹”的人看到清朝的军事力量缓慢但不可阻挡地集结的时候，认为军队一定会镇压他。由于他和邻居缅甸曾经有过接触，便决定请求维多利亚女王保护，而他将承认女王至高无上的权力。正如历史表明的那样，当时的女王政府英明决定，英国人的鲜血不应当把地图上那片土地染红。很快，清朝的军队攻占了大理。不过，他们没有对穆斯林进行大屠杀，而是把穆斯林驱赶出大理，并把大理的穆斯林居住区夷为平地。七十多年或者更久以后，那里依然是一片废墟。如今，穆斯林居住在大理城外的村庄里，可是像以往一样，他们依旧控制着做运输生意和旅行的马帮。他们是在蒙古远征军中服务的雇佣兵的后裔。许多人依然保留着十分明显的西亚人的体形特征。虽然在很久以前就失去了自己的语言，但一直固守着自己的宗教信仰，不肯改变。

那个年代，倘若你想从昆明去大理的话，可以步行，也可以骑骡子，还可以坐滑竿。所谓滑竿是一种用竹竿做成的轿子。滑竿主要供妇女、老人，或者病人坐。四年前，我虽然有过在云南旅行的经历，但却没有爬过像屋顶一样陡的山坡。而且即使上了山，山坡也高低不平。我既对自己没有信心，也不相信骡子。下坡时同样危险，于是干脆步行。后来，我在大理逗留期间，又进行过数次这样的旅行。每次花费两周的时间，有时更长一些，依天气好坏而定。每天的平均行程大约二十英里。可是通过山区时，行程较长，每天足有三十英里，因为山里没有村庄。每段行程，开始沿着山谷走一段，然后走一段山谷的上坡路。途中喂一次驮运行李的骡子，最后走一段下坡路到谷底，那里有城镇或者村庄。整个云南都是这样：山谷狭窄，平原不多，湖泊消失，露出湖床，山脉南北走向，道路从东向西。山上覆盖着森林，有松树和四季常青的橡树，还有圣栎，为云南人提供了制作家具的木材。下层灌木丛中，最多的是野杜鹃和山茶树，还有野茶树。

云南的意思是云彩的南端。因为它的海拔很高，纬度也靠南，离赤道很近，使聚集在较低的贵州高原和更低的四川盆地上空的潮湿云团只能向北流动。贵州素有“天无三日晴”之说，四川则有“蜀犬吠日”的俗语——意思是太阳实在难得一见。云南的气候有规律，易预测。冬天干燥，阴天不多，下雨更是不大可能，只在海拔较高的地方，偶尔降一场小雪。我在大理逗留的两年半中，仅降过两次雪，而且很小。可是大理背后的苍山，海拔比大理高出两倍，半山腰以上，有四五个月覆盖着白雪。春天开始，有些地方需要小雨，但是，中国各地的春天都很短暂。五月初，夏季来临，到了六月中旬，历时六周通常很热的天气过后，季风从印度洋和孟加拉湾吹来，炎热的天气便中止了。夏天一直延续到八月下旬，一年的雨水集中在这段时间降下。有时，一连下两三天的连阴雨，而且很大。雨天的后半天，常有雷暴雨。随着八月末的来临，降雨停止，天空晴朗，中国秋季的最好天气开始了。在云南，乃至中国南方，随着难以察觉的温度下降，秋天就渐渐过渡到干爽而比较寒冷的冬天了。那时候，每天的阳光都很灿烂。

就气候而言，世界上气候温和而尚未被瓜分的土地为数不多，女王维多利亚的政府拒绝吸收云南加入大英帝国，就失去了拥有其中一块的唯一机会，西方各国的人也就失去了幸福地在那里定居的机会。而享受这种温和气候的是中国人。最初，他们不是来自冬天十分寒冷的省份，就是来自夏天十分炎热潮湿的地区，或者来自两者兼而有之的地区。

1936 年后期，大理还没有一点儿现代化的迹象，只有把大理和省会昆明连接起来的电报线是个例外。可是，由于电报线是专门留给警备司令独享的，电报的便利实际上就被抵消了。私人电报既发不出去，也收不到。如果想知道一个月以内或者过期更久的世界新闻，去拜访并且请警备司令部掌管电报的官员吃饭是个好办法。那样，在餐桌上谈话的时候，他可能无意中透露出一些重要新闻来。1937 年 12 月的一天，他说："你们的国王已经退位，你听说了吗？""为什么？"我大吃一惊，连忙问道。到那时为止，关于王室的事儿，我们什么也没有听说过。"哦，还不是因为他那位美人儿。"他以一种大不敬的口吻回答说。那是一个多月来，我们听说的唯一关于"退位危机"的消息。直到后来香港的报纸来了之后，才知道这一重大事件的始末。当地的英国传教士为国王艾伯特举行了为期六个星期的祈祷仪式，因为他们最初不相信我的断言。那就是，新国王已经以他的另外一个名字——乔治，作为加冕的封号。我常常纳闷，世界上是否还有别的什么地方认为艾伯特仍然是我们的君主呢。

通过同样的途径我得知，在一场新的战争中，慕尼黑危机尚未结束，而 1937 年 7 月，日本的侵略已经成为中国当局最为关注的事情。实际上，中国政府已经通过声明将这个消息公之于众。平常的消息来自香港的《南华早报》。那是一份消息灵通而又令人增长见识的报纸。但是，取决于天气，任何邮件到达大理都得一个月到六个星期，甚至更长的时间。而且，邮件数量也很不稳定，一次六七件，两三件，有时只有一件。作为一个知识分子，那时最大的乐趣之一就是透过这些报纸上迟到的新闻分析天下大事。

在其他方面，更确切地说，在文化方面，古老的城市大理保持了它原来的面貌。大理是个地震灾害多发区。在1925年发生的大地震中，大理受到严重的破坏。不过又很幸运，因为这次地震发生的时间较早，云南西部还不知道或者没有采用任何一种半西半中式的建筑风格。地震重建后的大理又恢复了至少是明朝以来的建筑风貌。还是传统的弧形屋顶，经过装饰的墙壁，以及门脸迎街敞开的商店。大理东部，曾经是穆斯林聚居的地方，如今一片荒凉。街道上长满荒草，房屋已是一片废墟。山羊在瓦砾间悠闲地吃草。在四方形城墙围着的城区里，到处盖起了房屋，但不拥挤。从南城门到北城门那条长长的主要街道上，商店鳞次栉比，是大理的商业中心。大理城的西区，地势稍高，政府和警备司令部都设在那里。除了前清的衙门之外，这些达官贵人还把精工建造的两座宽敞的庙宇作为自己的住宅。其中一座是当年清王朝官员参拜孔子的地方。现在，那处宅院成了警备司令的办公处所和住宅。一次偶然的机会，我应邀参加警备司令的宴会，才亲眼看到这座1925年后修复、并精心保护的古代建筑。同样的幸运也降临到广东一座与此类似而规模宏大的孔庙头上。1923年到1924年，国共合作的早期，那座孔庙幸运地被指定为毛泽东主持的农民运动讲习所所址。这样一来，那所孔庙就变成革命圣地而完整地保存下来，现在成了一个博物馆。

离孔庙不远，有另外一条景色秀丽的街道，房屋装饰得十分优雅。那就是大理的“哈莱街”[①]。街道上住的几乎都是医生。

①哈莱街（Harley Street）：英国伦敦的一条街道，居住着许多著名的内外科医生。

单就他们那富丽堂皇的房子来看，他们的生活一点儿也不亚于世界上任何地区的同行。大理房子屋顶的木质构件，都雕刻着一种龙首、鱼尾、蛇身的赤褐色图案。这种图案在大理地区经常看到，而在云南其他地区却没有见过。因而，它是大理地区独特的装饰艺术。显然，它是印度神话中象征和平和富饶的蛇神在当地的一个变种。在印度，蛇转动着一个黄油搅拌器，而黄油构成了那个神话世界。吴哥的浮雕也常常有这种图案。大理曾经是南赵的京都，这种图案肯定反映了印度对赵国国王的巨大影响。大理还残留着反映这种影响的其他例证。可是，最初它是怎样传来的，却令人费解。大理的西面是缅甸。缅甸在云南和印度的中间，是一个虔诚信奉佛教的国家。印度对它的艺术和宗教影响很小。缅甸和云南中间，还隔着一片茫茫无际、渺无人烟的荒原，现在都很难通过，公元六世纪时，就更不容易穿越了。除了海路之外，印度和缅甸的联系，即使在现代，也依然非常困难。除了自然环境的险恶之外，还常常遭到缅甸北部和印度阿萨姆邦原始部落的袭击。那些野蛮部落专门以割敌人首级为战利品。大理蛇神已经变成地震起源和人类救星的双重偶像。如果敬奉这位神灵，就可以逢凶化吉。这就是那种龙首、鱼尾、蛇身图案在大理的艺术和装饰中享有崇高地位的原因。大理房屋临街的墙壁都刷成白色，墙上也有由花果、蔓藤和几何图形组成的阿拉伯风格的装饰图案。有时，还有纯粹的几何图案。这种影响是否来自禁止画人物及动物图像的穆斯林居民，就不得而知了。

就这样，大理变成一座保护完好的美丽的古城。整个中国几乎没有一座城市能和它相比。每一处房屋都围绕一个很大的天井修建。房屋有两层。不过，上面那层很少用作起居的住房。人们都把通风良好、面积很大的房间作为储藏室使用。每处住宅还有花园，不是为了装饰，而是果园和厨房的组合。空地，花园和天井里，都种满了树木。大约三个星期以后，经过一番周折，我租到了住房。更确切地说，是一处住宅里的厢房。这套房子非常适合于我，因为从这套厢房看得见房东一家日常生活的情景。我的房子楼下三间，楼上三间。窗户朝西，一眼看到矗立在大理城外雄伟的苍山。

装修这几间厢房没有遇到多大问题。木匠很多，很快就可以干完你想干的活计。主要问题是浴盆。不过，这个问题也由一个手艺很好的箍桶匠解决了。这位箍桶匠擅长做桶，现在因地制宜，为我制做浴盆。尽管浴盆不是圆形，而是椭圆形的，但他做得十分成功。当然，洗澡水只能是从一口公用水井里提上来的井水。水井是大理唯一的水源。大理及其方圆几百英里的城镇乡村，都没有电灯。一般是用光线很弱的油灯来照明。油灯的形状很像罗马古老的油灯。通常，把一根灯芯放在猪油里点燃，灯芯就冒着烟放出光来。灯光比烛光还要微弱。煤油灯虽然也能买到，不过，在奢侈品中，它是最奢侈的一种。煤油本身也是最奢侈的商品。按照云南的标准，煤油价格昂贵。因为每一桶煤油都是由骡子从三百多英里以外的昆明驮回来的。我虽然能买得起煤油，但是，煤油这种奢侈品会花掉我每年五十英镑奖学金中的一大部分，这可不是个小数。

取暖和做饭都用木炭。木炭产自当地苍山的森林里，很便宜。泥炉用来烧饭和冬天夜晚室内取暖。泥炉外部，是一个扁平的木架，炉里有一个金属炉盘。烧红的木炭就放在炉盘上。

在碳化作用完成之前，木炭的烟十分有害，于是我就“打时间差”，先后点燃两个炉盘上的木炭。先点燃的木炭烧一会儿，不会再有危险的时候，就拿进我坐着读书的屋里。这当儿，放心大胆地让另外一个炉盘的木炭在空气流通的天井里燃烧。过了一定时间，再把天井里的那个拿进屋里，把屋里的那个拿到天井里重新放上木炭点燃。这个过程听起来好像会使我“劳累过度”，实际上，每个夜晚只需替换两次。木炭燃烧缓慢，而且散发出的热量很多。睡觉时，就把燃尽的木炭炉拿到室外，放在空气流通的游廊下。

大理往北，有个县城叫邓川。邓川有一种制作细木家具的手艺。在这样偏僻的小地方发现这种手艺，实在出人意料。据我所知，只有一两户人家制作这种细木家具。他们生产的产品除了大部分在当地出售之外，还把少量产品运到洱海北面一个一年一度的大型集市上去卖。时间是初秋，正好在上关城外。出售的家具有桌子和食橱，没有椅子。桌面大约有三平方英尺，桌高大约十英寸。食橱长约五英尺左右，三英尺高，不宽，最多不过十八英寸。这些家具很难搬运，不仅很沉，而且是整件的。只有桌面可以拆卸下来，把桌子分成两件搬运。桌子对我很实用，但食橱没用。

我到大理将近一年之后，在上关第一次赶集时，买了一张桌子。桌腿和桌边都精雕细刻。桌腿是那种熟悉的蛇神造型，像一条弓背的鱼，大张的嘴里衔着一个雕刻出来的球——真正的“桌脚”。这种设计最引人注目之处是弓形鱼背。那是我们称之为末端雕刻成爪形的弯腿家具的特征。这种家具，不是北京或中国其他地方地道的中式家具。在白族聚居区，蛇神图案是主宰地震的神的图案。把这种图案雕刻在家具腿部显然是有含义的。邓川家具桌腿上的蛇神嘴里衔着一个球，球本身就是“桌脚”。在欧洲的许多国家也发现过桌腿雕刻成爪状而“桌脚”是球状的桌子——虽然球不是衔在神话中某种动物的口里——难道这只是偶然的巧合？桌子很低，又没有椅子，根据这些特征判断，邓川家具的设计一定有久远的历史。也许可以上溯到公元第十世纪末期。那时，整个中国依然席地而坐。这种桌子，放在炕上。炕是一种砖砌的床。南方是木床。不论醒着，还是睡觉，冬天人们大都在炕上活动。公元十世纪之前，大理是南赵王国的一个宗主城市。王室的存在为奢侈品提供了一个稳定的市场。看起来邓川家具也许是南赵时期水平很高的装饰品和技艺精湛的工艺品的最后幸存物。

桌子的木料，用的是常青的橡树或圣栎。云南人称之为红木。事实上，木料确实是红色的，几乎是砖红色。这种颜色没有特别的引人之处。如果打上蜡，持续不断地擦拭，木料的颜色就会变成暗红褐色，与抛光的橡木类似。这种颜色远比自然的砖红色讨人喜欢。我用上述办法处理我的桌子。可是，当地人从来不用这种方式处理他们的家具。他们甚至纳闷，我为什么要那么处理我的桌子呢？后来，我的桌子用结实的席子包裹起来，再用两根竹竿绑在桌腿中间，两个人抬起来，像抬一顶轿子，翻山越岭，走了五百多英里，从大理运到缅甸，后来又从仰光运到英国。这张桌子才真正归我所有了。我知道，除了我这张以外，只有另外一张邓川产的桌子被运到西方。那时，美国驻昆明的领事保罗·梅耶尔先生十分欣赏我那张桌子。第二年的集市上，我就给他买了一张。他把桌子运到昆明，后来又运到纽约，摆在房间里，赞赏不已。

大理的家具从来不配椅子，除了餐桌旁使用的直背木椅。就连马帮从缅甸运来的少量做工粗糙的藤制家具和舒适的椅子，都难得一见。在大理，我见过一顶废弃的轿子。那是过去的高级官员们由四个人抬着在云南旅行时坐的。到了三十年代，仍然可以看到有些官员坐着轿子旅行。如果把轿杠拿走，把轿子的脚凳照旧连在轿子上，就轿体本身而论，完全可以当作一把舒适的扶手椅使用了。为了舒服，云南人坐的时候，几乎始终如一地坐在宽大的床上。他们在每一间屋子里都配备了床，除睡觉以外，这些床还适合于抽鸦片的人侧身躺着吞云吐雾。除了个别人，云南人都抽鸦片，但不过量。

通常，我总是在城里或者附近的乡村走来走去，度过一天。我观察和记录白族农民的活动，不论是农业，还是商业或娱乐活动。可能的时候，还观察、记录他们难得一见的宗教活动。那里没有车辆，十英里左右比较短的距离，人们都步行。如果要带东西，就牵上一头骡子。那个年代，云南西部没有任何一种有轮车辆。他们当然知道轮子的功能，还把轮子用于碾磨和水车，但没有用在车辆上，甚至没有用在手推车上。在中国其他地区，手推车不仅在农村相当普遍，在城市里也不少见。问到为什么不用手推车时，当地人回答说，乡村是多山地区，在崎岖不平的山路上，人们不能推着任何带轱辘的东西前进。这话不假。可是，洱海平原两端，从下关，到上关，两个繁华的城镇中间大约有三十多英里远，这一地区的交通工具是什么呢？笨重的货物都靠船运。对长途运输来说，船运比手推车推或者马帮驮运便宜得多。倘若去洱海平原以远的地区，就全靠骡子驮运。不管怎么说，独轮车都排不上用场。况且，经过一天的路程，再把货物从船上转运到骡背上也很麻烦。这种说法虽然有点道理，但却不能成为定论。在洱海平原上，独轮车还是很有用的。比如，把谷物从田里运到场院，把稻谷运到城里市场，或者运到十字路口的集市上。这种集市一个月里有两次。赶集的日子里，可以看到一队队挑着担子的姑娘们往返于集市。有时得走四五英里。这些姑娘中，很少是结过婚的，不论在集市的摊位上卖货，还是买货，她们都是讨价还价的老手。这只是中国白族聚居区和东南亚地区的一种风俗，而在中国西南部以外的农村地区并不多见。毫无疑问，正是由于这个原因，缠足的风俗习惯从来没有在白族中盛行过。在云南，只有中国社会最高阶层中为数极少的老太太才缠过脚。

通常，每天下午早些时候，学习白族语言是我的另外一项活动。一个受过教育的白族青年帮助我学习。不过，像所有受过教育的白族人一样，他的知识当然是通过汉语传授的。实际上，基于理性的认识，他和其他人对我想学习白语这一举动都感到莫名其妙。他们甚至认为我神经不正常。他们只用白语进行日常的会话，白语没有文字，也没有用白语写的图书资料和文学作品。因此，除了和不识字的农民用这种语言谈谈话之外，它不会有任何其他用途。我只能用撒谎的办法解释自己这种令人费解的行为。我说我得到伦敦一所大学给的奖学金，人家要求我学习白语：其实，利弗休姆奖学金与大学的联系并不密切。哦，他们认为，外国人，尤其是外国人的行为，荒唐可笑，莫名其妙，捉摸不透。不过，学习白语是一种没有恶意的“神经错乱”，我也就认了。

学习白语还有一个特殊的困难。这种困难不是白语本身造成的，而是因为经过若干世纪的演变，虽然白族语言里有很多从汉语中引入的词汇，但其发音却是白族语音。而这种语音的结构与汉语十分不同。正如我推断的那样，白语有不同于汉语的语法。动词有时态变化，形容词必须与名词一致，名词有格，介词不仅数量很多，而且有特殊的用途。所有这些语法上的特点，都是汉语中没有的，或者就像某些人认为的那样，很早以前就从汉语中消失了。在汉语中，词序是唯一的，任何字的发音都没有变化，而且形态也不变。在谈话中，根据上下文，一个字可以用在任何地方。除了很少几个人称代词保留复数后缀之外，比如“我”，加上后缀“们”，变成复数“我们”，别的字都不能以任何方式加以变换。

我的老师李（白语中念 lai）先生，全然不知自己的母语中还有语法存在。因为，有知识的中国人都不曾提到白语中存在语法。因此，当我问到，一个被用作名词的字，在语音上稍加变化以后为什么就变成动词或者形容词了呢，他竟然不知道我问的是什么意思。“我们就是那么说的，”他解释说。“可是，为什么要那么说呢？”他悟性很强，慢慢捉摸明白，语言中存在语法。而这些东西，在日常交谈中虽然须臾不可或缺，却被他们完全忽视了。现在一个外国人指出其中的规律，深深地吸引了他。不过，不管怎么说，他依然认为，除了消遣，我学习白语没有一点用处。我还发现，白语是一种有三个以上音节的多音字语言，例如 digulai，是“蜥蜴”的意思，erdabai 是“背后”或“后面”的意思。白语有介词，汉语中没有与之对应的词类。除了简单的“上”和“下”之外，白语中的介词一直保留着自古以来就存在的形式，而没有受到大量涌入的汉语的影响。对一个初学者来说，白语这一特点的确不是显而易见的。因为白语的发音把汉语中非常普遍的尾音 n 和 ng 都排除在外了。这样一来，洱海前面的城镇上关，在白语中读作 shaguer，中国人一个很普遍的姓——王，白语读作 wa。与同属汉语的中国西部方言一样，白语常把 n 变成 l。这样一来，国民政府的首都就变成白语的 lajiu。虽然我不能说已经会讲一口流利的白语，但是，我说的白语，他们能听懂，而且找到了会话的感觉。在完全没有字典的情况下——更别提语法了——仅仅通过听、说，掌握适量的词汇，速度缓慢自不必说，就连词意的准确性也很难保证。

除了每天晚上专心阅读已经变成“月刊”的过期日报外，我的主要消遣是在苍山上散步。苍山矗立在大理城西边，距城不超过一英里。它的海拔高度是一万四千英尺，至少是大理海

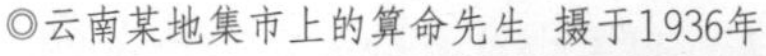
◎云南某地集市上的算命先生 摄于1936年

拔的两倍。低处的山坡上长满松树。树林里，有一些比较富有的大家族的墓地。再往高处是竹林和盛开的杜鹃花。更高的地方，长着大片的木兰树，再往上是稠密的杜鹃花属灌木丛。灌木丛中，夹杂着黑色和红色的酸醋栗和覆盆子。简直是一座“硕果累累”的大花园，而那些野果在海拔比较低的地方闻所未闻。再往上走，便是狭长的光秃秃的岩石山顶。山顶平坦的地方，被激流冲刷成许多山溪水道，清澈冰凉的溪水或者形成瀑布，或者汇入静静的深潭。也有的溪流蔓延开来，形成可以涉足而过的浅滩。岸边，开满了各式各样的野花。苍山，人间的天堂。不过有蛇。

除了蛇——并不特别可怕，因为毒蛇很少——真正的危险是豹子和狼。它们是凶猛的野兽，如果突然受到惊扰，就会发起攻击。因此，每当穿过稠密的灌木丛，既要小心翼翼，又要发出声响。听到响动，豹子总会拔腿就跑，你便有赶快离开的时间。狼并不成群结队，它们总是成双成对地出现，而且常常可以看见。它们不袭击成年人。可是白族人说，它们的确会向儿童猛扑过去。有一次，我穿过树林向一条溪流的岸边走去时，两只狼正在河对岸喝水，并等待捕食。它们抬起头瞪着我，我也“以眼还眼”，它们慢慢走开，我没有感到害怕。更多的情况是远距离与狼相遇。狼认出我是成年人之后，就慢慢走开了。除非得到警备司令的特许，任何人不准携带武器（那是一种防止抢劫的措施）。因此，我在中国期间，从来没有携带过枪，有一把赶骡子人用的剑杖我就心满意足了。剑可以从作为剑鞘的手杖中抽出，也可以拧在手杖的一端当作长矛。我登山散步时，常常带着一把剑杖，可是从来没有被迫使用过。我十分怀疑，除了吓唬吓唬豹子和狼以外，剑杖是否能有效地抵御它们的攻击。

和不少其他民族的中国人一样，白族人也是一天吃两次饭。第一次在八点到九点，算是正餐。下午六点多钟，再吃一次，也是正餐。中午什么也不吃。在山上待一整天的时候，我就觉得饭太少了，而且两餐饭隔得太长。于是，我就带上几个挺大的柑橘和家里做的那种烤饼。我做这种烤饼的手艺也很不错。这种烤饼通常是热吃，不过，放凉了也依然好吃。用小心剥下的梧子皮做杯子，清澈的河水当饮料。在登山六七个小时，走了十多英里的山路以后，六点钟的晚餐实在令我高兴。

在大理，可供娱乐的活动非常少。只有在一两次节日里，或者在举办大型集市的日子里，流动的戏班子才来大理。他们在南城门外一座大庙的露天舞台上轮番演出中国戏剧。剧场不过是广场，没有座位，只有一片空地。整整一天，观众们来来往往，戏也一场接着一场。观众给戏班子捐款，寺院也给演员们提供酬金和食宿，因为演员们吸引来众多的观众，而观众给寺院带来大量供品。对普通白族老百姓来说（汉族也一样），寺庙究竟是佛寺，还是道观，都无关紧要。反正是敬神，佛教的菩萨也好，道教的神仙也罢，没有两样。汉族对宗教信仰学的漠视可以用一句俗话来概括："殊途同归。"白族也持有同样的观点。传宗接代是汉族最基本的观念之一。他们认为活着的一代理所当然是列祖列宗香火的延续，而佛教教义以信仰轮回转世为中心，这样，就完全否认了香火之说。但汉族和白族对传宗接代和轮回转世二者之间的矛盾一概漠然视之。至于道教，按照其后来的教义，修道的人在肉体死亡之后，灵魂可以

◎大理的庙宇 摄于1936—1937年

升入天宫，就是所谓“修成正果，得道升天”。天宫像人间的王朝一样，等级森严。玉皇大帝掌管天宫，统率诸神。这些神像人间政府机构的官僚一样，分工明确，各司其职。中华文明的这一特点成了基督教福音传道的主要障碍。中国人可以信奉一位以上的神仙，而基督教主张只信一位。中国人弄不明白，为什么只信一位神仙就能保证除病免灾，万事如意。

在大理，社会上流行的另一种消遣娱乐的方式是宴会。大理没有饭馆，旅客们住的旅馆也只提供煮熟的大米，而不供应菜肴。汉人和已经都市化了的白族人就在家里互相设宴款待，而且非常频繁。由于宴会是最好、最舒适的交际方式，因此，我也常常举办宴会。在社会进步方面，大理谈不上先进。直到不久之前，宴会还纯粹是男人们的事。不过，到了三十年代，新的共和政体使妇女获得某种程度的解放，她们也能参加消遣娱乐活动了。当然，要与男人严格分隔开来。我的客人们会带着他们的妻子前来赴宴，有时还带着他们上了年纪的母亲，可是从来不带未婚的女儿。我在天井里会见客人，相互介绍、寒暄之后，女眷们被领进房东住的屋子。房东母亲是位外表威严、性格坚强的老太太。她领着房东家的女眷们招待前来参加宴会的女宾。晚宴结束时，房东母亲领着女宾们来到天井，我在那儿向她们和她们的丈夫或儿子道别。在房东家举办的宴会当然由我支付费用，房东一家是我的客人。老房东的两个儿子在那边替我招待男客人。宴会之后，除了聊天或者玩麻将，女客人们还做什么，我就不得而知了。男客人们则到我的会客室里，躺在长沙发上吸鸦片。

这样一来，谈话实际上主要在餐桌上进行。因为每位客人一来，便进入餐厅，在第一道菜上来前，先喝一会儿茶。抽鸦片的客人可没工夫交谈。他们实在太忙了，先忙不迭地装烟，点火，然后就一口一口地抽起来，抽完再装，装完再抽。他们当中，没有人染上大烟鬼那种恶习——专门让一个小男孩一管接着一管地给他们装烟。传教士们对这种有害的风俗习惯略有所知，便也见怪不怪，习以为常了。实际上，在大理的任何一个家庭里，包括权力最大的——这个地区真正的政治领袖——警备司令本人家里，我也没有见过男童服侍主人抽鸦片。抽鸦片的客人抽完几管以后，便有点昏昏欲睡，说话像梦呓般含混不清。我的客人中，大多数抽到这个程度就心满意足了，他们不想再抽，似睡非睡的状态持续一会儿以后，就起身道别。

对于这种恶习，我们当然可以说出许多反对的话来，但不管怎么说，抽鸦片也是一种最温和、最平静的非暴力嗜好。抽了鸦片的人既不大喊大叫，也不打架斗殴，更不会哭天喊地地哀嚎。所以，我一直觉得，罗马教皇倒是一针见血，说出了欧洲人为什么反对抽鸦片。他说：

> 咒骂那些我们无心去做的罪恶，
> 以此减轻我们容易犯下的罪恶。

大理的生活宛如一首田园诗。秀丽的景色，幽雅的环境，处处显示出这座城市那种没有遭到破坏的、无与伦比的自然美。而且气候宜人，物美价廉。美中不足的是没有医疗保健设施。担心牙痛加剧的时候，唯一的办法就是骑着骡子去昆明。那就意味着，去的时候，走两个多星期的路，在昆明待一个星期，回来的时候，又是两个多星期。因为我每年至少要去昆明看一次病，再加上还有别的原因要去昆明，所以那条路我很熟。其实这条路，就是第二次世界大战中著名的滇缅公路的“前身”。不过和滇缅公路相比，路程短一点，因为它直接翻越连绵不断的山岭，不像行走汽车的盘山公路那样，绕着大山转来转去。大理没有带轮子的交通工具，因此不存在发生交通事故的危险。但是，摔断胳膊或摔断腿也同样没有希望得到适当的治疗。倘若患上急性阑尾炎，病人来不及送到昆明，就没命了。在大理高原染不上恶性疟疾，可是在大理西面的湄公河和萨尔温江狭窄的山谷里旅行的新教传教士却会染上这种疾病，几天之内就不治身亡。

到大理北面白族聚居区以外的地方旅行，是我研究白族必须做的一部分工作。这样的旅行可能一直走到某些敏感地区，因此，不管怎样，都应该首先弄清楚白族聚居区的范围到底有多大。遗憾的是，关于这个问题，谁也没有明确的说法。我有机会到云南北部旅行，去过一些除少数传教士外别的欧洲人不曾涉足的地方。而传教士关注的问题一般来说和我不同。也许现在欧洲人想得到允许，参观那些地方依然不大可能。因此，把将近五十年前我的云南西北部之行记录下来，还是有价值的。

第十二章
虎跳涧

我在大理生活的几年里，偶尔也有来自欧洲的旅行者登门拜访。主要是英国人。有一些是从缅甸来的军官。他们表面上是来度假，实际上另有任务。英国人急于“开拓”人迹罕至的地方，显然指派他们来与缅甸接壤的云南西部，考察那里的交通状况。1937 年以后，中国人开始修筑从重庆到缅甸的汽车公路，即著名的滇缅公路。这条公路通过离大理十英里的下关，对这一地区的关注和兴趣自然就增加了。有客自远方来，“不亦乐乎”！何况他们还带来较新的世界新闻，难得一见的礼物——威士忌。就像其他含有酒精的欧洲饮料一样，威士忌在云南西部是完全得不到的。我曾经对大理的传教士朋友们说过，在大理，反对饮酒的说教或抨击都是多余的。大理只有度数较低的中国黄酒。那是以稻米为主，再加以果汁酿成的一种酒，而且，只是在宴会上才颇有节制地饮一点。我在中国逗留的岁月里，从来没有看见过中国人在公共场合或者家里狂饮滥喝。

我的客人有余暇去旅游的时候，我也有游兴。因为我也想去考察洱海和洱海平原以远白族聚居的北部地区。原因之一是没有人能准确地说出白族聚居区延伸得到底有多远。1937 年秋天，杰拉尔德·赖特林格尔和 J·霍普·约翰斯顿来到大理，并且在逗留了大约一个星期之后提出想到北面的丽江和长江流域上游地区旅行。我与他们同行，历时两个月左右。旅行的线路不是马帮惯常走的路线，因此，需要做一些特别的安排。我们雇了三头骡子和两个赶骡子的人。两头骡子驮运寝具以及诸如此类的补给品，这些东西路上用得着。因为在一些小地方很难买到日用品。我的厨师是位年纪比较大的四川人，他骑剩下的那头骡子，因为他不愿意每天走好几英里的路。他的老伴儿和十六岁的儿子——一个非常聪明的聋哑人——留在大理给我看家。钱，不再像六年前在云南东部和贵州旅行时那样难带了。通过一位大理商人的安排，我弄到银行开据的信用证。凭信用证可以到丽江、石鼓等地找银行的委托人换取现金。这就避免了携带几箱银元的麻烦。这次旅行也比较安全，事实上，十分正常。六年前，人们旅行需要大批武装人员的护送姑且不说，地方当局也不情愿派出哪怕一兵一卒去担当这类任务。

这一带和平安宁，首先归功于云南省省长龙云毫不留情的剿匪政策，也归功于三年前（1934 年）共产党军队长征经过同一个地区时，在少数民族中做了大量工作。不论去什么地方，都不需任何形式的武装护送。共产党军队快速转移的结果是，在他们安全通过这一地区之后，大批装备精良的云南部队开进这一地区。因为他们担心，神出鬼没的共产党军队会“反戈一击”，在云南西部建立一个“解放区”。像其他许多赶骡子的人一样，我们雇用的这两个人也曾经被共产党军队临时征用，在运输队服务。他们说，长征队伍一天走过的路程令人吃惊——根据我们的计算，他们一天的路程不少于六十英里。他们还受到红军极为亲切的对待。他们提到这些经历时，声音小得几乎像耳语。那年月，说共产党的好话会引火烧身。但他们不吐不快。红军给他们的报酬很高，吃得也很好。事后，牲畜都完好地归还给他们。如果牲畜出了问题，还给予赔偿。红军的纪律给中国西部、中东部，乃至北部的普通老百姓留下不可磨灭的印象。从来没有一支军队这样对待过他们。共产党的敌人更不可能有这种表现。共产党军队良好的军纪广为传播，以致老百姓都相信，如果共产党赢得内战，现在或者将来，局面一定会大为改观。这种信念的结果显而易见。首先表现在抗日游击战争中，后来又表现在推翻国民党政权的最后一次内战中。

我们的旅行路线沿洱江河谷。洱江是一条小河，自北流入洱海。从拜海北面的上关往北，沿河谷第一站是个叫洱源的小镇。洱源是“洱泉”的意思，那里有温度很高的温泉，泉水中含有微量的硫磺。含量多少恰到好处。其中一个水温很高，是镇子中央的喷泉，家庭主妇们从源源不断的泉水中汲取热水，放在炉子上，不一会儿就烧开了。另一个温泉水温较低，人们就把泉水注入两个大的露天浴池里，两个浴池用严密的竹帘隔开，一个供男人们洗澡，另一个供妇女和儿童。长途跋涉过后，洗上个热水澡，那是多么令人舒服的享受啊。

白族住在洱江河谷地区，不住在两边的山上。山上，苗族和其他少数民族的住宅稀稀拉拉，隐约可见。洱江河谷的地貌十分奇特，河谷很宽，约有两英里，而洱江及其上游源头却很小，而且流量不大。浩浩荡荡的长江刚刚流过一座并不很高的山脉以后，突然避开这条貌似必经之路的通道转弯向北，在高大雄伟的扇子垛和汉巴山之间辟开一条河道，流入世界上最令人惊叹的峡谷。可是，洱江那样的"涓涓细流"何以能开辟出像洱江河谷那样宽阔的峡谷呢？地理学家们也许知道其中的奥秘。我们在这方面没有什么知识，似乎只能猜测。宽阔的洱江河谷的形成一定比现有水系早了许多年代。古老的长江最初也许就在这河谷中奔腾。后来，在这个地震多发地带，一定发生过某种巨大的自然灾害，汉巴山（凉山）"天塌地陷"，一条巨大的峡谷应运而生，长江改道，滔滔滚滚向东流去。

我曾经听说过这个峡谷。大理人以夸张的词语把它描述为"虎跳涧"。意思是说，大江被限制在一个老虎一跃就能跳过去的峡谷里。于是，我们决定去亲眼看看这个自然奇观。旅途包括翻越洱江峡谷东部的山脉到丽江。丽江是一座边境城镇，是少数民族纳西族居住的地方。还有少数西藏人和汉族商人及官员。丽江是人类学家兼科学家J·罗克博士的大本营。他起初叫斯坦因，奥地利血统。第一次世界大战期间，在云南为维也纳公园收集稀有植物标本。1917年，中国加入协约国之后，以宽容的态度对待他。只要他待在丽江，就允许他继续从事他的工作。其后几年，他继续收集植物标本，后来加入美国国籍，改名罗克，继续在丽江和昆明舒适的古老住宅里轮流居住。就外国的旅行者而言，罗克博士成了云南西部非官方的"巨头"。去大理之前，有人建议我去拜访他，我就去了，而且受到殷勤却不无疑虑的接待。罗克博士承认，我计划之中对白族的研究和他对纳西族的研究没有两样。可是，他显然觉得，大理和丽江之间一百多英里的距离近得使他很不舒服。我们游览丽江时，罗克博士有点“身体欠佳”，就去了昆明。我也有“一山难容二虎”的感觉。

我们在丽江逗留了大约五天的时间，部分原因是找一个带领我们穿过虎跳涧山口和长江与丽江之间大森林的向导。在丽江，我们听说有一幢鬼怪出没的宅院。那鬼顶住了佛教方丈，道教道长和西藏喇嘛教活佛联合起来驱赶它的势力。加尔文主义教堂的荷兰修女们以传闻背后可能隐藏着复杂的政治和社会纠葛为理由，没有介入。与她们完全对立的竞争对手，主要是美国极端主义新教教徒则声言，他们不费吹灰之力就能驱除鬼魂。但前提是必须将所有“异教徒”（比方说佛教徒等）驱逐出去。这倒是一个明智的“预防措施”。

在我写的《壮观的五塔——云南大理白族的研究》一书中，

◎中古渡口，骡子上船过长江。

曾经记述过许多有关鬼魂出没的传闻，可是遗漏了一个有趣的细节，现在把它补上。冬季，云南通常是晴空万里，阳光明媚。一天早晨，我们去参观那个闹鬼的宅院时，院落里一片凄凉。满院的石头，据说是“鬼”扔的。北游廊廊柱上面的横梁已经烧焦，横梁的高度只有举起一个燃烧的火把才能达到。可是又没有火把出现过的证据。我拍摄了一张这个荒凉院落的照片，当时的光线十分理想。我把胶卷寄到香港冲洗，几个星期以后，冲洗好的一百多张照片被寄了回来。许多照片令人满意，有一些不尽如人意，还有一些不好也不坏，只有一张一片空白。就像那张照片是在漆黑一片的环境中拍摄的一样。那张照片正是我在大理那个闹鬼的院子里拍摄的。

我们找到一个向导，是一个十六岁左右的西藏人。他会说几句汉语，迷上了当地称为“大酒”的一种烈酒。他整天随身带着一个酒瓶，不时喝上一大口。不过，他始终节制着，使自己不至于带醉领路。他一边走，一边用西藏语轻轻哼着歌曲。我们要去的地方叫中古，是长江的一个渡口，在长江最北端的转弯处。要穿过离大理几英里远的一片大森林。这片森林向比较低的山坡延伸，一直延伸到扇子垛。在为数很少的几张地图上，它的名字是Satseto，听起来很像一个日本语的名字。这个名字的由来是这样的：最初的旅行家（也许是位日本人？）把当地土语Sa-se-duo翻译为Satseto，而正确的汉语名字是Shan Zi Duo（扇子垛），其含意是形状像扇子一样的悬崖峭壁，“垛”是一个地方性的名称，意思是高高隆起的山峰。事实上，扇子垛东边的峡谷延伸开来，山的形状就像一把展开的折迭扇。

扇子垛的高度在二万一千英尺以上。无疑，现在测量得出的数据是精确的。但是，这里给出的高度是由埃弗·理查兹教授和他的夫人多萝西娅估算出来的。理查兹夫妇与我在大理会合以后，原打算攀登扇子垛，可是发现北边悬崖上的山石松动，凶险难测，认为如果没有完善的后援，登山十分危险。于是，他们改变计划，渡过长江，攀登虎跳涧对面与扇子垛相对的汉巴山去了。理查兹是位热心的、经验丰富的登山家，可是从来没有宣扬过这次活动。他们估计，汉巴山稍低一些，也许有两万英尺。这两座山峰终年覆盖着皑皑白雪。天气晴朗的时候，从大理背后的苍山能够清楚地看见扇子垛，当地人称它为雪山。扇子垛和它的"孪生兄弟"汉巴山都在西藏高原连绵逶迤的山峰的最南端。

我们的旅行路线，如果还可以称之为路线的话，是一条名副其实的穿越莽莽林海的林间小道。林海里，古木参天，主要是圣栎类，还有杜鹃和杜鹃花科杜鹃花属灌木。森林绵延一百多英里，因此，需要露营两次才能到达上游的渡口小镇中古。汉族不喜欢野营，认为那是一种只适合于西藏游牧部落的原始习俗。由于丽江森林——当地人都那么称呼——荒无人烟，森林里不可能有任何人搭的窝棚。年轻的藏族向导一边乐呵呵地呷着烧酒，一边不停地砍下一大堆圣栎树枝，然后用树枝围成一个大大的圆圈，在圆圈中心点起一大堆篝火。从理论上讲，这样可以抵御潜行觅食的野兽，防止夜里发生其他可怕的事情。我们享用了一顿美餐，然后就钻进睡袋，躺在柔软的干草皮上。星光闪烁，森林里不时传来难以言传的声响。一年当中的这个时候（十二月），不用担心下雨。对于我们，这是一次令人愉快的经历。下一个夜晚，依然如故。我的四川籍厨师和大理雇的脚夫十分害怕。他们把头埋在衣服里，再用被子把自己严严实实地裹住，像死尸一样一动不动，躺在篝火旁边。我也提心吊胆，辗转难眠。第二天，他们说明了真正的危险是夜晚的瘴气。瘴气有毒，人吸了会生病。事实上，那个季节，而且海拔高度一万二千多英尺，瘴气引起疾病的可能性微乎其微。剩下的危险来自野兽——尤其对骡子。这倒是个令人信服的理由。可是，熊熊燃烧的篝火能提供安全保护。就这样，我们疑虑重重，怀着听天由命的想法继续前进。最后那天，我们走了一段长长的下坡路。下坡，下坡，一直走到中古的河岸。

我们在扇子垛下山的路上，拐了一个弯，前面突然出现三个全副武装的人。这是我们登山以来第一次看到人影。我们停下脚步，他们也停了下来。会不会是强盗呢？事实证明，不是。他们是当地纳西族头人家少爷的扈从，要去丽江取当日的邮件和其他必需品。我们所在的地方，不在中国邮局的服务范围之内。他们给我们提供了许多有用的信息，还说我们在虎跳涧可能遇见他们的老爷。因为他去远在小道终端的石鼓探望母亲去了。他带领的人当然全副武装，可是我们无需害怕。实际上，他是当地的副行政长官，是维护治安的官员。

与山上森林里的凉爽甚至寒气袭人形成鲜明对比的是，中古几乎像夏天一样干热。中古的海拔高度大约六千英尺，四面高山怀抱，风吹不进来。在云南，这种地理环境是独一无二的。在这片土地上居住的纳西族人生活节奏缓慢。我想，除了气候这个因素以外，恐怕再也找不出其他更重要的原因了。人们似乎一天到晚晒太阳。这里没有旅馆，除了当地的过往行人以外，几乎没有人路过这里。不过，有一排令人生厌的小茅舍，这些茅舍，与其说是人的住所，不如说更像鸡笼，当地人对我们说，我们可以住在这些茅屋里。云南人就是利用这种茅屋抵御夜间的寒气（其实一点儿也不冷）的。我们提议在这排简陋的小屋前的村镇广场——空地上安置寝具宿营的时候，我的厨师大为吃惊。他费尽唇舌，想让我们到那排到处是跳蚤、臭虫的茅屋里过夜。他争辩说，屋里有跳蚤、臭虫不假，可是，我们必定还有两次以上的露营，因为在去虎跳涧的路上没有村庄和房屋。我听了无动于衷。“打野”，在云南话里是“露天宿营”的意思。这种说法表达了他们对露宿荒野的看法。

我们不得不逗留了一整天，这样，在中古就度过两个夜晚。我们发现，这里唯一的好处是有好吃的葡萄。毫无疑问，在这种气候条件下，即使没有人照料，葡萄也长得很好。中古人在栽培葡萄方面似乎什么活儿也不用干。当地人告诫我们，应该返回去。为什么要选择这么难走的路去石鼓呢？如果我们返回

◎长江的虎跳涧

丽江，然后再沿我们出发时的洱江峡谷去石鼓就容易得多了。我们当然十分清楚，任何一个想身临险境去亲眼目睹虎跳涧的想法显然超出了他们能够理解的范围。他们把我们送到渡口。那沉重的气氛与当年沃德夫妇目送我乘船离开上海时几乎毫无二致。一艘平底大船，两个艄公，一个站在船头，一个站在舵柄旁边，弯腰曲背，摇着长长的船桨驾船前进。江水很深，江面虽然平静，但水流很急。在这里，长江的江面已经像泰丁顿的泰晤士河一样宽了。我们分两批渡江。几个外国人、向导和厨师是第一批。第二批是赶骡子的人和他们的三头牲口。我们坐的船被推入深深的江里，艄公无需费力逆流而上，只要掌好舵，把船头对准对岸就可以。没有多久，我们就到达距出发地一英里的目的地。然后艄公们不得不逆水而上，到河对岸接赶骡子的人和他们的骡子。赶骡子的人用衣服把骡子的头蒙住，以免它们看见奔流的江水受到惊吓。渡江花费了一整天的时间。我们和厨师渡江用了一上午，赶骡子的人和骡子花费了一个下午。让厨师十分沮丧的是，我们不得不在离中古一英里多的荒漠般的长江岸上再次“打野”。

第二天早晨，没有必要在荒漠般的江岸逗留，我们便开始登汉巴山的东坡，向峡谷的入口前进。除了攀登，还是攀登，不停地攀登。小道狭窄，可是，地图上标得相当明白。我们攀登了整整一天，直到傍晚，在小道进入峡谷前的最后一道很陡的山坡上宿营。向山下望去，可以看见远处的河流，恰如一条细细的银色光带在夜色中微微闪光。我们攀登一万二千英尺的高度，后面两天攀登的高度将在一万二千英尺和一万英尺之间变化。沿着小道进入峡谷，我们就明白为什么要攀登到并且维持在这个高度的原因了。原来汉巴山这边，一处悬崖峭壁兀然屹立在眼前。它几乎高达雪线。一道峭壁笔直向下，直达海拔六千多英尺的长江河岸。一条小道盘绕在汉巴山陡峭的悬崖峭壁的上半部分。它的下半部分，山坡虽然很陡，却不是笔直的峭壁。我不知道虎跳涧那边扇子垛峭壁准确的高度，据推测，大概有一万多英尺。峭壁上面有一道小坡，再往上就是雪线。河面的海拔估计有六千英尺。我们沿着盘绕在山坡上的小道向上攀登，出没在从汉巴山陡峭的山坡延伸到江岸的溪谷、沟壑。我不知道，走到何处才能到达江岸。眼前一直是起伏的山坡，遮挡住视线，没有一处可以一览无余。山下远处，江水宛如一条狭窄的小溪，激流汹涌，浪花飞溅。地图上没有指明“老虎一跳就能过涧”的地点，有朝一日，旅游部门也许会弥补上这一缺失。

中古人一点也没有夸大旅途上的危险。峡谷一个令人害怕的特点是，说不定什么时候，一阵像快速列车驰来的隆隆声从远处传来，预示着一阵狂风已经拔地而起。风从峡谷的两端吹来，有时交替着来回吹。风势很猛，一阵强似一阵，委实骇人。这时，最好是坐在或者躺在小道上。赶骡子的人吆喝骡子停止前进，把它们的眼睛蒙起来，然后强迫它们跪在地上。白天，狂风每天刮五六次。天黑，风停。这样一来，前进的速度自然很慢。由于江水几乎是沿着直直的河道奔流，因此我怀疑，虎跳涧峡谷的长度远远超过二十英里。除此之外，为了避开几座悬崖峭壁，小道围绕着一条起伏不平的沟壑绕来绕去，然后绕到河流上方的岩脊。绕的路程一定比峡谷长度超出三倍还多。直到傍晚，我们还能看见早晨待过的地方。山里没有任何民族的居民。小道以外，也没有任何一处可以使人或牲畜躺下来歇息的地方。因此，我们只好分散在弯弯曲曲的小道上睡觉过夜。不管怎么说，小道上的岩石相对少一些。小道高低不平，连一张行军床都支不起来。这时候，不禁想起四川南部那个横建在路上的小旅馆老板曾经说过的话，“好人不夜行”。在虎跳涧这样的地方，别说“好人”，恐怕但凡神志正常的人，就不会来这儿夜行。夜间走路，失足的危险实在太大了。

在峡谷中的最后一天，正如预先被告知过那样，我们遇见了纳西族副地方行政长官和他的五个全副武装的随从。他们不是骑在马上，而是牵着蒙着头的马。显然，他们知道风的厉害。我们大家都停下脚步闲聊起来。他要我们到了石鼓以后，务必去看望他那位德高望重的母亲。我问他——确切地说，他的随从——带的是什么东西。那些东西看起来像几捆准备张贴的标语。没错，那是抗日总动员的官方声明——那时，抗日战争开始已经六个多月了。我们发现，前面峡谷的树上，贴满了这种声明。很难想象，谁将或者谁能见到这些标语呢？不过，这倒是让官僚政府制造出来的那些毫无用处的标语赶快“出手”、减轻负担的好办法。

虎跳涧峡谷的西部，入口比较狭窄。汉巴山通向上游河谷的山坡比较平缓。沿着平缓的山坡比较容易到达峡谷的低凹处，而且可以渡河去石鼓。石鼓是个小镇。当地人说，这个小镇之所以叫石鼓，是因为俯视小镇的那座山形状像石头做成的鼓。那座山轮廓分明，呈圆锥形，而且山顶平坦。越南人也知道这种鼓，不过是用青铜制作的。那是青铜器时代越南及邻近地区文化的象征。石鼓镇也是荷兰新教派传教组织的所在地。这个传教组织的领导人是个女人，出身于荷兰名门望族。她很愿意看到来自欧洲的访问者，但是真正能让她看到的却微乎其微。那些来过石鼓的西方人并不都令人放心或者受人欢迎。她对我们讲述了一件往事。这件事和一个属于特别的教派、确切地说自命为特别的基督教教派的家庭有关。后来，大理的传教士朋友向我证实了这件事。

福斯特一家来自美国中西部林区深处。福斯特先生是个伐木工人。他说，他"受上帝的召唤"，去国外教化异教徒。由于没有从事传教工作的资历，任何一个正规的新教教堂都不肯接受他。不管怎么说，他们可能都是些基要主义者。这没有吓住他。他在家里把学校用的那种地图册打开，翻到世界地图那页。那是一本美国出的地图册，所以美国地图在中间，欧洲和非洲的地图在右边，亚洲在左边。他闭上眼睛，拿起一枚大头针，祈祷了一会儿，然后把大头针刺向地图。因为他知道美国地图在中间，就把大头针向左刺去，结果刺到中国。这样，他就肩负神授的使命，宣布去中国教化中国人。他带领全家人，一个女儿，一个年幼的儿子，和头脑简单、对他言听计从的妻子，登上驶往上海的轮船。那个年代，那样的旅行花费还不很贵。

可是，上海令他失望。在这座大城市里，已经有许多设备齐全、颇有建树的教堂和其他宗教机构。福斯特先生坚信，偏远的内陆地区才是真正实现自己伟大使命的地方。那些地区不在现有传教机构的管辖范围之内，甚至不在中国内地传教团体的势力范围之内。中国内地传教团体是专门在中国内地开展传教活动的几个新教教堂的联合传教机构。大理传教团就是其中一个。后来，福斯特一家乘轮船到汉口，然后，换船溯江而经过长江三峡，到达重庆。随后又辗转到西康省的巴塘。那时，在中央政府治理下的西藏东部叫西康。巴塘是中国内地传教机构在长江上游设立的最后一个传教点。这个地区往西，是西藏达赖喇嘛治理的领地。达赖喇嘛不承认南京政府宣称的宗主国地位。结果，不仅来自西藏以外的外国人一律不准进入西藏，传教士们也不准进入西藏。

这时，福斯特一家已经一贫如洗。他的钱在路上用得精光，一家人沿路乞讨，来到中国内地传教团的门口，饥肠辘辘，衣不蔽体。传教团的主事是上海一家报社的著名长期撰稿人，专门报道中国偏远西部地区的趣闻轶事。这位主事以基督徒的真诚与善良，把他们请进传教团，给他们吃，给他们穿，并且安顿他们住下。主事还想让福斯特明白，他的计划毫无希望，应该先回家，学习做一个合格的牧师。主事的话被他当成耳旁风。福斯特争辩说，召唤来自上帝，必须遵从，他得到的一切都是上帝供给的。这番话激怒了那位传教士。虽然福斯特的话里充满对上帝真诚的信仰，可是此时此刻，供给他们一家老小吃喝穿戴的是他和中国内地传教机构。何况，他可供应的东西也不是无穷无尽。除此而外，他不允许福斯特在巴塘街头搞那种完全不符合教规的布道活动。因为福斯特根本不懂汉语，只能用英语布道。翻译居然是他十二岁的儿子——儿童习语言的能力比较强，小家伙道听途说，学会几句汉语。由于福斯特对基督教教义几乎都是按照自已的好恶理解，再通过一个漫不经心的孩子做翻译，街头布道会演变成怎样一场闹剧就可想而知了。中国内地传教机构当然不能接受这样的结果。

因此，中国内地传教团主事命令福斯特一家离开。他们离开了，可是，竟然鬼使神差渡过汹涌奔腾的江河，进入了西藏。他们究竟怎样躲过边境检查，以及如何逃脱被驱逐出境的厄运，就不得而知了。福斯特只是简单地把这一切归功于上帝的保佑。也许有这种可能：西藏人认为福斯特是个疯子，就以世界上许多地方司空见惯的对无害竞争对手的宽容，施舍给福斯特一家一碗饭菜，然后叫他们务必离开西藏。这样，他们一直在西藏四处漂泊，直到来到中国重要的边境城镇维西。他们又一次陷入饥寒交迫的困境。当地一位传教士施舍给他们食物，这位传教士不属于中国内地传教机构，而是“摇喊”教派[①]的成员。他是个英国人，原来是诺丁汉郡的一个矿工，是这个小镇唯一的传教士。小镇的居民有一半是西藏人。甚至连这位“摇喊”教派传教士也不能接受福斯特那种奇特的布道方式。他不打算让福斯特待在小镇，便送福斯特一家离开维西。他们沿着小道走了四天，来到石鼓，当然就成了荷兰传教团的不速之客。

来石鼓以前，这个家庭已经失去了一个成员，那是一个在西藏出生的婴儿，死在路上。一路艰辛，死个婴儿毫不奇怪。在西藏某地，福斯特收养了一个大约十三岁的西藏姑娘，代替了死去的孩子。具体细节谁也不知道。荷兰传教团首先把他们那些长满虱子、肮脏不堪的衣服统统烧掉，给他们换上新衣服，然后供给他们食物。福斯特通过他的儿子继续布道，称自己是直接受到上帝的启示，而不是受到别的生物、人或神的指派。这不是正统的加尔文主义。荷兰传教团认为，福斯特的布道是一种分裂活动，对他们的传教造成极大的损害。因此，他们再

①“摇喊”教派：在做礼拜时以叫喊和乱动来表示虔诚的教派成员。

次坚决要求福斯特一家离开，同时，又给大理和昆明的同事和其他传教团体写信，提醒他们将会发生的事情。那位西藏姑娘厌倦了旅行和旅途的艰苦。她拒绝继续跟着福斯特走，于是被福斯特逐出那个家庭和他的“教派”，留下来当了荷兰传教团的仆人。大约一年以后，我们到达石鼓的时候，那个西藏姑娘还在那里，变成一个少言寡语、行为端正，尽职尽责的仆人。她十分满意与善良的人们一起度过余生。

福斯特一家到达大理，又沦落到衣衫褴褛、食不果腹的地步，可是依然让那个孩子当翻译用英语布道。大理中国内地传教团的主事艾伦先生事先得到提醒，立即作出决定，要福斯特三天之内离开大理去昆明，并且给他们一些钱作旅费。他还给美国驻昆明的领事写了封信，告诉他福斯特一家会给他带来什么难题。福斯特一家到达昆明，像以往一样一贫如洗。当地的传教团施舍给他们食物，并且想方设法限制福斯特布道。美国驻昆明的领事梅耶先生左右为难。他不能无端驱逐一个没有违法行为的美国公民。不过，昆明的传教士找到了一个解决问题的办法。他们把一张地图拿给福斯特，告诉他，离广东省海岸不远的海南岛的传教士缺额。在那里，福斯特可以大有作为。福斯特上钩了。一家人乘火车去当时法属印度支那的海防，然后打算再去海南岛。他们虽然不在梅耶先生领事权的管辖范围之内，可是，自从海南岛发生了共产党领导的起义以来，美国驻海防的领事被赋予更大的权力。他无需多作考虑，就拒签了福斯特到中国内地旅行的入境申请（因为海防是法国的殖民地，从海防到海南岛便构成了新的入境）。这样福斯特一家被拒绝在海南岛登岸，只好去下一个停靠港口香港。而那个殖民地的英国政府事先已经得到美国总领事的告知，拒绝福斯特一家人境。他们被迫登上一艘开往旧金山的轮船。福斯特一家的故事说明，外国人在中国的特权有其两面性。一方面声言，传教士可以去他们愿意去的任何地方；另一方面，领事馆当局如果急于摆脱那些棘手而令人讨厌的怪人，可以利用他们的治外法权，玩弄阴谋诡计，把他们驱逐出中国。

在石鼓，我们还拜访了在虎跳涧峡谷里遇见的那位纳西族副行政长官德高望重的母亲。她穿戴得像一位王后，坐在一把高背藤条太师椅上。那张椅子一定是从新加坡进口的，很难估计费了多少劳力才运到此地。我们客气地对她讲述了在路上碰见她儿子的情况，她也亲切地以丰盛的午宴款待我们。当然，她自己没有亲自出席。荷兰传教团的修女告诉我们，能有幸受到那位夫人的接见非同寻常。副地方行政长官的母亲属于纳西族上层贵族阶层，很少会见外国人。几年前，她接见过一位外国人，是来这里旅行的罗斯福。我们沿长江上游的河谷向北，然后再向西，沿这条河与湄公河一条支流的分水岭去维西。那是汉族治理下西藏边境最后一座城镇。

这里的河谷很窄，左岸（东岸）非常陡峭。小道在右岸，两旁是带状的耕地，主要是稻田。长江的这一部分被称为金沙江，意思是金沙之河。沿途各地都能看到人们不知疲倦地把沙子铲到筛子里，再把筛出来的细沙在水里淘洗，澄出金沙。淘金的人们说，只要辛勤劳动，就会淘到金子。由于大家都把目光投到黄金上，农业被严重忽视，为数不多的几个小村庄提供不出比大米和少量鸡蛋更多的食品。幸亏我的厨师烹饪技艺高超，就用这些单调的烹调原料做出了花样繁多、十分可口的饭菜。正是在这个地区，那两个替我赶骡子的人当年应征，在进行万里长征的共产党军队中服务，并且得到相当丰厚的报酬。那时候，红军一直沿着这条道路长征，直到渡过金沙江，进入西藏东部荒无人烟的“草地”，赶骡子的人指给我们看他们在二十四个小时里走过的路程。从亲身经历过那段历史的人们口中得到的证据使我明白，十年以后，共产党军队为什么能以游击战术巧妙地与日军周旋，并最终战胜日本人，后来，又战胜了国民党军队。

长江和澜沧江分水岭上的小道，地势很高，至少有九千英尺，而且山坡很陡。我们走上山顶时，将近下午一点钟。要想天黑前赶到维西，必须马上沿小路下山。没有时间做饭，天气又冷，我们只能在一片灌木丛的背风处草草吃了一顿午饭。不远处，几个西藏人也坐在地上不慌不忙地吃饭，不时用眼睛瞅瞅我们。还有另外一伙人，看起来像是汉族商人，也刚刚吃完饭，其中一个人向我们走来，客气地问我们是不是去维西，我们回答说是。“既然是去维西，你们最好跟我们一起走，”那个人边说边指着那伙西藏人，“不要相信那些人，他们很可能想抢劫你们。而我们是得到官方许可运送武器的，他们知道我们的身份，因此不敢贸然攻击我们。”我们欣然接受了他的善意的建议，便与他们一起出发。我与那位汉族商人并肩走着，他对我讲述了有关他的生意的全部情况，那是一种极其罕见的贸易。他来自大理一个特殊家族。这个家族享有世袭的特权，唯独他们才能进入缅甸北部以割取敌人首级为战利品的那加斯部落的领地。那是“无人管理”的地带，正如英国当局委婉描述的那样。那是印度阿萨姆邦、中国和缅甸之间一个未经探索的地区。

这里生产非常稀有的名贵的中药药材，也是亚洲犀牛最后一片栖息地，犀牛角在中药中有壮阳的功效。

我那位朋友的家族有进入这个原始部落与那加斯人做买卖的特权。他们带进斧头、刀子和其他有用的工具，运出各种名贵的中药药材，遇上好年份，还能带出犀牛角。平常运出的是鹿茸，其药用价值与犀牛角相同。只有这个家族的成员才能进入那个地区，其他任何贸然闯入的人立即被砍下脑袋。如果原来的家族成员生病或去世，而这一家族又想任命一个新成员代替，他们就得提前一年把新成员的详细情况通报给那加斯部落的酋长。告诉他们，新成员是谁的儿子，多大年纪，他的体形和外貌，以及特殊的标记，等等。回答不上这些特殊问题的人，不管是谁，都会被砍下脑袋。由于名贵的货物很轻，所以，他们只有三头骡子和两个已经经过核准的家族成员，其中一个是当年的新手。他们还得到云南省省长云龙的批准贩运军火。由于这种货物价格昂贵，龙云亲自过问。不过，他们不能把军火带进那加斯人的领地，只能徒手进入那个地区。军火在中国境内离缅甸最近的一个小村庄里交货。在中国，这位商人尽管是个非常聪明、非常富有的人，但是，艰苦跋涉奔波却使他很难享受到生活的乐趣。1937 年冬天他就这样说：中国与日本之战将是长期的（在 7 月已经开战了）：

> 许多灾难将会降临，日本人会占领我们的大片国土。我们没有盟友，你们英国人虽然不愿意看到日本人占领中国，那样会损害你们的贸易，但是，你们也不会派海军舰队到中国的海岸阻止日本人，因为你们

担心自己家门口的德国人。因此，我们只能孤军奋战。总有一天，我们会使日本人精疲力竭，战胜它，可是，抗战胜利需要许多年的时间。

这番评论对正在进行的战争进程确实是一个简明而准确的预言。不过，评论中有一个重要方面没有涉及，那就是没有提到美国。当时，美国人热心于保持中立，在一般有知识的中国人看来，在即将到来的艰苦斗争中，美国是一个不可预见的因素。

那位汉族商人一行在维西逗留了几天，然后取道萨尔温江河谷，去往那加斯人的领地。在英国的地图上，萨尔温江流域那片土地属于缅甸。事实上却是在中国地方行政长官的治理之下，而且，我的朋友从来没有听说过那片土地被指定（被英国指定）为缅甸的领土。这一发现耐人寻味。从他记事以来，萨尔温江上游就一直在中国的管辖之下。他们祖祖辈辈年复一年

◎云南北部石鼓的集市 摄于1937年

地在这条道路上往返了一个世纪甚至更多的时间。维西是个小镇。作为边境要塞，城的四周都筑有城墙。镇上的居民至少有一半是西藏人，其余是汉族和纳西族及其他少数民族居民。维西有一座规模很大的西藏喇嘛寺，或喇嘛教的寺院。除此而外，这个小镇有一件事情非常有趣，那就是在如此偏僻遥远的地方居然有一个由诺丁汉郡的矿工主持的“摇喊”教派的传教机构。这位“主持”是个非常棒的机械师，不管他信奉什么宗教学派。他的房屋是自己盖的，横跨在一条奔腾的溪流之上。溪流驱动水轮旋转，水轮带动一个发电机，于是，屋子就有了电灯照明！这真是奇迹。从昆明，或者从缅甸北部城市八莫（旧称新街），方圆五百英里，这是唯一用电灯照明的房子。真可谓独一无二。不论哪个民族的人，只要到维西参观，都会被那奇妙的电灯吸引。他是怎么安装上这套设备的呢？他带着浓重的诺丁汉郡口音解释说，他是在昆明弄到这套设备的。把它拆卸开，打包起来，用三头骡子驮到维西，然后打开包装，再安装起来，就发出电来了。他的房子至少有一半用作车间，里面有各种各样的工具和仪器，其中有一些是他自己制造的。尽管他有资格做一个名副其实的工程师，但是，他却热衷于做一名“摇喊”教派真诚的信徒。这个特殊教派的活动包括在小教堂里演奏震耳欲聋的铜管乐，在音乐声中，一群着了魔似的信徒在地板上滚来滚去，口中念念有词。“他们讲的是什么语言？”“哦，那是一种古老的宗教语言。”“你懂吗？”他不懂。谁也不懂。但语言是神圣的。我们问他花的钱、买的东西是从哪儿来的？要知道，在这个偏远地区，既没有银行，又没有商店。这时候，便显露出他另一方面的才能。他回答说，他给人们修理东西，然后以

“易货贸易”的方式得到他需要的东西。他说，他还把能搞到的每一个马口铁桶或者马口铁盒保存起来，做成各种日用品，和从昆明到维西旅馆里住宿的客人们进行“贸易”。后来，我做了一番调查，发现他说的是真话。一个装香烟的马口铁盒足够做成一件有用的东西。

我常常纳闷，在后来的岁月里，他会变成什么样子。日本人从来没有到达云南西部，他又远离滇缅公路和战前就迁到云南西部的紧急空运基地。可是，20 世纪 50 年代初期，共产党已经占领了整个云南。那只是十三年以后的事情，而十三年后，他依然是中年人。从维西出发，我们沿原路返回石鼓，然后沿洱江河谷（不是老虎涧峡谷）回到大理。我的朋友们取道缅甸，返回英国。我留下来，在云南又逗留了一年。这期间，第一所“避难”大学开始到达云南省，在昆明建立起他们的战时校园。于是，在清华大学执教的老朋友便来拜访我。

在这些老朋友中，有艾弗·多萝西娅，理查兹和威廉·燕卜荪。还有他们的中国同事邴教授。他们在我这儿停留了几天，又去丽江旅行。他们离开以后，厨师说：“那位邴教授的汉语说得真地道。”“他当然应该讲得好，”我说，“他是中国人嘛！”厨师吃惊得摊开双手。“可是，他看起来和其他客人一样，真像个外国人。”厨师说。邴教授曾在英国和美国求学多年，穿着云南少见的宽松运动短裤和瑟法里夹克衫，还留着短短的胡子，对来自四川南部的那位厨师来说，邴教授看起来就是像个西方人。这也印证了我经常说的一句话。我自己是个碧眼金发的人，在中国，当然不会被错认为是中国人。可是，1939 年我回到英国，许多朋友和亲戚就常常对我说：“你真变得像个中国人了！”别的在中国居住多年的西方人也被家乡人这样评论。身处异国他乡，你遇到的每一个人，心里都会想：“哦，外国人！”他们脸上一副副表情一定有一种神奇的力量，久而久之，对你的外貌，确切地说是表情，产生一种潜移默化的影响，从而使你变得不那么引人注目。毫无疑问，长期生活在西方的中国人也是这样。

理查兹和威廉·燕卜荪与邴教授一道，去丽江旅游。在那次旅行中，理查兹还攀登了汉巴山。在我的建议下，他们在丽江参观了那座闹鬼的院子，并且想拍摄一张照片。艾弗发现，他需要换一卷胶卷，便取下装照相机的盒子。可是，换完胶卷，想重新装上盒子的时候，盒子却不翼而飞。他不禁气恼地怀疑，一定是看护院子的那家人偷了他的照相机盒。这家人——都是男人——日夜看守着闹鬼的宅院。他们说，每天夜晚，都得去扑灭“鬼”放的火。他们安慰艾弗说，照相机盒不会丢失，“鬼”经常恶作剧，说不定会在一个出人意料的地方找到照相机盒。果然，次日凌晨，理查兹在旅馆里被街上传来的一阵阵惊奇而激动的叫喊声吵醒。他们走出旅馆一看，商店老板通常用来悬挂广告招牌的一根很长的竹竿顶端，挂着照相机盒子。竹竿距地面足有十多英尺，需要一个人扶住一把梯子，然后由一个男孩登着梯子上去，才能把照相机盒取下来。看来，真的闹鬼了。

我的另一位朋友斯莫尔伍德中尉是位缅甸警官。不知出于何种使命，也来到大理，并且也想去丽江。我把丽江鬼宅的故事告诉了他。由于职业上的方便，他打电话给丽江警备司令部的上校司令——丽江的实际统治者——谈起这件事情。上校当然知道鬼宅的事，就和斯莫尔伍德中尉一同去察看。他俩走进阳光明媚、荒凉冷清的院子，上校环顾了一下宅院。“如果那个鬼怪胆敢在这儿耍花招，我就给它几枪。”上校边说，边把手放在手枪的枪柄上。话音刚落，突然飞来一块石头，重重地打在他的后脑勺上，他感到一阵眩晕，但受伤不重，没有倒在地上。上校站稳以后，和斯莫尔伍德垂头丧气地匆匆离去了。不论是谁，如果胆敢袭击这座城市里地位如此显赫的官员，都是一种极为鲁莽的行动，一旦被人发现，就会脑袋搬家。因此，谁都不相信，是哪个不要命的家伙从一个隐蔽的地方以如此高的精确度扔出石子打上校的。扔石头的一定是“鬼”。显然，上校也这样认为。他没有把责任归咎于看护宅院的那家人。他断定，没有人胆敢向他扔石头。那么，石头从何而来？难道真的是什么妖魔鬼怪，或者别有用心的人玩弄的聪明、非常聪明的恶作剧？大理人可能不会同意这种看法。比如，我拍摄的那张照片，怎么能简单地用恶作剧解释呢？后来，闹鬼的事突然结束了。据说，看护宅院的那家人万般无奈，去向一位著名的西藏喇嘛求教。那位喇嘛隐居在丽江附近深山里一个偏僻的山洞。喇嘛翻完“天书”、举行仪式之后说：“本来，你们家世世代代负责维修河上那座吊桥，但你们没有尽到责任。去年，一头骡子掉进河里淹死了，你们又没有超度它的亡魂（佛教认为，一切动物都有灵魂，下辈子可以传世为人，人也可能转世为别的动物）。因此，骡子的灵魂在你家作怪，逼你们修桥。修桥去吧，会平安无事的。那家人花了许多钱修好桥，鬼就不闹了。多数大理人认为，那是经常过那座吊桥的商人们精心策划的一个非常高明的诡计，但是迷信神鬼之说的人也不在少数。

1938 年冬天，我在大理的逗留行将结束。我决定取道缅甸、印度、波斯湾和贝鲁特返回英国。在那个经济萧条、价格低迷的年代，这样的旅程既不昂贵，也不困难。一位从罗得西亚殖民地退休的老朋友决定来中国与我会合，然后结伴回英国。于是，我先去昆明接他，然后一道来大理，那是我最后一次去昆明。凯思·金罗斯和我在昆明逗留了一个月左右，为这次旅行做最后的安排。我们与忠诚的厨师、两个赶骡子的人、三头骡子一起从大理出发。为了抬那张用草席裹好的邓川县桌子，又雇了两个脚夫。从大理向西，首先要穿过水位不高的洱江河谷。洱江最终分成数条支流，流入澜沧江。通过下关的道路现在正在重修，因为它是新修的滇缅公路的一段。中国政府之所以匆忙修筑滇缅公路，就是为了在日本侵略军到达之前提供一条补给线（在日军入侵缅甸之前切割日军的入侵路线）。达诺炸药非常缺乏，也缺少重型机械，因为从昆明开始的那段已经修通的公路上的临时桥梁承受不了这些大型机械设备的重压。围绕这一问题，才高八斗的中国工程人员已经找到了解决的办法。公路通过峡谷南岸，而南岸的岩壁并不像看起来那样坚硬。这些岩壁是由一堆堆两层楼房大小的巨石相互挤在一起构成的。如果投入大量人力从巨石堆下面不停地挖掘，再清除掉巨石堆之间的泥土，挖到一定程度，用少量的达诺炸药就能把整块巨石炸得坍塌下来，掉在江里。这项技术方案正在实施，唯一不缺的便是劳力，而中国人更是巧用人力的专家。巨石坍塌的日子来临了，那是轰动大理的大事。警备司令部的上校司令邀请我和其他许多人前去观看。大看台设在山坡上一个安全的地方。当然，司令免不了要请我们吃顿丰盛的午餐。工人们冒着危险，小心翼翼地把支撑巨石的最后一些泥土挖去，然后，安置妥当炸药，到附近安全的地方躲避起来。爆破声骤然响起，巨石开始摇晃，随着一阵震耳欲聋的哗啦声，巨石坠落到二百多英尺以下的江里。巨大的水花四处飞溅，被临时阻断的江水在巨大的石块和泥土间狂怒地打着旋流过。随后，工人们收工。第二天，平整新开辟出来的路面，修成一英里左右的公路。有时候则比这个长度短得多。再次遇到挡道的巨石时，用同样的方法把巨石除掉。

我们沿着这条用移石开山的办法修筑起来的公路向澜沧江进发。江上，横跨着一座明代的铁索吊桥。那是中国工程史上最著明的杰作之一。它沟通天堑，历时已五百余年。澜沧江河面宽阔，河谷很深，夏季和冬季之间的水面落差超过七十多英尺，很难用渡船摆渡。吊桥修在河面狭窄的地方，宽度大概有一百多码（九十多米）。吊桥以一块面积与中等住房地面面积差不多的平地为出发点。这块平地位于一道山坡的坡底，比高原至少低四分之一英里（四百多米）。巨大的铁钉将六条由手腕粗细的大铁环连成的铁链钉在原生岩石上。护栏由两条以上较轻的铁链组成。还有一些更轻的铁链把护栏和吊桥主铁链连接在一起。当作桥面的木板横绑在主铁链上——一点也不安全——就构成一座完整的桥梁。即使过桥的人很少，桥也摇摇摆摆，令人心惊胆战。骡子对它更是厌恶。因为经常走这条路，它们已经熟悉这座吊桥，每当过桥，都逡巡不前，因此，不得不把它们的眼睛蒙起来，小心翼翼地拉着过桥。一次一头，绝对不能多。这样一来，规模大一点的马帮过桥可能得花费大半天的时间，从其他路上来这里过桥的人和牲畜都得耐着性子等待。

吊桥虽然看似简单，可是怎样建成的呢？他们怎样把这些巨大的铁链从巍峨的高山搬运到这个狭窄的岩架上，然后把铁链的一端钉在岩石里，而把另一端送到河的对岸呢？把铁链的另一端放在许多木筏上，一大群勇敢无畏的人，沿着导向的绳索，用比较粗的绳子拉，拉，拉，这就是答案。方法是传统的，也许在什么地方有记录可查。不管怎样，独具匠心的设计造就了这座奇迹般的吊桥。它具有一种令人赞叹不已的美。在云南、贵州和四川还有别的类似的吊桥，不过所有这些吊桥中，澜沧江上的吊桥是首屈一指的。它长度最长，高度最高，建桥的难度最大——而且，建成的年代也最久。

渡过澜沧江，在这条大河和较小一点的萨尔温江（怒江）之间，有一座城市叫保山。为了一周一次的休息，我们在保山住了下来，此外，一头骡子的左后腿瘸了，这次休息就更有必要了。真是幸运，赶骡子的人告诉我们，城里恰巧有一位著名的兽医，他是用针灸治病的，他们已经约好这位兽医给骡子看病。手术将在第二天上午进行。在中国，第一件要紧的事是吃早饭。我们在旅馆后面的一片空地上架设起一个类似足球场球门那样的框架，然后把骡子的头、前腿和后腿绑在那个框架上，随后，兽医就仔细观察那头牲口。他发现骡子的左臀上有个斑点，用手指捅了捅。骡子有明显的反应，兽医就取出一个瓶子，里面装的东西似乎是石灰水。他把石灰水涂在那个斑点上以后，先刮去一小片毛，又取出一根很长的针。针的粗细和缝帆布用的针差不多。他在斑点周围摸了摸，调整好针的角度，过了几分钟，用一个小锤子把针突然钉进骡子的后臀，至少有一英寸深。骡子拼命挣扎了几下，想用后腿直立起来，过了一会儿，才平静下来。“别管它。等上一两个小时，再看看情况怎么样。”兽医说。两个小时过后，我们返回来，把骡子头上、腿上的绳子松开。赶骡子的人牵着它，在空地上遛了起来。骡子行走自如，没有一点瘸的迹象。在后来八天的旅途中，也没有发现腿瘸。此前，我从来没见过用针灸治病，不论是给人治病，还是给牲畜治病。针灸的确治好了那头骡子的病。

下一个难忘的地方是怒江渡口，那里的桥比较低，据说是在维多利亚时代后期由一位英国工程师修建的。（怎么会是一位英国工程师？人们纳闷，但是没有一个人知道事情真相。）桥修得不错，并不壮观。江水在深深的峡谷里奔流，这条峡谷很有名，不过是坏名——这里是恶性疟疾流行之地。这里的居民很少，都是一副病恹恹的样子。据说是傣族人。白天，汉人和云南其他少数民族的人就连吃饭、喝茶也不在这里停留。我们在峡谷上面休息之后，就加快脚步，下坡、过桥，然后拼命地爬坡，穿过一片高大的圣栎林。森林里有长臂猿出没，听得见它们的悲啼，却看不见它们的身影。赶骡子的人们说，它们是那些死于疟疾的人们灵魂的化身。它们的啼声的确是悲切的。我们没有停步，直到走出森林，来到一个视野开阔的小村庄。

下一站是腾冲。这是中国境内最后的一个主要城镇，也是负责处理边境上次要事务的英国领事的居住之地。我们事先就告知英国领事，要经过腾冲。听说西方旅行者，在云南这个小小的边城会受到热烈的欢迎，还能洗上一个热水澡。经过长途跋涉，能洗洗澡是求之不得的事情。金罗斯在旅途中骑着骡子，一身过时的罗得西亚式打扮——宽松的运动短裤、旅行夹克衫、宽边礼帽以及马靴。我穿着一身已经穿了两年的旧衣服。具体一点说，一顶中国式圆锥形大草帽，一条黑色丝绸宽松长裤，一件褪了色的、不太干净的衬衫，一双适合在云南跋山涉水的中式布鞋。我一直步行。我们来到领事家，走进草坪整洁、精心维护的花园。金罗斯在前面，我夹杂在一伙人和牲畜中间。领事夫人正坐在游廊。她站起身来，热情地对金罗斯说："哦，菲茨杰拉尔德先生，非常高兴您顺利到达！"然后又朝我们的马帮转过身来，对我说："请你的人把牲口牵到后边的马厩去吧。"凯思十分尴尬，连忙解释说，那个看起来像个流浪汉的人才是菲茨杰拉尔德先生，我是他的客人。这番话引来一阵大笑，后来，我们受到非常热情的款待。

腾冲是去缅甸之前的最后一站，前面还有六天的路程。一路下坡——马可波罗把它描述为"伟大的斜坡"。斜坡过后，便进入热带丛林。云南高原的骡子在这里不适用了，它们会生病。因此，这些骡子驮的东西被转移到新雇来的几头牲口的背上。这些牲口适应这里的环境。这倒不是说这里气候炎热，或者潮湿。事实上，在八月初的那个季节里，缅甸—云南边界上的热带丛林气候干燥，凉爽宜人。森林稠密，森林里有各种各样的鸟类，其中一种是家禽的祖先。据说，这种鸟起源于这个地区，以非常优美的滑翔动作飞行，身体的大小大约是家禽的一半。走出热带丛林，进入掸族①人和克钦部落居住的地区。他们不会说汉语。那时，直接统治他们的掸族头人承认中国的宗主权，而仅在几英里以外，他们的同族兄弟却承认英国政府的宗主权。可是，边界在哪里呢？界碑在什么地方？赶骡子的

---

①掸族（shàn）：居住在东南亚尤指在缅甸掸邦的人。

人不知道。“再走一天看吧。”他们说。第二天，大约中午时分，我扪来到一条小河旁边，没有人家。吃过午饭动身出发时，赶骡人的头儿说：“我想，我们现在就要到达缅甸了。”果然不差，刚刚走出半英里，便看到小道旁边立着一块英文界碑。两个伟大的国家竟然没想标明它们的边界，没有设置海关官员、边境警察、移民局官员，甚至没有竖立一根悬挂国旗的旗杆。啊，“黄金时代”！我们再也看不到这样的情景了。

就这样，我离开了中国，准备在英国待上六个多月以后再返回北京，或者别的什么地方。除了撰写关于大理白族的书籍以外，我还没有一个明确的计划。不过，许多事情迫在眉睫，首先是第二次世界大战。将近六年以后，我才又重新回到一个完全不同的中国。

第十三章

真正的革命

我们作为地区特派员拉尔夫·维尔克的客人，在八莫逗留了几天。他说话风趣，幽默健谈，肚子里尽是故事。首先，他讲述了这样一件事：有人在八莫地区行署的档案中发现了一份材料，与第一次世界大战前的印度总督柯曾勋爵有关。那时，八莫是印度帝国的一个省。当时的地区特派员得到德里总督秘书的通知，说总督大人想到缅甸旅行。在此期间，要到八莫参观，时间是一天一夜。访问期间，总督大人要设宴招待当地的知名人士，并且详细列出宴会的菜单。那时候，地区特派员对那位势大权重的德里秘书言听计从。总督来到八莫，下榻在地区特派员的官邸，四十人的宴会按时举行。一切顺利，总督一行随后踏上前往仰光和返回印度的旅途。后来，在适当的时候，地区特派员把宴会的账单如实寄给德里的总督秘书。没多久，那位秘书就气势汹汹地质问特派员："'四十头牛'这项是什么意思？"特派员回答说，秘书先生寄来的菜单上列着牛尾汤一道菜。秘书先生想必知道缅甸是个信奉佛教的国家，不但不能经销牛，而且屠宰动物也违反佛教戒律。因此，我们不得不从邻近的中国云南省买牛，并在那里屠宰。我必须提醒阁下的是，一头牛只有一条尾巴。所以，四十盘牛尾汤，要杀四十头牛。”

我们在八莫逗留期间，地位不如总督高的八莫省省长也来到八莫，考察修筑与滇缅公路连接的汽车公路的可行性。当时，中国人正在匆匆忙忙地修筑那条公路。有人已经就这条公路的线路提出建议。八莫的高级官员们聚集在一起讨论，并且准备实地考察。缅甸和中国之间边境地区掸邦的高级专员弗加蒂先生也在其中。他的女儿嫁给了邻近地区的专员，也随他来到八莫。考察那天，我们也应邀参加。由于省长和他的陪同人员坐了那位地区专员的汽车，我们就搭乘专员女儿的汽车。汽车由专员的女儿驾驶，专员也坐在这辆车上。返回的路上，我们的车似乎要晚到了，于是，那位太太便加快速度。路面没有铺沥青，坐在女儿旁边的弗加蒂先生十分紧张。父亲告诫女儿不要开得太快，女儿回答说十分安全，我也对车开得太快心存焦虑。汽车继续奔驰，甚至可能更快了。专员强烈抗议，父女俩开始争吵，而且越吵越凶。最后，女儿停下车。“如果你不愿意坐我开的车，”她说，“那就下车步行吧。”弗加蒂先生怒气冲冲地下了车。在滚滚的黄尘中，我们继续向前驰去。当时离八莫至少还有八九英里，天非常热，而且又在一片热带雨林的深处。热带地区的黄昏就要降临了。这一切，似乎都没有让女儿对父亲的安全担忧。她继续开车向前疾驰。凯思·金罗斯终于按捺不住，惴惴不安地问那位气咻咻的年轻太太，她的父亲会怎么样呢？“哦，别人（也就是省长他们）

会让他搭车的。”凯思·金罗斯那时候已经当了一年殖民地罗得西亚的文职官员。他十分惊诧，从来没有听说过一位高级官员竟然会受到这样的对待，即使来自自己的女儿。弗加蒂先生的确搭车回来了，不过没有出席当天的晚宴。谁也没有对这一事件发表评论。

仅仅过了两年，由于日本人的入侵，那些可怜人都陷入水深火热的境地。听说，弗加蒂先生在空袭中受伤，在从八莫撤退的过程中，不治身亡。我从来没有听说过其他人的命运。他们也许还在八莫，因为我们的东道主向我们讲述这件事情的时候，19 世纪初期那种古老的制度一直没有改变。驻印度的英国文职官员任职期间只有一次不扣薪水的假期。19 世纪中期，绕道好望角的旅行不仅历时很长，而且费用昂贵。那时，这种规定也许还有点意义，但是，在航空旅行出现的年代，这种规定显然是荒谬的了。这样一来，大多数文职官员度假时只能去寒冷的喜马拉雅山，或者打猎，或者探险。在那个年代，往往因为他们精通许多种语言中的一种，不少官员就只能在一个省里工作。缅甸尤其如此。缅甸是一个与印度完全不同的国家。它也是一个信仰佛教的国家，但没有种姓制度。因此，家庭属于上流社会的缅甸姑娘可以嫁给英国的文职官员而不会遇到任何阻力。同样，与印度帝国其他任何地区不同，英国人对娶缅甸姑娘为妻也没有异议。这样一来，地区官员或者他的上司的妻子是缅甸人的现象屡见不鲜。在殖民时期，这种社会现象不同寻常，值得记录下来。如今，在英国的缅甸人为数不少，尤其在军队里，他们就是这种婚姻所产生的后代。

我们从仰光到印度的加尔各答，然后乘火车，再在阿格拉、克什米尔、德里和拉杰普塔纳转车，横穿次大陆，宛如匆匆过客，对多年来英国统治下的印度“走马观花”。这种旅行当然不可能对一个国家有什么了解，但也看出，它在享受着最后一年的和平与相对的稳定。从印度出发，渡过波斯湾到巴士拉，然后到达巴格达，乘汽车穿过叙利亚沙漠，到达大马士革、贝鲁特。最后，乘船取道马赛返回英国。以在中国偏僻地区生活的经验观察西亚，颇受启发。在中国，虽然法律和秩序比西亚稍差一些，但农民祖祖辈辈住在完好的房子里，食物的营养比较丰富，日子比别的国家好得多。在缅甸时，我们乘坐的轮船未能在伊洛瓦底江岸边的曼德勒停靠，因为那里发生了暴乱。在叙利亚，黎明时分，我们在枪炮声中匆忙穿过大马士革，因为叙利亚人正在举行反对法国的武装起义。如此说来，云南人好像没有受到太多的侵扰。

我返回英国不到四个月，第二次世界大战就爆发了。返回中国是不可能了，于是就去登记就业，谋求一个国内工作的职务。先是应聘到利物浦当了一名审查员。一个月后，调到外交部的一个部门。该部门坐落在哈福德郡的布雷切里公园。关于这个部门的工作已经有许多人写过许多文章，无须赘述。反正它的任务就是提供情报，至于“情报来源不允许被鉴别或者引证”，所以没有必要再说什么了。我在那里工作了两年，后来调到伦敦。机关在公园巷一套豪华的房子里。我们没有住在里面，而是在那里轮流值班，监视因空袭引起的火灾。每周值两个夜班。办公室日夜有人值班，工作人员每周轮休一天。从窗口眺望海德公园，就像站在一个大看台上，那个特殊年代的景色尽收眼底。射向白金汉宫的炮弹吱吱吱地响着从空中飞过，炮弹偏离目标，飞过公园，或者射到公园茂密的树丛深处，激起的绿叶像一根巨大的柱子，晃晃悠悠，经久不散。公园里的落叶大约有一英尺深。时值仲夏，轰炸过后，树木依然郁郁葱葱。炮弹炸断的枝干上，很快又长出嫩绿的树叶。

我虽然在战时的英国工作，手头的业务却与远东的战事有关，尤其是中国。因此，这几年尽管不在中国，但对那里的事态发展却了如指掌。偶尔，我们也能提供对战争有影响的真正有价值的情报。指出日本人的意图自然是最敏感的新闻。日本袭击珍珠港导致盟国对日宣战。珍珠港事件前不久，我们收到一份情报，说中国政府得知一支规模庞大的日本舰队去向不明，这支舰队已经驶出母港，但驶向何处呢？中国人的消息表明，日本舰队向南驶向印度洋，但目的地不详。这条消息的重要性属于最高级别。在页边的空白处标有“K”和“C”的记号，意思是“国王和内阁”。标有这样记号的情报我们还得到过一次。那份情报是一位住在瑞典的中国人提供的。他妙趣横生地叙述了这件事的细节。夏天，一些迷恋最有权势的纳粹分子的主妇、太太们成群结队地前往波罗的海某一海滨度假。英国人突然袭击了那个地区。惊慌失措的太太们无处可藏，有一些逃到瑞典。可笑之处在于，英国人炸错了目标。目标本来是邻近的一个村庄——培尼察德。德国人正在那里秘密研制新型的火箭武器。那个报告也有“K”和“C”的标记。接着，培尼察德便被摧毁了。

我和帕梅拉·萨拉·诺丽丝是在布雷切里结的婚。那时候，我们俩在一起工作。我们两个年长的女儿大战后期出生在伦敦，姐妹俩都是在枪炮声中诞生的。1943 年，尼科拉诞生在一个敌人空袭的夜晚。空袭严重地破坏了切尔西[①]的“天涯海角”区。那儿离我们住的地方只有一英里。1945 年的一个下午，米拉贝尔出生时，第一批研制出来的火箭中的两枚袭击伦敦，落在兰德布鲁克－格罗夫区，距我们家也是一英里。我们最小的女儿安西娅也不例外，一天下午她出生在北京。共产党军队逼近北京的枪声清晰可闻。1948 年 12 月，在解放军形成对北京的包围之势那天，她接受了洗礼命名。我们住在伦敦肯森顿区的彭布鲁克广场，正好在厄尔斯柯特路的右边。有两个地区是吱吱作响的炮弹的袭击目标。那条邻近的路就是这两个地区的分界线。西边那个目标可能是艾迪生路上的铁路大桥，那是一个重要的交通枢纽。东边那个似乎是坎登山，目标可能是白金汉宫。由于炸弹制导系统失灵，落点不是偏近，就是偏远，于是就落向邻近地区。有一枚炸弹落在肯森顿大街和厄尔斯柯特路的一角，震碎了我们家窗户上所有的玻璃，弹片从前门飞入，炸塌了育儿室的天花板。幸亏孩子们都在乡下。我从办公室赶回空无一人的家中时，以效率著称的营救人员已经把前门固定妥当，用木条把一楼的窗户封闭起来，并把临时上锁的房门钥匙交给我，使我随时可以进家。

我的工作使我清楚地认识到外交使团的实力和弱点。在日本卷入对同盟国诸国的战争之前，东京尚有英国大使馆在行使职责。我们还能收到大使的快件，其中有他对中国战况评论的摘要。从英国在南京——后来又迁到重庆——的大使馆，我们也收到同样的信息。两位大使谈的是同样的地区、城市、峡谷，

①切尔西（（Chelsea）：英国伦敦西南部泰晤士河北岸艺术家和作家的聚居地。

或者铁路线。如果没有这样一个相同的背景，两位大使的报告可能让人觉得他们叙述的是完全不同的两场战争。东京的报告更客观一些，而且，与日本新闻机关对世界的说法相反，较少宣传的意图。重庆的报告揭露了日本士兵对中国平民的残暴行为。对中国军队的战报持极为谨慎的态度，而不是简单地当作“谎报军情”。另一方面，在战事后期，来自重庆的报告秘密地高度评价了中国共产党领导人毛泽东、周恩来和朱德的品德和声望。这些情报观察敏锐，分析透彻。后来的事态发展证明，这些鞭辟入理的分析是多么准确。外交部门常常受到判断失误的指责。倘若允许，他们便会援引查理二世的话为自己申辩：“我的言论是我自己的，但我的行动却是我的部长的。”

我工作的部门由瓦尔特·杰弗里上校领导。他有过最不同寻常的经历。他是我所知道的一位最出色的汉语学者，但是，对汉学界来说，他鲜为人知。很久以前，他是印度马德拉斯邦步兵团的一名军官，直到该步兵团被解散。义和团运动被镇压之后不久，作为一名年轻军官，他随步兵团来到中国，并且与占领中国北方的国际部队一道驻扎在那里，长达两年之久。杰弗里上校很有语言天赋，度假期间，或者外出执行公务的时候，他长途跋涉，足迹遍布大半个中国，包括与缅甸接壤的中国西南部几个省份。在此期间，他学会了汉语，不仅会讲，而且能写。

在中国劳工输出到南非威特沃特斯兰德金矿做工的时候，需要一位官员去那里处理对金矿的投诉问题。杰弗里上校被任命为负责处理矿井中国劳工问题的官员，希望他能客观地、实事求是了解一下中国劳工在南非金矿的现状。那时，英格兰新闻界的反对派人士在报纸上连篇累牍地发表文章，谴责凶残的白人工头鞭打的瘦弱的中国苦力，把中国人当作奴隶。实际上，中国劳工都是从中国北方招募的，他们不仅身材高大，体格魁梧，而且强壮有力。这些苦力能把一个大块头的欧洲人举起来，从屋子一头扔到另一头。他们对自己的处境和待遇也心满意足。因为按照中国的标准衡量，他们得到的报酬很丰厚。说实话，他们并没有受到压榨。他们还享受免费医疗，那是他们在自己的国家闻所未闻的事情。杰弗里上校对他们的语言、习惯以及思维方式都十分了解。这些“从奴役下解放出来”的劳工返回中国，都发了财。他们有的在家乡置房买地，有的办起了自己的公司。当年，当地的地主们为了驱逐这些“不安定分子”强迫他们应募到南非。我在唐山时曾经遇见过到南非打过工的中国劳工。所有这些劳工无不对南非充满怀旧之情。因为他们现在的“家底儿”就是到南非打工的结果。

从南非回来之后，杰弗里上校被派遣到印度阿萨姆邦和西藏边境，担当了特殊的使命。清王朝用武力占领西藏之后，把西藏降格为中国的一个省。这种行动不合 1909 年时印度政府的胃口。此外，中国认为，西藏与阿萨姆邦的边境荒无人烟，一直没有标明边界，那就为外来势力的入侵敞开了大门。而印度政府始终对西北边境的事态十分敏感，但又没有完全当作重要的事务对待。那里既没有兵营，也没有士兵防御。于是，一支被称为“边境巡逻队”的部队在当时的少校杰弗里的领导下建立起来。那个地区十分荒凉，而且世界上任何一个地区的降雨量都没有那个地区高。夏季，羊肠小道被雨水冲毁。雨水冲刷的山坡上不可能修建任何建筑物。秋天，雨停了，羊肠小道又重新恢复，但是只有小股商队才能通过。

在这个季节里，杰弗里率领的巡逻队进行作战训练，并向北面英国认定的边界地区前进。在声称是英国领土几英里之内的地方，他看见一块新近放置的界碑，上面刻着“大清帝国”几个字。他下令，即使可能有入侵者，也要采取克制态度。杰弗里首先在那块石碑上写下孔子在《论语》中说过一句话：“有朋自远方来，不亦乐乎。”然后，让一个技术兵把这句话刻到界碑背面。杰弗里率领的巡逻队撤离界碑，并在附近宿营。没过多久，他们看见中国士兵从山上下来，并且查看界碑。中国人拓印了碑文以后，便撤走了。后来，再也没有发生此类事情。此后不久，中国驻守边疆的官员，抑或是他的上司，把拓片送往北京。当中英两国从事边界谈判的外交官员会晤时，中国官员拿出那块界石碑文的拓片。中国官员是很有教养的学者，英国官员亦然。谈判在哄堂大笑和良好的祝愿声中结束。1911 年中国革命爆发后不久，中国在西藏的权力衰落，许多年来，再也没有听说过西藏和阿萨姆邦之间的边界纠纷。1962 年，那个地区再次引起的边界纠纷时，就不是“以礼相待”，而是“兵戎相见”了。

后来，杰弗里上校在驻扎在印度西姆拉的军事情报部门工作了许多年。他既没有写过只言片语的回忆录，也没有向任何一个人宣扬过自己广博的学识。与他一道工作过的同事，很少有人像他那样约束自己，有意回避任何文学活动。他是一位态度坚决，甚至严厉的上司。他憎恨那种自命不凡的人，能以辛辣犀利的语言戳穿任何虚伪做作。他知道的，远比他的下级和参谋人员知道的多。他本来应该是我们的一位师长，但却成了我们的挚友，直到他退休后不久与世长辞。在印度军队现役军人的名单上，年过七十岁的他依然是位正式的上校。研究过印度军队名单的人，对这一不合常规的情况是否感到诧异，我就不得而知了。或许这种特殊待遇便是官方给予他的唯一的赞颂和报偿。用官场上委婉的语言来说，我与那个“外交部门”约定，我只是在战争期间为他们工作。因此，当战争以日本宣布投降而结束时，我的工作也就告终了。

我应邀参加英国顾问团，作为一个“中国通”，到设在伦敦的顾问团总部上任，以顾问的身份工作了六个月。1946 年 6 月，我与妻子乘船取道上海，前往南京。那时，国民党政府刚从战时首都重庆迁回南京。我的孩子们是后来才去的。英国驻中国顾问团的团长是罗克西伯教授，一位著名的地理学家。作为他的副手，我是顾问团的第二号人物，后来任英国顾问团驻中国北方的代表。这样，我首次以准官方机构职员的身份返回中国。这片国土与我在 1939 年 1 月离开时完全不同了。抗日战争已经结束，可是，国民党与共产党之间新的内战即将拉开序幕。军事冲突发生的时候，乔治·马歇尔将军一心致力于安排停火。他想居中调停，建立一个联合政府。可是白费力气。国共两党都有充足的理由不相信对方。战争期间，共产党的力量已经大大加强，尤其在中国北部。而国民党政权却腐败无能，通货膨胀日趋猛烈，中产阶级倾家荡产，农民站在共产党一边，产业工人要求增加工资，抵偿通货膨胀。后来，他们的要求得到满足。国民党控制着城市和铁路线，而共产党控制着农村，几乎包围了城市。

从 1927 年国民党政权建立起，南京一直是首都。在其后的十多年间，南京有了相当大的发展。但是，在日本占领期间，也就是从 1937 年末到 1945 年日本投降，城市严重衰落。公共交通不能准时，街道的路面坑坑洼洼，下雨天，满地泥泞。住房极其短缺。英国顾问团的职员想分室而居，无异于异想天开。我们暂住在一套面积很大的公寓的几间卧室里，餐厅兼作办公室。开饭时，不得不把打字机和文件放在一边，办公桌权当餐桌使用。狭窄的街道对面，是澳大利亚大使馆，使馆人员的住处也像我们一样拥挤。大使的住宅不在其内。我们与邻居渐渐熟悉起来。后来，他们成了我们终生的朋友。罗克西伯教授是澳大利亚驻华大使道格拉斯·柯普兰爵士的老朋友，于是，我们和他也相识了。

那时，澳大利亚外交使团取得了一种与众不同的地位。可是后来，因为他们错误地拒绝承认共产党政权，而失去了这种地位。中国人认为澳大利亚与美国、英国和法国等西方最重要的国家不属于同一类型。德国还没有恢复成一个独立的国家，而日本则是以前的敌人。苏联肯定是重要的，但在国民党人看来，苏联是危险的，而且是它的敌人——中国共产党——的朋友。澳大利亚——甚至超过加拿大——被看作一个“思想解放的”国家。它已经摆脱殖民主义的枷锁，因此，惺惺相惜，被当作一个潜在的朋友对待。加之道格拉斯·柯普兰爵士又将自己的方针政策“发扬光大”，使澳大利亚成为中国政府和西方主要列强大使馆之间的一个媒介。1948 年，南京依然有一个共产党的代表团，在周恩来的领导下与乔治·马歇尔讨论难以捉摸的联合政府事宜。周恩来也从这个角度看待澳大利亚，并与道格拉斯爵士建立了良好的关系。通过这种接触，他得到了许多极有价值的信息，而他的欧洲和美国同事们却不那么容易得到。

苏联驻华大使罗申是个不可多见的人物。他在党内的地位想必很高。因为他经常单独露面，而没有别的使馆人员陪同。他还经常与道拉斯爵士进行非常重要的交谈。有一次他说：

> "西方各国政府相信中国人感激把他们从日本侵略者的铁蹄下解救出来，并信赖他们的友谊。苏联人也相信，共产党夺取政权之后（坚信这一点的不只是他一人），由于类似的原因，我们也可以信赖他们。但是，我们双方都错了。中国人只是在利用我们。一旦时机成熟，我们双方就会像穿破了的靴子一样被中国人扔掉。"

这种预言，在克里姆林宫和在华盛顿一样，不受欢迎。后来，被推翻的国民党政府到广东临时避难，罗申是随之而去的唯一一位大使。新的共产党政府在北京成立的时候，苏联政府将他从广东召回，任命为驻北京的大使。他当然知道，他得围着克里姆林宫的指挥棒转。

除了靠近城区的美丽乡村之外，南京令人愉快的休闲之地非常稀少。坐落在紫金山上的国家公园，实际上在 14 世纪末期明朝修建的非常长的城墙之内。即使南京还是明朝的首都，能否占满城墙以内那个巨大的空间也是值得怀疑的。就像现在一样，城墙以内必定有面积很大的农田和菜园，因为城墙是沿着俯瞰长江而具有战略意义的山脊和西部面积很大的湖泊修建的。南京城的老城区多数建于明代，后来，依然有那个年代的一些寺庙和达官贵人们富丽堂皇的宅第保存下来，但在 1402 年的内战中被毁坏。自那以后，首都就迁到了北京。古老皇宫的旧址现在被用作机场，称为“明宫机场”。也许，这是世界上唯一一个建在城墙里面的机场。

南京有一些久负盛名的饭馆。在住房狭窄拥挤的情况下，招待活动通常都在这些饭馆里举行。几乎只有大使馆，确切地说，是大使的官邸，才能提供足够大的或者不受妨碍的房间供私人招待或官方宴请。英国顾问团不得不招待来访的知名人士时，就面临许多问题。客人们吃得惯中国菜吗？如果吃不惯，怎样尽可能少招待一些客人呢？这样的客人一般都有随员。那时，克里普斯夫人是世界儿童救援基金会的主席。这个基金会为中国做了大量工作。为了表示对她的谢意，中国政府邀请她访问南京。英国顾问团也参与了接待克里普斯夫人的活动。克里普斯夫人下榻在中国政府的一个官方宾馆。一下飞机，蒋夫人在停机坪上就把克里普斯夫人接走了。其他欢迎的人们也匆匆离去，停机坪上只剩下克里普斯夫人的女儿和她的随员孤零零地站在那里。

英国顾问团赶来救急。我们把客人和他们的行李统统“塞进”两辆吉普车——那是我们仅有的交通工具——然后向我们的住房兼办公室驶去。我们在那儿招待他们吃饭，支起行军床让他们过夜，直到上级把事情弄清楚为止。这种事说起来简直难以想象。来访的人，或者一些组织的代表不明白战争刚刚结束之后，南京面临的种种困难。各大使馆被自己的职员住满了，大使也腾出自己官邸里的一些房间让秘书和助手们居住。除了旧式的中国旅店和几家破败不堪的“现代”中国旅馆——实际上是妓院——以外，南京没有像样的旅馆。日渐恶化的政治形势对投机商和承包商大规模投资建设旅馆几乎没有任何刺激作用。

为了缓解住房紧张问题，我们决定租房，并且找到一处房子，是一位国民党上校的。那位上校很乐意把房子租给外国半官方机构，可是房租，要按照中国官方的货币——法币——计算。再把计算的结果按照法币与英镑的官方汇率折合成英国货币。这样算来，一年的租金竟然高达一万二千英镑之多。是那处房产售价的二到三倍。我们提议，房租以港币结算。他欣然应允，随后报出一年的房租，按港币和英镑的汇率计算，每年一千英镑。像其他官方机构一样，英国顾问团在做类似的交易时，被迫以官方的汇率付钱或者兑换货币。由于通货膨胀日趋猛烈，官方的汇率现在仅是商业贸易中流行汇率的十分之一。因为我们这个在中国开展活动的英国顾问团，只是政府的下属机构，所以在英国的殖民地香港没有，也不可能有银行户头。1947 年 2 月，罗克西伯教授突然去世。作为那个意外的不幸事件的结果，我成了英国驻中国顾问团的代理团长，直到新任命的团长到任为止，期限大约是几个月。这样，就由我把租第二套住房的建议摆在英国驻华大使拉尔夫·斯特文森爵士面前。他口头上表示同情和理解。其实，真正需要他做的也只是推荐英国驻中国顾问团在香港开一个银行户头。通过开这个户头，英国的纳税人每年就可以少交一万一千英镑的税款。这件事显然不难办到。然而，大使整整拖了两个多月也不肯办理。最后，在英国外交部的压力下，他才勉强同意英国顾问团的财务编制。

到了 1947 年年初，中华民国的政治和经济状况急剧恶化。

乔治·马歇尔将军不得不谴责国共两党，然后放弃了调停的努力。周恩来领导的谈判代表团离开南京前往“解放区”。“解放区”在中国的北部和西北部，已经大大扩展了。国民党举行总统选举，投票在经过精心挑选的“国大”代表的会议上进行。蒋介石当选总统。但是，令世人惊讶的是，他一手策划的副总统候选人没有当选，胜出的是李宗仁将军。李将军来自战前曾反对过蒋介石的桂系，而且依然不是蒋的嫡系亲信。

那一年，我在北京逗留了几个月。在那里建立起一个顾问团的分支机构，主要目的是保持与各个大学的接触。而大学，是中国最重要的社会团体。后来，我们很快就发现，师生不满的矛头已经指向国民党政府。在北京，共产党似乎无处不在，而且它的力量也十分明显。夜间，机场已经不安全了。傍晚，飞机从上海飞来，降落在天津，随后立即起飞，又飞往上海。早晨，飞机飞回北京，载上去南方的乘客飞走。夜间没有航班。夜幕笼罩下，共产党的游击队几乎渗透到城墙根下，把标语和传单贴在城墙上。星期天，我和妻子与朋友们一道，常去离城十五英里的西山游玩。白天，那一带的村庄和著名的庙宇由国民党军队控制。可是一到夜晚，国民党士兵便躲到兵营里不敢出门，北京郊区成了共产党游击队的天下。显然，这一场特殊的、看似相安无事的战争不会持续太久了。

有时，我们不得不去天津出差。唯一的交通工具是火车。路程虽然只有八十英里，可是，那个非常时期，几乎要花费二十四个小时。铁道一次次被完全控制着周围地区的共产党游击队破坏。火车以爬行般的速度行驶几个小时以后，又在几个小站上长时间等待。好不容易到达廊坊，路才走了一半。我们在火车上躺下来过夜，火车站的警卫部队在临时凑合起来的防御工事后面守卫。整整一夜，我们都能听到地雷的爆炸声，步枪和机关枪的交火声，偶然还能听到大炮的隆隆声。早晨，我们坐在修好的火车上继续爬行，前面有士兵在保卫，在火车上又度过一天，下午才到达天津。我们只走了四十英里。返回的路程几乎同样，也要在廊坊过上一夜。

夏天，北京发生了两件不同寻常的事情。美国领事弗里曼先生邀请我与负责看管北京外交使团房地产（那时，大使馆在南京）的英国副领事马丁·布克斯顿去参加一个会议。弗里曼先生由设在北京的美国新闻处处长陪同。美国新闻处虽然表面上比英国顾问团更有官方色彩，但实际上和我们的职能完全相同。出席会议的还有国民党警备司令部的参谋长和他的一位上校参谋。与会的另一个人是位中国的基督教牧师，他刚从唐山周围的共产党解放区回到北京。唐山在北京的东面，那时，共产党还没有占领唐山市区。

那位基督教牧师向我们详细介绍了他亲眼目睹的情景：共产党如何治理解放区，如何与人民打成一片。共产党采取的种种措施以及开展的政治活动。这位牧师可能是共产党的使者，他讲的每一件事都有利于共产党。国民党的参谋长将军和他的助手全神贯注地边听边作笔记。我们都能听懂汉语，也会讲汉语，同样仔细地边听边记。显然，这次奇特的会议完全是预先安排的，是向美国和英国代表提供政治和军事的真实情况。将军证实，从国民党的观点来看，形势是灾难性的。这次会议的目的渐露端倪，就是事先提醒外国人，北京警备司令部打算即将实施一项突然而巧妙的行动。或者挑明了说，就是即将起义或投降。

毫无疑问，他们希望外国领事把这一动向通报给他们的大使。美国的新闻人员和我自己都被认为是以假身份作掩护的秘密情报机关的特工人员。我知道，除了个别人，中国知识分子没有一个人认为我们从事的活动是单纯的文化活动。在当时的形势下，单纯的文化活动对他们没有任何意义。我们回家的时候，领事朋友们保持着适当的、职业上的矜持。我觉得，我听到的信息表明，这场战争和冲突将以共产党的胜利结束。这已成定局，之后，我便通知了英国顾问团。

这次会议后不久，发生了第二件稀奇的事情。与上次会议相反，那是一个相当公开的事件。新当选的中华民国副总统李宗仁将军到北京视察。李副总统在古老的皇宫宴请宾客的大厅里，举行了一个盛大的招待会。这样的招待会本来不足为奇，可是，来宾的名单却实在耐人寻味。来宾不仅包括知名人士、警备司令部和北京市的高级将领和文职官员，而且包括所有外国领事，我和我的夫人，以及北京各宗教团体的领袖。还有大学的高级学者和北京社会各界的著名人士，甚至包括已被推翻的清王朝的王爷和其他满族知名人士。比如丹夫人。她名叫云龄，和她的妹妹德龄一起在慈禧太后晚年服侍太后，深得宠爱。两姐妹是清朝一位高官（不是亲王）的女儿，曾经在巴黎和伦敦受教育，会说流利的法语和英语。这样一个具有代表性的各色人物参加的宴会是多年来未见的，甚至可以说，自清王朝垮台后的三十六年间也没有举行过这样盛大的宴会。每个人都在猜测这次宴会的意图。多数人认为，这是一个有意宣示李副总统即将与南京政府对抗的信号，企图使在北京城有影响的这部分人做好应付巨变的准备。此外，如果可能，使这些形形色色的人士们协调一致起来。因为，守旧的社会阶层、持不同政见的将领、传教士和外国人都非常害怕共产党，而学者们，不仅不害怕这个被国民党宣传机器称为“大坏蛋”的党派，相反，相当多的学者都喜欢它，并且热情地欢迎和平解决这场内战的可能性。

倘若这就是这次宴会的真实意图，蒋介石肯定会采取某种先发制人的手段反戈一击。果然，人们突然听说，目前驻守北京的国民党军队要被换防到某一个地方。保卫北京和坚守北方（或者说依然在国民党南京政府控制下的北部地区）的任务交给了傅作义将军。傅作义将军是山西人，控制着张家口和相邻的内蒙古地区。那个地区由一条铁路与北京联接起来。铁路经过北京附近的南口，穿越长城，通往内蒙古和山西。傅将军因勇敢坚守被围困的城市而闻名。在 1930 年的内战中，他曾经坚守河北省的一个小县城长达八十三天之久。后来，他以大无畏的勇气和坚忍不拔的精神，在内蒙古抗击日本侵略军和伪蒙古军队，尽管最后被迫引退。他是北方人。他的部下，从上到下，也都是北方人。自从国民党统治中国北方以来，从来没有一位祖籍北方的将领被授予过独当一面的高级指挥官的权力。这完全是孤注一掷，只有在绝望的情况下才肯走这步棋。要么听凭北京变成一个与共产党寻求和平解决的新的持不同政见的政府，要么把权力委托给一位当地的将领。这位将领，应该得到当地各界民众的真正支持；这位将领，至少在表面上坚决反共。按照所受的教育、经验和生涯，够资格当此大任的，非傅作义将军莫属。在他的权威之下，不同政见的迹象很快消失了。

然而，如果说这个行动是为了击败自己内部一个阴谋的话，它并不能削弱共产党对中国北部的控制。

从 1947 年冬天到 1948 年，中华民国的经济状况从不好变得更糟。通货膨胀率达到幻想才能构思出来的数字，而且上升的速度之快更难以想象。在上海购物，双方就价格一达成协议，便立即打发一个小男孩飞跑着去最近的钱庄换钱（钱庄很多而且以最新的汇率兑换。即使这样，等到换回钱来交易时，又得在双方一致同意的价格上再加上一两百万元。当时，工钱用面粉或大米支付。官员们的工资也同样，而且往往拖欠。这些人不得不靠贪污受贿和黑市交易来生活。国民党政权上层人物大搞裙带关系，任人唯亲比比皆是，每天都有新的丑闻传播，而且花样翻新。没有人谴责蒋介石本人在财务上腐败，他不管财务。人们说，他只对权力感兴趣，把财务大权交给他的亲属，听任他们控制银行，领导部长们按照他们那帮人的利益安排官方兑换率，从而使兑换率达到无法想象的地步。大多数大使馆几乎公开承认，利用外交邮包的特权为他们的消费进口美国货币。作为一个官方组织，英国顾问团不得不接受这种兑换率骗术的敲诈勒索；作为个人，我们只能尽快把工资在黑市上兑换成美元，或者，兑换成中国银元。银元本来在 1936 年就不再流通，现在又“借尸还魂”，成为普通老百姓可以信赖的货币。亲自经历过中国巨大的通货膨胀，并且利用当时流行的方法从中挺了过来，我就再也不能相信，黄金和白银已经对世界上的普通民众失去了价值。但是，至少中国人，却不再存在这样的幻想。

1947 年，不仅大多数外国人，就连他们本国政府对中国的真实情况似乎也不甚了解。那几年，自己面临的许多其他问题使西方列强各国忙得不可开交。中国，像以往一样，对于他们是一个次要的问题。国民党垄断了新闻媒体，禁止任何新闻记者去靠近战场的任何地方。外国居民——通常是在中国住了很久的那些，尤其住在北京的外国居民——急于弄清事实真相，但是关在家里光听别人说当然不解决问题。有几个十分勇敢的人物便想另辟蹊径。澳大利亚新闻记者迈克尔·凯恩便是其中一位。他设法去山东省的解放区采访，并在那里待了几个月。随后回到北京。他在北京为一家通讯社工作。我在北京时就结识了凯恩。那时，他是澳大利亚大使馆的新闻专员。1948 年初，他从解放区回到北京的时候，我经常见到他。他有第一手证据。他亲眼目睹了国民党军队企图打通南京经天津通向北京和满洲的铁路，结果彻底失败。这条铁路非常重要，几乎是连接北方和南方的唯一铁路。另一条是北京至汉口，进而通往西部的铁路，因受到来自北京南部河北省的共产党游击队持续不断的袭击而经常中断。

1947 年末，国民党通过占领没有设防的抗日战争期间共产党的大本营延安而大肆宣扬它取得的胜利。共产党把它的敌人牵制在不再具有战略意义的地区，让它把宝贵的时间和精力花费在徒劳无功的战场上，而自己把主要兵力集中在具有重要战略意义的地区。蒋介石被迫由海路调动部队北上，着手攻取满洲，而那时，共产党已经占领了满洲的所有乡村，并且正在围困沈阳和前伪满洲国的首都长春等大城市。从南京和南方到北京的交通那时只能依靠空运。这样，1948 年，拉开了这场真正革命最后决战的帷幕。这场决战，将使共产党赢得政权。北京或多或少与中国的其他地区乃至整个世界隔绝了。我们看不到英文报纸，收听不到英国广播公司的新闻，只能收听诸如科伦坡之类电台的广播。而这些电台，不仅很难收到，而且很少关心中国的事态发展。因此在北京，只好依靠谣传或者从凯恩那样由战斗激烈进行的地区回来的人们那里打听一点消息。从这些消息中，北京多数外国居民得出结论：南京政府的日子已经屈指可数了。

1948 年，南京政府垮台的迹象越来越多。通货膨胀超出了想象。只有美元、银元，以及大宗交易中的金条才是有效的。我们与一位在北京开丝绸商店的印度商人商定，由他兑换我们的香港支票，然后立即把港币现金兑换成银元或美元。每天，我们的厨师拿上一两枚银元去购物。找回的零钱当然还是“法币”——恶性膨胀的中国货币。这点钱必须当天花出去，因为到了第二天它就大大贬值了。，1948 年 10 月，南京政府将“法币”贬值，并用“金元券”代替“法币”。“金元券”对美元的官方汇率是四元“金元券”兑换一美元。所有的“法币”都交回到银行，然后由银行兑换成“金元券”，按照“法币”与“金元券”的汇率，“法币”贬得几乎一文不值了。新货币的“金”字，并无真正的价值，只不过是一块掩人耳目的“遮羞布”罢了。在理论上，除“金元券”以外，使用任何其他货币的人都要被处以重刑，但在实际上，所有的老百姓都继续使用不合法的银元和同样非法的美元。在十月，假定四元“金元券”值一美元，到了十二月，当共产党的军队逼近北京城的时候，报价和兑换都变成一百万“金元券”兑换一美元了，于是，“金元券”变成一堆废纸。不过，这样说也不太确切，这堆废纸的纸质还不错，许多人用它贴了墙壁。

1948年10月，蒋介石最后一次视察北京。一位在现场的人士告诉我，当蒋介石从机场乘汽车穿过市区时，看见人们在许多地方排着长队。"这些人为什么排队呢？"总统问道。"哦，他们正等着把手中的银元和美元兑换成'金元券'呢，"背后的一位助手回答说。实际上，人们排成长龙，是希望领到他们被拖欠的工资。工资由政府官员以一袋袋面粉的形式发放的。总统被蒙蔽得如此严实，以致在一次公开的演讲中竟然提到，他在街头所见的情景，使他有理由相信并赞扬北京市民的爱国精神。就连他最亲密的盟友也难以抑制他们的惊讶和高兴。

过了一个月左右，南京政府垮台的时刻来临了。共产党占领了中国中部的河南省，不但威胁长江流域的安全，并且完全切断了长江流域与北京之间的交通大动脉京汉铁路。在满洲，曾经在缅甸抗击过日军的国民党精锐部队，全副美式装备，在海岸登陆，并向沈阳进发，但被林彪率领的共产党在东北的主力部队迎击，国民党军队完全被击溃。只有小股残余部队从海上撤退，其余的大部分投降了。随后，林彪率军进逼沈阳，此时，规模庞大的沈阳守军给养不足，出城迎战，同样被彻底击溃，只是人员伤亡不大，全部投降。沈阳陷落，一两周内，长春也失守了。

在北京，我们很快就听到国民党惨败的消息。不仅如此，我们还听说大批共产党军队正在南下，向山东挺进，准备在淮河和陇海铁路沿线与国民党的最后一支主力部队进行决战。这次战役被称之为陇海战役。这是国民党的另一次灭顶之灾。大部分军队被包围，最后投降，就连总司令也被俘。蒋介石曾经严厉地命令他，绝不准后退或者放弃任何一处阵地。总司令发誓服从命令，他的下级军官也都立下军令状。可是曾几何时，他们被包围，被打垮，最终投降了。到了十一月末，我们得知，处在共产党主要战线后面几百英里的北京和天津完全被隔绝了。我们也知道，北京城西北的另一支共产党军队正在进攻张家口。如果攻占了张家口，就会通过长城上的关口，确切地说，通过长城修筑在其上的山脉，兵临城下。那样一来，北京就在他们的脚下了。傅作义正把兵力集结在北京。他只能把后卫部队部署在京张铁路沿线。北京处在被围困——或者是投降——的边缘，没有人知道结局将会怎样。

第十四章

围困北京

从1948年11月中旬到12月中旬，北京笼罩着一种无奈、恐惧和绝望的气氛。无奈的情绪在绝大多数中国平民百姓中间蔓延。共产党就要来了。没有任何解脱的希望，要么投降，要么就是城市被围困。国民党政府的最后一支军队被彻底击溃了，而且，不管怎么说，残余的军队远在几百英里以外，还得努力保卫南京。许多有钱人和外国社会各界的大多数人同样确信，这是不可避免的结局。他们十分害怕。俄国革命令人们想起大屠杀、没收财产和破坏。死亡看起来是命中注定的结局。他们拿定主意，一旦可能，就迅速逃离。航空公司的官员们被团团围住，不管是通过正当的手续，还是通过诈骗，那些能够得到去往美国的签证的人们很快就被称为“头等乘客”仅仅获准进入香港的，被称为“二等乘客”。不得已而只能逃往台湾的，是“三等乘客”。这些人是多数。

在这一不恰当的时刻，著名的美国神职人员斯佩尔曼大主教决定访问北京，并且对社会和政界的杰出人士发表演讲。演讲的主题是赞扬把中国从日本侵略者的铁蹄下解救出来的勇敢的美国士兵的崇高牺牲精神。整个演讲居然没有一个字提到共产党和它领导的军队。而它几乎就在门口！他也没有提及美国政府没有部署美国士兵把中国从共产党手里解救出来的事实。日本人被打垮、投降，而且已经被赶走。日本人与当前的时局风马牛不相及。这位大主教似乎不明白时局已经发生了根本变化。他喋喋不休地谈啊，谈啊，好像北京现在正在欣赏勇敢的美国士兵崇高牺牲的美好结局。听众们都变得很不耐烦，就连鼓掌也是敷衍应付。大主教十分难堪。这件事明显地表明，美国和大多数有影响的西方列强的统治者们对中痛时局的演变没有明确的理解和认识。失败一方的绝望加深了。

有些人并不害怕共产党，他们是大学里的师生，他们依然遭受着国民党秘密警察的迫害，几乎公开盼望“解放”那一天的到来。“解放”一词现在十分流行，虽然谁都知道这是共产党创造出来的一个词汇。现在被官方称为“人民解放军”的军队，不就是当年的“红军”吗？观察出身于真正名门望族的保守派的反应也耐人寻味。例如，清朝的贵族。他们宁愿看到共产党的胜利，也不希望国民党的统治继续下去。他们不再希望任何政府会对他们有任何好处。只是相信，共产党不会比国民党差，甚至可能更好一些。

总的来说，尽管军事形势毫无希望，但是傅作义将军毕竟统帅着北京警备司令部的七十多万军队。他们都是西北地区的山西人，是他的嫡系部队，所以傅将军决定坚决抵抗。他将保卫城区，可是，他对长城以外的农村地区却鞭长莫及。于是他决定，在20世纪中叶，在城墙坚固的城区内经受一次古老的被围困的考验。这就使北京1948年的围困具有了独一无二的特征。因为这也许是历史上最后一次。一个拥有一百多万人口的大城市，在15世纪初期修筑的城墙之内，即将展开围困与保卫的对抗。城墙无比壮丽，有三十英尺高，宽阔的城墙顶端可以作为车道，是墙基宽度的一半。墙基是夯实的土地面，城墙内外两面都是很大的、坚固的灰色城砖。每隔二百多码，就有一个城堡，能从侧面打击进犯的敌人。城门和相隔十四英里长的各个直角的城墙角上，都有三层楼高的中式城楼守卫，坚固的石头墙壁上都凿有枪眼。城楼顶部，覆盖着中国特色的弧线性瓦顶。后来，这些著名的不朽之作被愚蠢地拆毁了，只有一两座这样的城楼幸存下来。

这些城墙一直非常坚固，在修筑城墙的那个时代，如果守城，也许可以说固若金汤。即使在今天，若要摧毁这样的防御工事，也需大规模持续不断的轰击。北京的城墙能顶住一般野战大炮的轰击，除了表面损伤以外，不会有根本性的破坏。可是，在现代军事教材中，这样的防御阵地很难被认为是有意义的，或者能持久防御的。只要延长炮击的时间，或者在密集的火力掩护下逐步增强炮击，都有希望很快结束这种围困。话说回来，这是中国，更何况是北京。除了军事方面诸多因素需要考虑之外，还有许多其他不容忽视的因素。无论是傅作义将军，还是北京市政府的行政官员，都不愿意相信他们没有被解救的希望。是啊！这里是北京！难道美国人对一个居住着并非微不足道的外国公民——其中有许多美国公民——的城市落入共产党之手真的无动于衷吗？日本投降前后，难道美国人不曾以大量的军

◎作者的妻子P·S·菲茨杰拉尔德在北京 摄于1948年

事装备、飞机、武器以及所有种类的军事补给一直支援蒋介石吗？美国政策受挫，美国人民也看到了这一点。难道美国人不把失误放在心上，而听任俄国人获得最大的政治和战略上的胜利吗？他们不相信在关键性的最后时刻美国人会坐视不管。

傅作义的部队更讲实际。他们直截了当地告诉他，只要军火充足，能够坚持，他们就会守住城墙，但是，每天都得关饷，而且要发银元。要发那种在一心梦想当皇帝的袁世凯时代，也就是1915年时铸造的银元。那种银圆含银量高，上面有很大的袁世凯头像，当地人称之为“袁大头”。像所有其他的银元一样，“袁大头”在1935年被禁止流通，并且退出了流通领域。十三年后，“法币”贬得一文不值时，像其他货币一样，“袁大头”也一下子从地下冒了出来。人们将会看到，在历时六周甚至更长的围城期间，傅作义部队要求的大头银圆的数目是相当大的，而且他们如数得到了。这件事肯定意味着，数以万计的很久以前被禁止流通的银圆在这个被围困的城市里似乎轻而易举就拿了出来。曾经告诫过中国政府禁止银圆流通的那些经济学家们，显然没有预料到事态会这样发展。其余一百万左右的北京市民们也很容易搞到其他种类的银圆，对付着过日子。那些银圆等级较低，士兵们不屑一顾。这样看来，数量如此巨大的银圆起初被藏起来，后来又在北京的市面上流通，其中必定经过一番犹豫动摇。在围困形成的那些日子里，北京的皮卡迪利大街[①]王府井的下水沟里和马路上到处是乱扔的“金元券”，尽管面额百万，但老百姓却把它们踩在脚下。

傅作义放弃或者被迫撤出长城上的两个关口。它们是北京北面的南口和东北面的古北口。他还受到从满洲向天津挺进的另一支共产党军队的威胁。天津是北京的港口，仍然在国民党的控制之下，但不是由傅作义的嫡系部队守卫。此外，还有从南部继续向前推进的共产党部队。北京到汉口的铁路现在完全掌握在他们手里。不过傅作义还有一线希望，那就是力图保证天津通往海上的通道畅通，这是他与国民党控制下的上海和南方各省唯一的一条海上交通线了。因此，他把军队集中部署在

①皮卡迪利大街：英国伦敦的一条大街，以时髦的商店云集而著称。

北京周围。然而，出乎预料，十二月十二日，他们受到来自西南方向的共产党军队的攻击。这支部队活跃在北京周围的整个农村地区。那是一支以游击队员为主的部队。面对北面敌人的主力部队，傅作义很快向城区后撤。中国人民解放军很快就占领了北京的西郊，清华、燕京以及颐和园，都在那个地区。在一次勇敢的行动中，共产党投入一个营的兵力登上一列开往市内、并将停在离中华门很近的地方的一列火车。这一行动几近成功。只是在西直门车站值班的信号工是个头脑清醒的人。他在列车时刻表上，发现那天下午那个时刻没有预定的列车通过西直门，于是发出信号，命令列车停下，然后打电话向上级请示。这才暴露了那列火车是未经批准的，后来又发现列车已经被敌人控制。城门立刻紧紧地关闭起来，并且严加守卫。共产党军队的计谋虽然失败了，但是，北京这时已经被古老的城墙彻底隔绝起来了。①

那天下午，尽管北面的炮声清晰可闻，但谁也不知道这些突发事件的进展。我们家举办了一个午宴，庆祝我最小的女儿安西娅起名。一位在北京大学教授英语的中国朋友蒯淑萍提议，我们应该去请她认识的一位算命先生给孩子算一卦。她说，算命先生马龙算卦十分灵验。于是，我们决定带着孩子去算卦。这时，我突然想起莱诺克斯·辛普生亲身经历的那些故事。现在的情况更加玄妙难测，我倒要亲眼看一看算命先生到底会准确到何种程度。我们自己前途难料，共产党政权一到北京，英

①作者注：在北京战役的历史上，不知是否有这一事件的官方记载。这条消息是一位在铁路部门工作的老朋友告诉我的，我与他至今还有联系。

国顾问团的活动很可能难以为继。我们到达马龙家的时候，那里围着许多人，还停着一辆军用汽车。从马龙的家里突然走出一位国民党上校，显得极为兴奋。“太妙了，太妙了！”他连连惊呼。被问及为何这样兴奋时，他回答说，刚才，马龙给他算卦，说他马上就会离开北京，而且一去不返。尽管城市南面的南苑军用机场还没有陷落，但他十分清楚，城市已被团团包围。他当时想，这个卦荒谬得令人难以置信。可是，出乎意料的事发生了，就在他刚要离开马龙家的时候，传令兵递给他一道上级的命令，说是五分钟前收到的。命令说，叫他立即赶回总部，收拾好指定的文件，马上驱车赶到南苑机场，飞往南京。现在，他正要去执行这条命令。

卦虽然准得出奇，但并非无隙可击。或许马龙给上校某位下属施过小贿，他和那个传令兵交谈以后，就以眼色向马龙示意，于是马龙就能作出那样的预言。走进卦室，蒯淑萍把我们介绍给马龙。首先我们向他叙述了刚生不久的孩子的出生日期、时刻之类的详细情况，马龙翻看了几本卦书，进行了一番推算，最后，根据星象算命，推测，预言。后来证实，他的预言与我女儿的性格和生活大部分相符。然而，给女儿算命并不是我来的目的。于是问他，是否可以给我和妻子算一卦。他欣然答应。按照通常的程序，开始给我们算卦。先是报出生辰八字，也就是出生的日期和时刻，看手相，再看面相，那是一种属于颅相学的方法，包括算命先生用手掌轻轻拍击求卦人的整个面部和脑袋。最后从卦书上查出算命的结果。

在我们求卦以前，马龙从来没有听说过世界上还有我们这样两个人。自从在北京定居以来，我们也从来没有请任何算命先生算过卦。在请他算命的那天以前，我也从来没有听说过他这个人。他对我说："明年六月（他说的是农历，按阳历计算，相当于七月），你将去外国作一次长途旅行。""去我的祖国？"我问道。"不，去一个遥远的，你从来没有去过的国家。""我一个人去，还是带着家眷？""你自己去，三个月以后你就能返回北京。""我的妻子和孩子们呢？""在你外出期间，她们依然留在北京。"在他推算以前，我曾经告诉过他我的一些详细经历，诸如什么时候来到中国，第二次世界大战期间在伦敦居住，等等。我的经历讲得准确无误，他若是说出"在那个十分危险的时期"之类模棱两可的话语倒也不足为奇，任何一个生活在当时那种情况下的人都会说出这样的话。可是，算命先生竟然算出我将去一个遥远的、我从末去过的国家旅行，而且是单独一个人去，这简直惊得我目瞪口呆。看起来，这个结果纵然不是完全荒谬，至少也可以说几乎是不可能的。北京面临围困姑且不说，就我们自己的命运而言，围困的结果也难以预测。但是，几乎可以肯定，围困将以共产党政权的建立而告终。虽然我看不出能够解释这一预言的蛛丝马迹，但算命先生一副胸有成竹、坚信不移的样子。蒯淑萍和其他几位中国朋友也信心十足。"你就等着瞧吧，"他们异口同声地说。

根据预料，结果随之而来。1949 年 4 月，围困北京持续了两个多月以后结束了。从世界其他地区寄来的第一批书信抵达了。信件和邮包是由英国一艘商船穿过国民党海军的封锁运到天津，然后送到北京的。几艘英国军舰为英国商船护航，它们在海岸远处的公海游弋，因为从海岸上只能看见它们的桅杆和烟囱而看不见船身。因此，中国人给它们起了个绰号——"灰

◎P·S·菲茨杰拉尔德在北京农村 摄于1948年

海军”。我们收到的大批信件几乎都是几个月前寄出的，其中有一封是道格拉斯·柯普兰爵士寄来的。那时，他是刚刚建立不久的澳大利亚国立大学的副校长。那封信是1948年12月写的。信中邀请我去澳大利亚做一次范围广泛的学术报告，旅差费用由澳大利亚国立大学提供。邮件中还有一封电报，是那艘商船到达的三个星期前发的，询问我是否已经收到他的信，并且进一步确认提供差旅费。于是我向当时共产党的主管部门提出出境申请，两个月以后得到批准，接着是无尽的等待。我力争到天津的短途旅行和从天津乘船远航一次完成。那样，从北京动身，二十四小时之内就可以赶上轮船。轮船终于等来了，我登上轮船前往香港，然后从那里乘飞机飞往澳大利亚。时值中国农历六月，阳历是1949年7月。我漂洋过海，单身一人到一个遥远的、我从未去过的国家。后来，按照原定日程，也就是那年十二月，在澳大利亚逗留了两个月之后，返回香港。

经过长时间等待，乘船抵达天津，然后返回北京。我是离开那个国家并且被允许返回的第一批外国居民中的一个。我的夫人和孩子们一直留在北京。马龙的预言在每一个方面都精确无误，毫不含糊。事实无需解释，我也无需添枝加叶，中国算命先生们真是名不虚传，值得称道。后来，马龙还给在北京的其他几个外国朋友算过卦，他的预言同样得到证实。在那种情况下，十二月十二日，马龙不可能获悉一封当时还没有写出来的信的内容。那封信是道格拉斯·柯普兰爵士在一星期以后才写的。他也绝对不可能事先知道围城何时结束，以及那时的通讯情况将会怎样，甚至他也不知道我从来没有去过澳大利亚。此后不久，傅作义就下令禁止他属下的官员们叫马龙给算命了。

我们与这位非凡的算命先生道别回到家里便得知，北京与中国其余地区和世界的一切交通被完全切断了。共产党的军队已经兵临城下，对城市的围困继续加强了。显然，傅作义不打算投降。在随后的日子里，他在巨大的天坛公园里修建了一个临时机场。轻型飞机可以从城墙里面的这个机场起飞，也可以降落，不过有点冒险。许多著名的国民党支持者或反共人士从这个机场飞往天津，然后抵达上海。这是一条脆弱的生命线，只供享有高等特权的人士使用，而且它也是短命的。由于包围圈紧缩，共产党的高射炮布置在离城墙很近的阵地上，因而，机场的紧急跑道变得十分危险。普通邮件不能通过这条通道出入了。它是一条仅仅为军事和政治目的服务的专用通道，这样，从十二月十二日到第二年的四月二十一日，除了英国广播公司的新闻广播以外，我们既收不到信件，也收不到报纸杂志，就是英国广播公司的广播，也只能从科伦坡和富士这些广播电台收到。看起来，不论是锡兰，还是日本，对中国的事态的发展都没有多大兴趣。

城市被围困的那些日子，生活反倒稳定下来。从军事的角度看，这是非常特殊的。共产党既没有对城市进行轰炸，也没有攀越城墙发动进攻。他们只限于零星但准确地炮击国民党秘密警察的总部。老百姓痛恨这些秘密警察，称他们为“特务”。由于炮击准确，炮火没有波及到特务总部所在的南长街的居民。因此，这种行动没有使老百姓经受太多的打扰或危险。夜晚，步枪和机关枪的枪声不绝于耳，那是守城的士兵在向他们认为接近城墙的敌军开火。白天，生活像平常一样，非常正常。共产党方面没有空军，而国民党的空军丢失南城墙外的南苑机场以后，已经飞到天津，后来又飞到南京。因为共产党的另一支部队正向天津逼近。从 1900 年起，天津便没有城墙了，共产党的军队很快就攻占了天津。

现在的主要问题是如何活下去的问题。我们收不到设在上海的英国顾问团的拨款，可以使用的货币只有重新流通的银元，或者美元纸币。那位开绸锻商店的印度朋友一直是我们的后盾，他把我们的港币支票兑换成现金，并且把支票保存起来，直到交通线路再次开放。平日里，每天从郊外运进城里的新鲜蔬菜日渐匮乏，若不是围城的形势出现意想不到的转折，很快就会完全断绝。共产党认为老百姓是他们“解放”的对象，不想给正在遭受苦难的北京老百姓雪上加霜。守城的一方也不愿扩大饥民的问题。于是攻守双方之间达成默契，每天早晨太阳升起的时候，打开北京北城的东大门—朝阳门，在城门的瓮城里开辟一个菜市。中国的城门主要是修有城门楼的城墙上的内城门。除内城门外，还有一个大约一百平方米的四方形瓮城。瓮城城墙与内城门成直角的地方，修有外城门。这样，在内城门关闭期间，外城门可以打开，允许人们进入瓮城，然后外城门关闭，再打开内城门，因此，就可以减少伏击攻城的危险。于是，卖菜的农民，有的推着独轮车，有的赶着马车进城。他们在瓮城里摆好菜摊之后，外城门关闭。守城的士兵们对他们逐个检查，倘若没有发现隐藏武器的菜农，便打开内城门。市民们蜂拥而入，购买他们能够买到的蔬菜。我们依然使用英国顾问面的吉普车，所以，每天早晨六点半，厨师、司机和我一同驱车去朝阳门。厨师买好今后一两天的蔬菜，但是为了防止在没有通告的情况下关闭菜市，我们几乎天天都去买菜。菜钱由我付，是银元，那是农民们唯一可以接受的货币。买菜的人非常多，所有蔬菜一个小时内便卖光了。人们只有早去才能买得上。瓮城里买菜的顾客成群结队地回到城里以后，内城门关闭，然后打开外城门，让农民出去。没过多久，食物便变得十分短缺，或者说，很难以适当的价格买到了。整个城市还遇到煤炭紧缺的困难。在往常的日子里，煤炭是由驼队从距北京二十多英里的门头沟煤矿运来的。而今驼队的运输已经停止。公共用电也随之频繁地停止供应。煤炭紧缺使许多人饱尝冻馁之苦。因为，时值十二月份到一月份，北京的天气非常寒冷，市民们一直靠不计其数的小煤炉取暖。那种小煤炉是用煤面和土面掺合在一起做成煤饼为燃料的。这种燃料存货告罄的时候，起初是价格上涨，后来就难以买到了。一百多万以上的市民正在为煤愁苦，千方百计地设法搞到点煤做饭、取暖。这样一来，囤集居奇，黑市买卖，以及其他惯常的罪恶活动便乘机兴风作浪，这就更加助长了煤炭的紧缺。

英国顾问团的办公室和住处都在外交使团的旧址。18 世纪时，那里曾经是清朝的王府。正像所有王府一样，它的周围有高大的红色院墙，实际上是一个自给自足的“大院”，不依赖城市的公共设施。义和团运动期间，这个大院自然就成为外国使团保卫的“心脏”和“核心”。大院里有自己的发电厂，自己的排水系统，还打了许多眼水井，经过现代化改造以后，能够源源不断地供水。因此，在英国外交使团大院里，我们非常幸运，没有遇到围城期间许多朋友遇到的困难。我们还能让那些需要洗澡但又不能在家里烧热水的朋友们洗上热水澡。

一天，我坐在办公室，既无来信可读，又无信可写，正在百无聊赖之际，司机老王走进办公室。他小心翼翼地关上房门，然后又仔细往外看了看，见没人听，也没人走来，这才压低嗓门说：“外交使团大院的雇员当中有三个共产党，你知道吗？”“只有三个吗？”我问道。我虽然不知道谁是共产党，但我毫不怀疑，有些雇员已经和共产党组织联系上了，因为共产党的渗透无处不在。“真的有三个，”老王回答说。“一个是老李，电工班班长，他是头头。”老李干活的效率最高，是个完全合格的机修工，他总是主动提供帮助，不是来更换保险丝，就是来修理电灯，是个谦恭有礼、讨人喜欢的人。可是，他在任何时候都能使整个大院陷入一片黑暗，而且只有他知道怎样使发电系统工作，他确实是一位关键人物。雇员当中的共产党以他为首毫不为奇。

“其他人中，谁是共产党呢？”“听差的领班和看门人都是。”“听差”负责接收本地送来的信件和公文，接电话，以及招待来访的客人。因此，除了最机密的事情以外，机关里发生的事情，他了解得一清二楚。“看门人”是门卫，住在大门旁边的门房里，大门是进出大院的唯一通道，通常总是关闭着。有人出去时，他打开大门；有人来访时，他先从窥视孔里审视一下，然后开门。因此，出入大院的人他都知道。看起来，这是共产党的精心选择和安排。不过，还缺少一个环节。因此，我对老王说，“第四个人呢？”“你认为是谁？”“当然是你了。”他没有否认。因为他是司机，知道领事去过那里，拜访过谁，待了多长时间，而这些情况是其他几个人难以掌握的。有了他，整个链条就完整了。

我由此得出一个结论：有这样几个精明强干的人不离左右，或者经常向他们的领导汇报我们的情况，我们用不着寻求进一步的保护了。事实的确如此。围城期间，甚至围城结束，共产党完全控制北京以后，从来没有人打扰过我们，也没有骚扰过大院。

为什么围困久拖不决？我们常常在心里琢磨这个问题。谣言四起，提供了许多相互矛盾、或者不够充分的答案。人人都明白，无端的猜测是徒劳的。天津已经陷落，与南京和上海的通讯也不可能了。在淮海战役中被粉碎的国民党军队的残余部队已经渡过长江，逃到南京。共产党的军队已经抵达大江北岸，隔江虎视国民党的首都。这种情况下，傅作义凭借什么坚持抵抗呢？据传，傅作义个人对统率围城部队的林彪怀有敌意。傅作义认为，林彪惺惺作态，企图诱他倒戈。国民党的行政官员或者那些没有逃离的人，依然幻想美国奇迹般地干预。实际上，秘密谈判正在进行，但双方不能达成协议。弄清真相以前，这种说法可能最接近真实。

后来，突然传来一则消息，说警备司令傅作义企图自杀，虽然被他的参谋救下来了，但伤势严重。这条消息当然不会出现在当地的报纸上，可谣言还是不胫而走。就在谣言沸沸扬扬，闹得人们心神不定之际，一天，我们的老朋友、美国驻北京领事埃德蒙·克拉伯邀请我的妻子和我去赴晚宴。赴宴的当晚，天气严寒，从蒙古刮来的刺骨的西北风横扫空寂无人的街道。可是，美国领事馆里却暖气融融，灯火通明。椅子上赫然坐着一个人，身体健壮，精力充沛，看不出受过什么伤。此人就是傅作义将军。此时此刻再去非常礼貌地询问他是否身体安康已无必要。也不可能问他，他是借这个场合辟谣，还是想说明谣言是他的敌人制造的，不得而知。他看起来镇定自如，非常友好。他走了以后，克拉伯先生说，傅作义将军应邀出席宴会，其意就是辟谣。

到了一月中旬，人们普遍相信，秘密谈判正在进行。谈判的主要牵线人是北京市市长何思源。他的夫人是法国人，他早年曾经在法国留学，几乎和周恩来在同期留法，我想他们彼此认识。何思源市长肯定不是蒋介石的铁杆支持者，他比大多数人更清楚，靠美国人或者蒋介石解救北京是痴人说梦，投降才是唯一的出路。对于一个与外国有广泛接触的老练的政治家来说，这一直是明摆着的事实。可是对傅作义来说，却没那么容易。他统率着军队，而且迄今为止，被认为是一个强硬的反共人士。他投降之后的下场会怎样呢？看起来，共产党也没有表现出更大的灵活性。传说中的傅作义和林彪个人之间一直怀有成见可能不假。不管怎么说，林彪被调到南京前线指挥军队，围困北京的指挥员的职务由聂荣臻将军代替。聂荣臻将军是北京周边地区共产党地方部队的司令员。这似乎至少是周恩来的刻意安排。让他的老友何思源市长和聂荣臻双方劝说傅作义，使他认清，大局已定。周恩来向来以精通调停，擅长斡旋而著称于世，是位伟大的铺路人。

聂荣臻将军也可以施加压力。围城结束以后，大学的一位老朋友——中国最杰出的建筑学家和考古学家——梁思成教授告诉我，那时，在城墙外面离颐和园不远的清华大学已经处于共产党的控制之下。聂荣臻将军向他请教，北京城墙的什么部位可以作为爆破的突破口，既不损坏古老的文物，又对居民的住宅损坏最小。解放军拟选南城的西城门作为突破口。围城的那些日子里，那座城门的确只为菜市打开过几次。可是梁思成教授指出，北京有两三座城门是未曾修复过的纯粹的明代建筑，后来的几个世纪里从来没有改变过，也没有损坏过。南城的西城门就是其中的一座。如果被摧毁，那将对艺术和建筑造成不可弥补的损失。聂荣臻将军问道，那么，他建议选什么地方作为突破口呢？因为如果守军不很快投降，就得选择一个突破口，对城市进行猛烈的攻击。梁教授建议，北城城墙的东部，日本人曾经修过一座新城门，城墙里只有一大片空地，曾经是科举考试的考场，在义和团运动时已经遭到破坏。倘若把日本人修的那座没有任何价值的城门作为攻城突破口，无论对艺术，还是对人类，都不会造成伤害。军方接受了梁教授这一建议。

也许，傅作义和北京市市长都明白这种预期中的攻击，而且也意识到，由于攻守双方兵力悬殊，坚守成功的希望是完全不存在的。于是，谈判的进程加快了。一月二十二日，终于公开宣布，双方一致同意结束战争状态。为了保全面子，“联合公报”的措辞考虑得非常周到。傅作义将军将把士兵“从城里撤出”，到西部驻扎。一个由市长领导的杰出人士组成的委员会接管城市，人民解放军将进城“维持秩序”。这种“文字游戏”瞒不过任何人，至少瞒不过那些见多识广的北京市民。他们经历过许多政权在北京的更迭。他们明白，“联合公报”上的这些条款意味着名副其实的投降，因而，他们也就顺应潮流了。

1949年2月3日，寒风料峭，伴随着西北风，人民解放军穿过前门，开进北京。解放军装备精良，大部分武器是从日本人手里缴获来的。日本人统治满洲期间，在远离城市——攻击目标——的偏远地方，曾经建起大型的弹药库。苏联军队从满洲撤走以后，这些弹药库便落入共产党军队的手里。凯旋入城的解放军沿着东交民巷前进。清王朝统治时期，除了前门和皇宫本身的南门——天安门之间的广场，东交民巷是唯一一条能够东西通行的街道。毫无疑问，解放军之所以选择这条道路入城，是要强调新政权的独立和它拥有的权力，藐视迄今为止外交使团直接控制下的外国使馆区的独立地位。自从义和团运动被镇压，中国军队倘若走过这条大街，就是违反条约。可是，沧桑巨变，事过境迁，再也不会有外国卫队去阻止解放军前进的脚步了。对北京的围困也从此结束。

傅作义的军队经过改编，变成人民解放军一支新的部队。傅作义本人，变成了水利部部长，把主要精力放在内蒙古干旱地区的水利灌溉工程上。他以前是那里驻军的高级指挥官。没过几天，北京的市政委员会便被遗忘。北京以崭新的姿态进入了一个新时期，这是一个在目标和办事方法上完全不同于以前任何一个政权的政府。1949年10月1日，中华人民共和国正式宣告成立，并把北京定为首都。这是顺应潮流、合乎民心的决定，也是一个非常受北京人欢迎的决定。北京人从来不甘心把首都迁往南京。一些人的决策似乎犯了时代性的错误。因为北京是中国古老文明的中心，素有“帝都”之称。而主张共和的国民党对此十分厌恶。除了它的历史地位之外，北京还是中国北部的交通枢纽。三条主要铁路从那里开始或者交汇。北部，西北和东北的入口通道都能有效地防守。因此，不必担心东北富饶的农业区和工业区与中国其他地区之间的交通联系。此外还有一个不便明说的原因，就是北京还可以发挥最初选择建都时的那种作用，即防范和监视来自北部大草原上“异族”的威胁。明朝时代，异族的威胁来自蒙古人和满族人。现在，正如每个人可以猜到的那样，是来自西伯利亚的俄国人。

共产党统治的最初结果是许多外国居民始料不及的。物美价廉的苏联鱼子摆满各个食品杂货店。同样，标着 PX 字样的美国罐装咖啡也出现在市场上。这些优质咖啡是专门供应美国士兵的军需品。显然，出现在市场上的咖啡，不是来自被盗的商店，就是 1946 年到 1947 年美军从中国各地撤走时丢弃的。商人们告诉我们，有的咖啡来自南朝鲜，是专门供应驻扎在那里的美军的军需品。可想而知，有几多方便，就伴随有几多风险。西方列强诸国，都没有承认新政权，因而，所有的外交特权都被取消了。我们也失去了使用机动交通工具的权利，于是我就买了一辆自行车。那时，可以买到三种品牌的自行车，价格十分悬殊。最上等的是老牌的英国罗利斯牌自行车，很难买到。其次是德国造的自行车，现在，用一块金属标牌胡乱地写上苏联制造的字样，不费吹灰之力就抹去了原来德国制造的标记。最次的一类是杂牌自行车，有日本的，中国自制的仿日本的，以及名副其实的苏联货。这类产品在市场上口碑不好。我买到的是苏联的冒牌货，其实，原型是德国的。

黄包车虽然到处可见，但被认为是有辱人格的“封建残余习惯”而遭到反对，逐渐被三轮车取代。黄包车夫变成了蹬三轮的。所谓三轮车，就是车夫坐在一辆自行车上，确切地说，坐自行车的一半，乘客坐在车夫后面一个敞篷座位上，由两个车轮支撑。这是一种折中的交通工具。蹬车不辱人格，或者说，不十分有辱人格。没过多少年，三轮车消失了——至少从大城市里——取而代之的是有轨电车或公共汽车。北京早就有一个有轨电车运输系统，后来，这个系统因年久失修而不再运作。现在重新修复，几年以后，又被无轨电车取代。无轨电车提供了一个有效而舒适的公共交通系统。

我们还遇到一个与当地官员有关的新情况。即使不是一个规定，也是迄今为止的一种习惯。那就是一旦有北京以外的客人来北京住在我们家，就得向警察报告。现在，我们，确切地说是我自己，作为一家之主，一周必须报告一次。派出所还在原来的地方，警察也是以前负责治安的警察。现在，他们都穿着式样难看的共产党式的“工作服”，就像看飞入办公室的一只昆虫一样看着来人，全无本来就认识你的表情。人们必须填写一个长长的、复杂的表格，或者回答问题，或者写下姓名、年龄、出生地点等等。表格上的字是汉字，因此必须用汉字填写。对于那些既不认得又不会写汉字的绝大多数外国居民，官员们就带着轻蔑的表情让他们去找认识并会写汉字的人来帮忙。别的人，比如我自己，吃力地填写着表格，如果发现难点，或者不知道确切的汉字时，官员就会说：“把表拿过来，哪儿不会填写？”然后就不假思索地写出需要写的字来。实际上，西方移民局的官员对待没文化的中国移民也是如出一辙，派头十足，相互学习和模仿得竟然惟妙惟肖。

另一方面，外国居民丝毫没有受到卫戍部队士兵的污辱、骚扰，更没有被虐待的危险。其他任何人也没有。人民解放军一向以纪律严明而闻名于世，而且，严格禁止对老百姓，或者对外国人有任何违犯纪律的行为，这也是尽人皆知的。人们开始看到这种前所未有的崭新态度的例证。一位推着独轮车的老人在横穿交通繁忙的马路时不慎滑倒，独轮车也翻了。值勤的民警没有像国民党警察那样因引起交通堵塞而严厉责骂这位老人，反而把老人搀扶起来，并且请过路人把散落在路上的东西捡起来放回车上，然后帮老人重新穿过马路。这并不是一件孤立的事件，类似的事人们听说过过许多，这件事是我亲眼目睹的。毫无疑问，北京人高度评价新政权在这方面的善举，但对其他令人啼笑皆非的事态发展却持冷漠的态度。北京很快装饰起来，在一些醒目的地方，悬挂起马克思、恩格斯、斯大林和毛泽东的巨幅画像。大批苏联顾问抵达北京。北京人对他们颇有微词。苏联顾问住在“铁路包房车大旅馆”里。旅馆用带刺的铁丝网围着，普通老百姓很难接近。他们从这个“要塞”——抑或是“集中营”——外出的时候，总是带着两个大的皮革或者塑料提包。他们去购物，一个提包装普通商品。在苏联，那些商品似乎很缺。另一个提包装购货需要的大量现金。很快，中国人就给他们起了一个绰号——“双皮包人”。如果进入商店购物时说明自己不是“双皮包人”，售货员一定会以愉快的微笑和你打招呼。

对卫戍部队的战士们只有由衷的赞扬。他们和雇来的帮手一起清理城里堆积如山的垃圾。从日本人占领时起，那些垃圾就一直靠着城墙堆积，堆得几乎与城墙一样高，散发出难闻的气味，成了老鼠成群出没的垃圾堆。几个星期之内，这些垃圾就被清理出城市。城市的公共设施——供水、供电、排水系统——都开始修复，而且很快就恢复正常。人们曾经畏惧的共产党似乎只是做了一个合格政权应该做的事情，但多年来，以前的那些政权却没有去做。共产党做的这些事情虽然没有什么特别之处，但是他们首先注意到了这些事，因而赢得了赞扬。对普通中国老百姓来说，共产党的统治意味着一个能够胜任的政府开始履行自己的职能了。在极短的时间里，内陆的铁路交通便恢复正点运行，这是非常引人注目的。1949 年 5 月，共产党占领上海时，外国评论普遍预言，新政权将面临着一场危机。食物和煤炭不可能从海上运进来。海上交通已经被封锁，因而只能依靠内陆的交通运输系统。煤炭产自中国北方，铁路运输的恢复解决了煤炭供应的问题。驳船、拖船和依旧使用着的河轮组成特殊的水上运输系统，从一千四百多英里以外盛产大米的四川，沿长江把大米源源不断地运往上海。上海既没有受冻，也没有挨饿。

新政权有自己忠诚的支持者，首先是大学生和大多数大学老师。有一些不适应新政权要求的大学老师，比如不讲授马克思主义经济学的经济学家获准离开自己的工作岗位，去往南方，最终到了香港或者西方。可是科学家、历史学家、语言学家和考古学家却都愿意留下来。在后来的岁月里，这种和谐的局面受到的“反右派运动”的伤害，后来，又被灾难性的“文化大革命”彻底摧毁了。在中华人民共和国建立之初，人们既没有预料到这种结局，也没有害怕过会有这种结局。除按照规定向当地的公安人员现在被誉为公共安全的卫士——报告以外，外国居民几乎没有任何机会与共产党官员接触。有一次，我带着二女儿米拉贝尔去从前的皇家祖庙——太庙参观。那时，太庙正对公众开放。那是 1949 年 6 月，正是牡丹盛开的时节。我们坐在一条长凳上观赏牡丹的时候，走来一个仪表不俗的人，显然，他是一位共产党的高级官员，因为他有随员陪同，陪同人员是两个年轻小伙子和两个姑娘。那个人坐在我们旁边的一条长凳上，陪同人员都站着。他看着米拉贝尔。米拉贝尔长着一双黑眼睛，对黑眼睛的中国人来说，黑眼睛外国小姑娘比白皮肤金发碧眼的姑娘更有吸引力。那时，米拉贝尔四岁。他首先开口问我的名字，然后我们便交谈起来。我问他，那几个陪同的人员是否是他的部下。他回答说，他们是他的部下。我又问，他们是否是他的同乡，因为国民党和其他以前的政权就是那种情况。出乎意外的是，他回答说，他们当然来自中国的其他地区了。这位来自山西，那位姑娘来自上海。“我们从来不用同乡担任自己的秘书。”他进一步解释道。我一直想知道他是谁，因为他不愿自报其名，我也不便贸然相问。通过照片，我已经猜出，他可能是康生，后来知道，他是秘密情报机关的首脑。那时，他可能还在那个机关工作。显然，他既不怕在公众场合下露面，也不避讳与外国“帝国主义残余分子”谈话。他说话带北方口音，而康生正是山东人。

交通恢复得很慢。四月末，南京已经陷落，可是直到五月，国民党依然控制着上海。而且国民党的海军还在加紧封锁北方的港口。没有飞机飞往北方的城市。直到夏末秋初，南方各省仍有微弱的抵抗。因此，从十二月中旬围城开始，到 1949 年 4

月的最后一周，在北京，既听不到新闻，也收不到任何邮件、报纸和杂志。在这四个多月的时间里，对世界总的发展趋势，很难把握。因为当我们看到报纸时，报纸上报道的事件早已是被忘却的往事了。就我们而言，最关心的问题是共产党对外国居民的政策走向，本国政府是否承认或倾向于承认新政府。国民党逃往台湾之后，还要装出它依然是中国合法政府的样子。这种情况与新政权的政策走向有极大的关系。英国的观点是掌握权利的政府就是真正有效的政府，因此 1950 年 1 月初就承认了新政权，但是由于英国依然在台湾保留领事馆，以及中国民航飞机飞抵香港等方面的分歧，外交行动一直拖延了许多年。美国则关起门来，就“谁失去了中国”的问题进行辩论，从而陷入一场严重的政治分歧，仿佛中国是他们自己的领土，就失去与控制信口雌黄。美国与中国新政权最终决裂，部分原因是美国驻沈阳的领事被当地的中国当局拘留。沈阳中国当局指控他参与了间谍活动。于是，1950 年初，美国政府通知美国人，打点行装，离开中国。

美国政府的决定还没有公开宣布的时候，是留下谈判，还是关门走人，尚无定论。我和妻子陪着美国领事的夫人克拉伯夫人去请马龙算卦。克拉伯夫人久闻马龙的大名。马龙根据星象、颅相学和看手相算命的惯常程序，做出预言。“你们究竟是永远离开中国，还是继续在北京逗留一段时间，今天，三个小时之内便见分晓。”我们辞别马龙，回领事馆去吃午饭，克拉伯先生在台阶上迎候我们。他说，他刚刚收到一份电报，命令他关闭领事馆，并且安排所有美国公民离开中国。倘若马龙是通过尘世间的一个“情报网”来算卦，那么，“情报网”中的“间谍”便是出类拔萃的顶尖高手。略早一些时候，另一位美国驻外部门人员一家，接到调任香港的命令。在他们不得不离开北京去赶乘难得在天津停靠的轮船前的一两天，夫妇俩也一定要请马龙算卦。我们陪他们同去，把他们介绍马龙。马龙预言：“你们以为两天之内就要离开北京，其实不然，你们还得在北京逗留六个星期。”他们不相信马龙的预言。我们回到他们在三官庙的美国分遣队大院的住宅时，他们的保姆显得异常激动和忧虑，说他们的孩子染上了麻疹，六个星期方能完全康复，然后才能离开北京。

正如前面所讲，我在七月离开北京去澳大利亚，直到 1949 年 12 月初才返回。那时，中华人民共和国在十月一日已经宣告成立。我的归程说明共产党对待外国居民另一个料想不到的侧面。我的妻子不得不为我向公安人员申请入境签证。起初，她的申请被断然拒绝。可是后来，她说，北京只有她和孩子，我是养家糊口的人，倘若拒绝我入境，她和孩子们如何生活？她没有足够的钱自己离开中国。我妻子的申辩奏效了。因为我是一家之主，又没有做过错事，驱逐我是错误的。我得到入境许可，然后返回北京。唯一与我同船去天津的另一位乘客是安妮·奥格登小姐，她是英国驻上海总领事的女儿。中国共产党当局当然有理由认为总领事是个显赫的“帝国主义分子”。不过，他的女儿安妮·奥格登之所以到中国，是因为她和天津一家英美烟草公司的年轻人订了婚。由于担心他去香港结婚，共产党不会允许他再次入境，公司不准他离开天津。于是，安妮不得不设法去天津与他相会。她通过依然在上海的父亲向共产党政府提出入境申请。他们当然十分明白她的身份，便批准她的入境申请。干涉没有违反过法律或者没有反对过“人民”的人的家庭事务是没有道理的。

在十二月份一个寒冷的下午，轮船在天津一靠岸，共产党的公安人员、海关官员、护照检验官员，以及其他官员就登上轮船，接着命令乘客到餐厅等候。一位仪表不俗的官员以生硬的语气大声喊道：“菲茨杰拉尔德！”我心中暗忖，麻烦终于来了。我走上前去，那位高级官员向一个公安人员打了个手势，公安人员便把我冬天穿的大衣递给了我。原来，我事先曾经请天津的朋友帮忙，如果可能，让仆人把我的大衣送到码头上来。因为七月份离开澳大利亚时，我只带着夏季的衣服和一件毛背心。我的朋友遵照我的请求照办了，可是得把大衣交给码头上的公安人员。中国共产党人是坚持诚信的人。不偷盗，不受贿，不敲诈勒索。大衣是我的，他们又看到我多么需要它，因此，那位公安人员便把大衣转交给我。

1950 年 1 月初，圣诞节刚过不久，我收到道格拉斯·柯普兰爵士的一封信，邀请我去堪培拉的澳大利亚国立大学创办东方研究系，我接受了这一邀请。英国驻中国顾问团已经关闭。尽管他们还可以为我提供一份工作，但我对在别的国家为英国顾问团工作实在不感兴趣。于是，1950 年 2 月初，我就离开北京前往英国，然后又去了澳大利亚。在中国，由于再也没有允许我从事的工作，或者再也没有我可以从事的工作，我们很快就会被要求离开这个国家。这就是我离开中国的原因。本书讲述了我为什么把中国作为首选并且尽可能长久逗留的地方的一些原因，也想努力寻求一再被问及的那个问题的答案——“为什么去中国？”

图书在版编目（CIP）数据

我在中国的岁月 / (澳) C.P.菲茨杰拉尔德著；李尧译. —青岛：青岛出版社, 2017.11

ISBN 978-7-5552-6345-6

Ⅰ.①我… Ⅱ.①C… ②李… Ⅲ.①回忆录—澳大利亚—现代 Ⅳ.①I611.55

中国版本图书馆CIP数据核字(2017)第290610号

本书由青岛市人民政府新闻办公室资助出版

书 名	我在中国的岁月
著 者	［澳］C.P. 菲茨杰拉尔德
译 者	李 尧 郇 忠
出版发行	青岛出版社
社 址	青岛市海尔路 182 号（266061）
本社网址	http：//www.qdpub.com
邮购电话	13335059110 0532–85814750（传真）0532– 68068026
责任编辑	刘 坤
整体设计	戊戌同文
印 刷	青岛国彩印刷股份有限公司
出版日期	2018 年 1 月第 1 版 2019 年 10 月第 2 版第 2 次印刷
开 本	32 开
印 张	10
字 数	190 千
书 号	ISBN 978–7–5552–6345–6
定 价	39.00 元

编校印装质量、盗版监督服务电话 4006532017 0532–68068638